笠間書院

小林とし子

女神の末裔

日本古典文学から辿る〈さすらい〉の生

『女神の末裔——日本古典文学から辿る〈さすらい〉の生』目次

I

女神の末裔——『更級日記』菅原孝標女

II　さすらいを生きる――『とはずがたり』後深草院二条

III 〈あらぬ世〉を生きる――『竹むきが記』日野名子

Ⅳ　女神の消滅――説経『かるかや』

序——女神の時代

耽溺する少女たち

十一世紀前半の京の都には、一人の天才書道家と言うべき少女がいた。その少女は、平安時代の書道の大家——三蹟の一人である藤原行成のその娘である。その少女は当時、書の技量によって世評が高かったらしいが、治安元年（一〇二一年）三月十九日、十五歳で亡くなった。この少女——「大納言の姫君」の死を悼む記事が、『更級日記』にある。（本文引用は、新潮日本古典集成『更級日記』による。以下同じ）

また聞けば、侍従の大納言の御むすめ亡くなりたまひぬなり。殿の中将のおぼし嘆くなるさま、わがもの の悲しきをりなれば、いみじくあはれなりと聞く。のぼり着きたりし時、「これを手本にせよ」とて、この姫君の御手をとらせたりしを、「さよふけてねざめざりせば」など書きて、「とりべ山たにに煙りのもえ立たばはかなく見えしわれと知らなむ」と、言ひ知らずをかしげに、めでたく書きたまへるを見て、いと涙を添へまさる。

行成女は十二歳にして藤原道長の子長家（当時十五歳）と結婚している。その長家、殿の中将が妻の死を嘆き悲しんでいるさまに孝標女は非常に同情しているのだが、問題は、この行成女の書いた書を、孝標がどこからか手に入れてきて、娘の書道練習の手本としていることだ。行成女の書の技量が非常に高かったことがうかがわれることなのだが、父の行成が書の大家として、その書が、たとえば事務的なメモ書きのようなものでさえも、宮廷の人々が競って手に入れたがったことは有名な話ではあるが、その娘の書までがなぜそのように尊重されるのか。天才書道家の娘だからといって、その才が娘に伝わるとは限らない。孝標女とこの行成女とはそれほど年齢も違わず、また孝標女とて文人貴族の娘としておそらくは四、五歳のころから手に筆をもたされて書の鍛練に励んだであろうに、なぜ行成女の書を手本にしなければならないのか。ということが、かねてから疑問だったのだが、行成という書の大家の子には、遺伝と血統と環境のようなものがそなわっていて、父の能力を継承する子というものが必然的に育つものらしい。さらに、このような父をもった子も、継承を必然として育つものかもしれない。

『栄華物語』巻十四「あさみどり」には、行成女と藤原長家の結婚の有様が描かれている。当時は婿取り婚であるから、長家は行成の家へと婿入りをする。長家から送った結婚のしるしの和歌に対して、行成女は返しの和歌を送るのだが、その和歌の書きぶりの見事さを見た藤原道長は「いとど中納言（行成）の御てをわかうかきなし給へるとみえて、えもいはずあはれに」にご覧になったとある。父の行成の筆跡の見事さをこの若さで自分のものにして書きこなしていらっしゃる、と感心なさったというのである。この時、行成女は十二歳である。

やがて男君が行成の邸宅に通ってくるようになった。（本文引用は、国史大系『栄花物語』による。以下同じ）

男君はやがてさぶらひにうたたねに伏し給ふ。女君はやがて手習ひし給ふままに、筆取りながら寝入りなどし給などして、うちにもとにも人ぞいだきて、御丁のうちに入れたてまつりける。

男君（長家）はそのまま姫のそばについていらっしゃったが、うたたねのまま眠ってしまわれた。女君（行成女）はそのまま「手習い」しておられたが、筆を手にしたまま眠ってしまわれる。お付きのものたちが二人を抱き上げて御丁のなかに入れてさしあげた、というような幼いものどうしの新婚生活が描かれているのだが、これによれば、行成女は大切な婿殿が来ているというのに、筆を手にして書の鍛練に励んでいたらしい。結婚したから、といって、彼女の書にかける志は変わらないのである。さらに、筆を手にしたままで眠ってしまうとは尋常ではなく、まだ幼いからというよりは、彼女の書にかける意志の力がうかがわれるところであろう。

行成女は、父から天賦の才を受け継いだかもしれないが、それ以上にこのような〈書に耽溺する〉生活をしていたのであろう。これについては、姫君としての単なる〈教養としての書〉の域を越えてしまうものが彼女にあったのは確かである。孝標女も書の訓練は当然ながらしたであろうが、及ばぬものがあったことになる。

　ところで、このような〈書に耽溺する〉生活をしていた行成女のような少女がいる一方で、〈物語に耽溺する〉少女、孝標女がいた。その耽溺ぶりは、『更級日記』に彼女自身が記すとおりである。行成女と孝標女は、ジャンルを違えこそすれ、同類の人間、同類の少女であった。


　孝標女が『更級日記』にこのように書き留めた行成女は、高貴な姫君として、というよりは、書の天才行成の技能を継承する娘として現われているように思える。そして、姫君としてではなく、天才的な技能をもった人格として立ち現われる。このような人間が、その後どのように書家として社会的に位置付けられるのかは、残念ながら行成女は夭折してしまったために不明である。

　ところで、〈学問の家〉菅原家嫡流の娘、孝標女はどうであったのだろう、と想像してみたくなるのである。〈学問の家〉の子として、幼年期から学問漬け文学漬けであったのは想像に難くない。女ではあっても、学問や文学の世界に耽溺せざるをえない環境がそのめぐりにあったのではないか。しかし、〈家〉＝父、というものを継承しようという思いが、たとえ孝標女にあったとはしても、それは、女であるがゆえに男系の官僚制度のなかでは正統な継承者ではありえない。しかし、正統なものではなくとも、父の魂のようなものを継承しようという思いが、彼女にはあったのではないか、父から娘へと伝わっていくものが、たとえば、行成女のように、あったのではないかと思われるのである。

この問題については、孝標女が『更級日記』にあからさまに書くことはないのだが、孝標女と同じく〈学者の娘〉紫式部は『紫式部日記』のなかで、女であるがゆえに受けなければならなかった規制について言及する。（本文引用は新潮日本古典集成『紫式部日記』による）

この式部の丞といふ人の、童にて書読みはべりしとき、聞きならひつつ、かの人はおそう読み取り、忘るるところをも、あやしきまでぞさとくはべりしかば、書に心入れたる親は、「口惜しう、男子にてもたらぬこそ幸なかりけれ」とぞ、つねになげかれはべりし。

少女期からの紫式部の優秀性をみずから物語るものとして有名な文章である。これは、自慢というよりは、自分がもし男であれば兄弟の藤原惟規よりも優れた学者か官僚として父の後を継承して生きていけるのに、という思いを述べたものであろう。あの式部の丞よりは私の方が本当は学問が出来たのに、という紫式部の不満が生まれているのである。兄弟の惟規は男であるがゆえに社会的に位置付けられる、なのに、女の私は――、というところであろうか。

おそらくは『紫式部日記』も読んでいたと思われる孝標女にとっては、どうだったのか。彼女が何も書き記していないのでこの点に関しては想像するしかないのだが、『更級日記』のなかにチラホラとその姿をほの見せる兄の菅原定義の存在が注目される。定義は、菅家嫡流の優れた学者として名を成した人物であった。優秀な兄の立身出世を目の当たりにする妹の心境は、いささか微妙であろうか。

男がするものであった漢文学の知識をひけらかさぬように心を配り、漢籍を読んでいると侍女たちにたしなめられるという状況にいささか不満を述べる紫式部は、ジェンダーによる規制がいかに強かったかを『紫式部日記』のなかに書き残した。紫式部が、学問に、そして文学に耽溺する少女であったのは間違いない。行成女が、筆を握りしめたままで眠ってしまったように、紫式部も夜遅くまで漢籍に読み耽りつつ過ごした少女だったろう。そして、孝標女もやはり耽溺する少女であった。孝標女は、自分はひたすらに物語に耽溺し続けたと述べるだけだが、少女の頃はともかくとして、ただ愛読者であり続けたわけではないと思う。物語の、そして文学の世界をめぐって考え、思考する時間が彼女にあったのであろう。『夜半の寝覚』や『浜松中納言物語』が孝標女の作品であるとすれば、彼女は物語作家として生きたわけであり、紫式部と同類の人間として、あるいは継承者として、物語世界に生きることを覚悟したはずである。〈耽溺する少女たち〉は、男系の社会のなかで、女でありながらも何かを成し遂げようとしていたのである。

女神の末裔として

古代においては、女は血縁による氏族共同体の中枢として、ヒメ＝王として一族を統率したといわれる。ヒメは一族の祖である女神の子孫たちであり、聖なる力を有するものであった。

しかし、時代が男系中心になってくると、ヒメである〈聖なる女〉は父や夫という男系のなかに取り込まれていく。それでもなお、女は、一族を輝かせる〈ヒメ〉であり、平安時代の貴族社会のなかでは〈姫君〉として大切なものとされた。それは、一族に幸せをもたらす如意宝珠としても幻想されたし、男たちに、この世を制する力を与えるものとして、まさにヒメは女神の末裔であった。

孝標女や紫式部が生きた平安時代は、まだ母系・女系の強い時代であったし、また、婿取り婚が一般的でもある。〈聖なる女〉の威力はまだまだ生きていると言えようか。そして、家・財産の継承権も女子にはあった。女子は母からも父からも受け継ぐものがあった時代と考えられる。

しかし、男系による官僚制度は、前述のように父から息子への継承を生み出した。紫式部の不満に見られるように、女子は父を継承しようとも、それは正統な〈表〉の社会のものではなく、〈裏〉へと押しやられてしまうものではなかったか。それでも、父を継承しようとする娘たちが生まれてきたのは、あるいは、この女神の末裔としての誇りであったかと思う。書道に耽溺する行成女や、学問や文学に耽溺する紫式部や孝標女のような少女たちが発生し、その力を膨らませてゆくのである。

また、紫式部の、学者・文人である父を継承しようという思いは、継承の概念がすでに父系によって為されるものであった事を表わしているし、女が何かを継承しようとするものは、〈父〉であったことが分かる。母系の衰弱が見られるところである。

この事態は、鎌倉時代の『とはずがたり』のなかにも見られることで、著者後深草院二条は家門意識が強く、父の久我雅忠への尊敬と愛情が切実であり、その父の娘であることを誇らかに書き記しているのである。後深草院二条はファーザー・コンプレックスが強い、としばしば論じられるゆえんだが、父なるものを継承するものは、娘であるという一般概念があったのではないかと推測される。というのも、物語のなかでのことではあるが、『西行物語』でも、出家遁世した西行の後を慕って、出家をしたのは娘である。娘のなかに、なおも女神の威力を見ようとするまなざしが、このような〈父の娘〉を生み出したのではないか、と思われるのである。

女が書いた時代

平安時代から鎌倉時代にかけて、女性による優れた文学作品が次々と生まれたのは、女の威力がまだまだ生きている社会でありながら、しかし、社会制度の上では、女の存在価値が喪われていく、という矛盾がそこにあったからであろう。彼女たちが書き残した日記・手記の類は、自照文学と言われるように、みずからの有り様を見つめて〈私とは何か〉あるいは〈私のこの状況は何か〉を問うたものである。自分が生きる世界の磁場と、自分の思いとの間に何らかの齟齬がなければ、このような問いは生まれないものだろう。〈私とは何か〉を問わずにいられないようなものがこの時代にあったのである。だからこそ、彼女たちは書き記したのであり、書くことによって思考していった、そして、そこに〈文学〉なるものが生まれたのだと思う。この時代の文学作品が、おもに女性によってなされた背景には、女の方にこそおのれの矛盾に向き合わざるを得ない要素があったからだろうと思われる。

さらに、文学作品を書き残した貴族女性たちは優れて知的エリートであり、文化の担い手であった。文化を生み出すには、力がなければいけない。この力のある女性が――この力というものは、室町時代以降の嫁取り婚の時代に入れば喪われていくものであるが――矛盾というテーマのなかで葛藤し、格闘したものが、たとえば『更級日記』などの女性による日記文学であり、鎌倉時代の『とはずがたり』『竹むきが記』であった。それは、女神の末裔にして近代的な精神性を兼ね備えた女性たちによってなされた知的な営みであったと把握できる。しかし、彼女たちは、その女神の威力がすでに無力なものと化していく時代に生きており、その時代に生きるひとりの女としての自分を見つめざるを得なかったのである。女神の消えようとする世界で〈ひとり〉であることを知った女たちなのである。

鎌倉末期の『竹むきが記』を最後にして、女性による文学作品がしばらく途絶えるのは、この時代以降、女が男系に取り込まれていくプロセスのなかで、女神の威力が消滅していくからに他ならない。そして女がもっていた力も、この時代以降、消えていくのである。しかし、幻想としての女の聖性はなおも社会の基底に流れ続けた。

男性優位のイデオロギーが、社会構造が生み出した虚構であるのと同様に、女の聖性というものも、社会構造が生み出した幻想であり、虚構の一つにすぎない。女は聖なるものだという虚構の力によって巫女性が生み出され、鎮魂の役割が女に課せられた。巫女性も鎮魂の役割も作り上げられたものにすぎない。

とはいうものの、この虚構の力は、弱者にされてしまった女には大きな力をもつものであった。明治四十四年(一九一一年)『青鞜』創刊号の巻頭の辞、平塚らいてうの「元始女性は太陽であった」の高らかな宣言は、その点においても意味があったのである。太陽=女神の復活が、女の復活のための起爆剤となったのである。

らいてうの「元始女性は太陽であった」は、著者の禅体験からの発想だというが、それだけに神秘的な、いささか論理が飛躍した内容である。しかし、女の復権は、このような神秘の力をまとわなければ、世の人々にインパクトを与えなかったのではないかと思える。『青鞜』の運動から遡ること三十年以前、明治の十年代に岸田俊子（湘煙）によって執筆された「同胞姉妹に告ぐ」（『自由の燈』一八八四年五月〜六月）は、らいてうの書いたものと比べると理論的、かつ論理的、きわめて明晰なもので、今読んでもすぐれた女性論であり、男女同権論である。しかし、時代が少し早すぎたのか、また、あまりに理論的すぎたのだろうか。評価は非常に高いものの、「元始女性は太陽であった」ほどの影響力は世の中に対して及ぼさなかった。つまりは、理路整然としていて、神秘性、幻想性が欠如していたからか。理論では世の中は動かない、ということだろうか。思うに、女の聖性、女神の威力、聖なる女の力、などという虚構が生む幻想は、神秘の力をまとわなければ訴えられないものであったのかもしれない。

これと同様のことが『更級日記』にも言えるのである。『更級日記』の特徴として、幻想的な夢と信仰の記事が多い、ということがあげられる。〈聖なる女〉たちの姿が記事のなかにその姿をほの見せるのだが、幻想的な夢の風景のなかに顕れているのである。

孝標女は夢と幻想のなかに生きた人であるかのようだが、実際はどうであったかは疑わしい。それよりも、夢と幻想の力を借りなければ、〈聖なるもの〉を語ることは出来なかったのではないかと考える。現実にはありえない虚構としての〈聖なる女〉は、幻想の力によってのみ甦るものなのである。

Ⅰ

女神の末裔

——『更級日記』菅原孝標女

1　東から西へ

東の世界と西の世界

『更級日記』の作者孝標女は父孝標の赴任地、上総国で少女期を過ごした。年譜によれば、長和六年（一〇一七年）十歳の時、父孝標の赴任にしたがって京の都から上総の国へと来たのだった。そして、寛仁四年（一〇二〇年）、任期満了に伴い、作者の一家は京をめざす。『更級日記』という回想記は、この父の赴任地でのシーンから始まる。

あづま路の道の果てよりも、なほ奥つ方に生ひ出でたる人、いかばかりかはあやしかりけむを、いかに思ひはじめけることにか、世の中に物語といふもののあんなるを、いかで見ばやと思ひつつ、つれづれなる昼間宵居などに、姉継母などやうの人々の、その物語、かの物語、光源氏のあるやうなど、ところどころ語るを聞くに、いとどゆかしさまされど、わが思ふままにそらにいかでかおぼえ語らむ、いみじく心もとなきままに、等身に薬師仏を造りて、手洗ひなどして、人まにみそかに入りつつ、「京にとくあげたまひて、物語の多くさぶらふなる、あるかぎり見せたまへ」と身を捨てて額をつき祈り申すほどに、十三になる年、のぼらむとて、九月三日門出して、いまたちといふ所にうつる。
年ごろあそび馴れつる所を、あらはにこほち散らして、たちさわぎて、日の入り際のいとすごく霧りわたりたるに、車に乗るとてうち見やりたれば、人まには参りつつ額をつきし薬師仏の立ちたまへるを、見捨てたてまつる悲しくて、人しれずうち泣かれぬ。

『更級日記』冒頭の文章として有名なものだが、なぜこのように語られているのか、よく分からないところが多い。その〈分からないところ〉に関しては、すでに様々に論じられていはいるものの、それでもなお腑に落ちないことが多い。その一つとして挙げられるのは、この文の中で作者自身を「あづま路の道の果てよりもなほ奥つ方に生ひ出でたる人」として規定しているところである。

彼女自身がいたのは上総国であって、「あづま路の道の果てよりもなほ奥つ方」というような場所ではなかった。さらに、彼女が東国で過ごしたのはたかだか四年間だけであって、生まれたのも京である。それなのに、その地で「生ひ出でたる」とは、かなり言い過ぎであろう。

「あづま路の道の果て」とは『古今六帖』の「あづま路の道の果てなる常陸帯のかごとばかりもあひ見てしがな」の古歌が踏まえられているように、あづま路＝東海道のその先にある常陸国が想定される。もちろん、この常陸国とは、『源氏物語』の浮舟が継父の赴任にしたがって常陸の国で過ごしたことを踏まえた上での虚構的表現であることは論じられている。しかし、問題は、その常陸国よりも「なほ奥つ方に」〈私が〉生育した、という記述なのであり、あたかもそこで自分が生まれたのだと言わんばかりである。『源氏物語』

の浮舟の生きたさすらいの人生をここで遥曳させながらも、彼女はさらにその奥にあるものを描こうとしているように思われる。

では、常陸の国のさらに「なほ奥つ方」というのは、どこなのだろうか。常陸の国のさらに奥といえば、「みちのく」であろうか。あるいは、はるかな東の海上であろうか。もっとも、作者の住んだ上総は房総半島にあるのだから、あづま路からさらに東南に捩じ曲がった所に位置すると言える。上総を「なほ奥つ方」と言えなくもないが、作者はそれも踏まえたうえで日本の東の極限に位置する常陸の国の、あるいは上総の国の、さらに奥の東方の海上をここでイメージしているのではないかと思えるのである。古来からの、大和王権草創期において常陸の国が放ってきた「常世のくに」、あるいは「母なるものの国」というイメージを想起すれば、この常陸の国のさらに奥、というのは、あるいは神の国、常世、あるいは異界を意味するものであったかもしれない。

孝標女が、自分の生を浮舟の物語に準えるだけであるならば、「あづま路の道の果て」で十分なはずであろう。その、さらに奥を「私がいるところ」と孝標女は言いたかったのだと思う。それは、この世のさらに奥にある世界であり、もしかすれば東方にひろがる海上の世界であったかもしれない。

この東方の世界と響き合っているのが、この冒頭の文に現われる薬師仏である。

彼女は、京の都に早く上りたいがために、「等身に薬師仏を造りて」「人まにみそかに入りつつ」祈ったと記す。この文脈では、薬師仏を造ったのが彼女の意志によるものであるかのようであり、さらに「等身に」

というのは彼女と同じ身長に造ったことを表しているともとれるのだが、あるいは、国司の館に一族・家族のための薬師仏を安置する持仏堂があったとしてもおかしくはない。問題は、この薬師仏を彼女が〈私の仏〉として捉えていることである。

薬師仏はその名のとおり、衆生の病苦をいやす仏であり、さらに現世での願いを叶えてくれる仏である。なぜ、薬師仏が、彼女にとって〈私の仏〉であったのか、そして、その仏に「京にとく上げたまひて」と祈るのはなぜなのだろうか。

この薬師仏は、正確には薬師瑠璃光如来という。仏教辞典によれば、薬師如来の世界――浄瑠璃世界は、東方はるか彼方にあり、また、しばしば大日如来と同体であるともされるという。とすれば、薬師如来には、東の海上からのぼる太陽の姿が重なる。また、このことから西方に浄土があるとされる阿弥陀如来と対関係になっていることもうかがわれるだろう。阿弥陀如来の西方浄土は、西の海に沈む夕日のイメージで表されており、それは衆生を極楽往生という死の世界へ導くものである。

東の薬師如来の世界と、西の阿弥陀如来の世界は、一対となって、東から西へと移っていく太陽の運行を表しているのであり、さらにそれは人の一生の時間の流れを意味しているとも言えよう。

「あづま路の道の果てよりもなほ奥つ方」に生育した、という孝標女は、薬師如来を〈わが仏〉として祈った、という。そして、早く京に行きたいと願った。それは、東の世界から西の世界へ、という転換である。彼女がいく方向は、阿弥陀如来のいる西の世界だということになる。

『更級日記』の冒頭は、このような〈東の世界〉から始まるが、『更級日記』の結末近くに記される阿弥陀如来来迎の夢は、この冒頭文と響き合うものとなっている。いわば、始めに〈東の世界〉、それは薬師の世界であると同時に、太陽の上る神の世界とも言えるのだが、その〈東〉から、〈西の世界〉つまり阿弥陀浄土という死の世界へと移ろっていく。その〈東〉と〈西〉を一対として貫いているものが、この『更級日記』には見られるのである。それは、孝標女という一人の女の人生が、東から西へと移ろっていく、さすらいのような精神の軌跡だったと思える。

上総の国司であった孝標とその一行が上京するおり、この薬師仏はそのまま館に取り残されたままであったらしい。何故、京へと運ばなかったのかは不明なのだが、孝標女は、ここで〈私の仏〉と別れたことだけが分かる。「見捨てたてまつる悲しくて、人知れずうち泣かれぬ」とあるが、なぜ見捨てることになったのか。そして、また何故「人知れず」別れを悲しまねばならなかったのかは分からない。そもそも、孝標女の薬師仏への祈りは、「人まにみそかに入りつつ」というように周囲の者には秘密であったものらしい。十三歳の少女の心に秘めたささやかな秘密であったのかもしれないが、薬師仏が彼女にとって、あくまで〈私の〉という、思いの籠もった仏であったことがこのことから分かる。そして、薬師仏はやはり〈東の世界〉の仏なのであるから、あくまで〈東〉に居続けなければならない。孝標女は、〈東の世界〉とは決別しなければならないのである。そして、〈西の世界〉を彼女はめざした。それは、彼女が憧れ、焦がれた京の都の世界でもあったのだが。さらに、飛躍して言えば、東の生の世界から、西の死の世界へと行くことにもなるのである。

また、根拠はないのだが、この薬師仏は現実に実在した仏像であったのかどうかは疑わしい。「等身に薬師仏を造りて、手洗ひなどして、人まにみそかに入りつつ」仏像を拝したというのだが、「造りて」の主語は誰なのか。孝標女の願いによって父が仏師に造らせたのだろうか。もし、そうであるならば、「造らせて」としたいところである。しかし、孝標が娘のために仏像を造らせたのだとしても、その仏を拝むのがなぜ「人まにみそかに」、つまり誰もいないときにこっそりと、でなければならないのか。

この薬師仏は、孝標女の想念のなかで自らが造り上げた空想上の仏像ではないか、と思える。このように考えれば、国司の館にこの薬師仏が置き去りにされるのも納得がいく。館の家具などが運びさられてがらんとした空間に、「いとすごく霧りわたりたるに」というような霧のなかに薬師仏は立っていらっしゃると孝標女は記す。この「霧の中の仏」という映像は、孝標女の心のなかの、あるいは夢のなか風景であったのかもしれないと思う。

この薬師仏の映像は、『更級日記』の末尾近くに記された、夢のなかの阿弥陀如来来迎の映像と対応している。この夢は、孝標女四十八歳のときのものである。

(家の軒先に)阿弥陀仏立ちたまへり。さだかには見えたまはず。霧ひとへ隔たれるやうに透きて見えたまふを、せめて絶え間に見たてまつれば、――(後略)――

ここにおいても、阿弥陀は霧のなかに立っていた。霧の中に立っていらっしゃる仏の姿。それは、孝標女の想念のなかのものだったのだと思う。薬師仏を〈東の世界〉に置いて決別した孝標女は、やがて年を経て、〈西の世界〉の阿弥陀のお迎えを受けようとする。〈東の世界〉と〈西の世界〉という対応が、薬師仏と阿弥陀仏によって象徴化されているのである。

その〈東の世界〉である薬師仏を見捨てなければならないところに、孝標女の人生の出発点があったのだと言えようか。

では、孝標女が見捨てたものは薬師仏だけであったのかと言えば、それは違うような気がする。常陸の国か、あるいはそのさらに奥の世界、その世界との別れがあったのであり、その世界が彼女にとっては〈私のいるところ〉だったのだ。私はその世界から出現してこの世に現われたのだ、と彼女は言っているように思える。だからこそ、薬師仏はその象徴的存在として〈東の世界〉に取り残されてしまわなければならなかった。彼女が、〈私の世界〉として、そして〈私のいるところ〉として捉えた「あづま路の道の果てよりも、なほ奥つ方〉とはいったい何だったのか、『更級日記』という一人の女の一生の課題がそこに見られるのである。それは、〈人知れず〉思わねばならなかったという、彼女の心の中の基底をなすものだったはずである。

喪われた女たちの世界——東の世界から

父孝標の赴任地で過ごした日々の記述の中には、父も母も現われない。これは、拙著『さすらい姫考』(笠間書院　二〇〇六年)ですでに述べたことなのだが、上総での日々、さらに上京の旅での記述のなかに現われるのは、姉・継母・そして乳母という女たちだけであった(例外として、兄が現われている)。この三人の女は、京へ戻った後、亡くなるか、あるいは孝標女のもとから離れていった、いわば〈喪失の女たち〉だった。上総という土地で過ごした日々は、このような、孝標女からすると喪ってしまった女たちの映像と記憶によって甦ってくるものであった。

彼女が暮らしたのは、現実には上総という地であるが、前述のような、観念としての〈東の世界〉をそこに想定してみると、その〈東の世界〉が〈喪失の女たち〉の世界なのであり、また孝標女の〈私のいるところ〉として捉えられよう。姉・継母・乳母という女三人は、女系を象徴的に意味していると考えたいのだが、上総や常陸のさらに奥にある世界、それは異界とも常世とも考えられるが、その世界が女系の、さらには聖なる女たちの世界として意味付けられてくるのである。常陸の、そのさらに奥にある〈東方の世界〉は、太陽の上るところ、あるいは月がのぼるところであると考えると、そこには、太陽神アマテラスや、あるいは後述するところだが、孝標女が信仰したという「あまてる御神」のイメージが見られる。聖なる女、大いなる女神の世界がそこにあった。

孝標女が京に戻ってきてからの日々は、継母が去り、姉と乳母が亡くなり、というように、少しずつめぐりの重要な女たちが消えていく時間であった。そのような中で、上総はその女たちが生き生きと物語を語らいながら生きていた時間・空間として、それは〈物語空間〉として捉えられるだろうか、浮かび上がってくる。しかし、その時空間は、いずれは喪われていく女たちの世界なのであった。そして、それは聖なる女、大いなる女神の威力がもはや喪われていくことを示していると思えるのである。

その女たちの輝きを表しているのが薬師仏ではなかったろうか。とすれば、薬師仏があのまま〈東方の世界〉に置き去りにされるのも、意味のあることだったと思えるのである。

阿弥陀の救済——西の世界から

『更級日記』冒頭の、孝標女が女たちとともに暮らした〈物語的な〉時空間と、対をなしていると思われるのが、彼女の晩年の世界である。そこでは、彼女は夫が亡くなった後、全くの一人である、と思われるような暮らしであったらしい。少なくとも、日記にはそのように記されている。

孝標女に娘がいたことは推定されるのだが、この娘は存在がほのめかされているだけで日記には姿を現さないし、また一緒に暮らしてはいなかったのかもしれない。また、かつては頻繁に往来や交遊があった女友達との交流も途絶えたものらしい。

ねむごろに語らふ人の、かうてのち、おとづれぬに、
今は世にあらじものとや思ふらむあはれ泣く泣くなほこそはふれ

かつては親しく交際していた人が、夫の死ののちは音沙汰がないのでこのような歌を詠んだ、というものだが、この歌をその友人に実際に送ったものかどうかは分からない。あるいは、独詠歌だろうか。「あの人は、私のことをもう世の中にいないと思っているのだろうか。私は泣きながらもまだこの世を過ごしているのだが」という歌は、この世の人々からは忘れさられた〈私〉というものを示している。『更級日記』の孝標女の三十代・四十代の記事のなかには、女友達との交遊や歌のやりとりがかなり数多く記されているのだが、その友人たちとも交流がなくなった、というものらしい。しかし、なぜ夫の死後、このような事態が起こったのかは、彼女は何も記さないので分からないとしか言いようがない。ただ、彼女がここで定位したかったのは、娘や女友達も含めて、女の世界から離れて孤立してしまっている〈私〉というものではなかったろうか。日記の最後の記事には、この〈私〉の孤立が記されている。

人々はみなほかに住みあかれて、ふるさとに一人、いみじう心ぼそく悲しくて、ながめあかしわびて、久しうおとづれぬ人に、

茂りゆく蓬が露にそぼちつつ人に訪はれぬ音をのみぞ泣く

尼なる人なり。

世のつねの宿の蓬を思ひやれそむきはてたる庭の草むら

かつて共に暮らしていた人々が皆、別々になってしまったという。そして、「久しうおとづれぬ人」、この

人は「尼なる人」であったらしいが、その人に向けて歌を詠む。最後の歌は、従来は、その尼なる人からの返しの歌かとされているのだが、この歌は孝標女自身の歌として読みたいところである。出家をすることもなく、世間から忘れられたような私のことを思いやってほしい、という内容である。

ここには、身内の女や、女の友人だけではなく、男の係累からも孤立している、いわば女系だけではなく、男系からも孤立した一人の人間の姿が浮かび上がってくる。女の友に向けて歌を詠んでも、その相手からの返しの歌は、そこにはない。いわば、コミュニケーションのない世界である。孤立した一人暮らし、という以上に、精神的な意味においても、孤立状態がそこに表されているのだと思える。

この孤立状態、具体的にも一人、そして精神的にも一人、という孝標女を掬い取るのが阿弥陀如来への信仰であった。逆に言えば、このような〈ひとり〉にならなければ、阿弥陀の救いはありえないのではないか。あるいは、阿弥陀に掬い取られていく〈私〉を表したいがために、ここまで〈ひとり〉であることを突き詰めていったのではないか、とさえ思える。阿弥陀による救済とは、あくまで個人の問題なのである。阿弥陀の西方浄土へ往生する、とは、すなわち安らかな死を迎えるという問題とイコールである。死というものほど、〈ひとり〉であることを認識させるものがあるだろうか。西方浄土とは、個人救済の世界である。

女人往生の問題

孝標女は、阿弥陀による救いを、そして、極楽往生を「後の頼み」としている。あるいは、確信している。

というのも、阿弥陀来迎の夢を見たからであった。

天喜三年（一〇五五年）十月十三日の夜の夢に、孝標女の家の軒先に阿弥陀が立ったのだ、という。彼女は「さすがにいみじくけおそろしければ」という有様であったので、阿弥陀は「さは、このたびは帰りて、のちに迎へに来む」とおっしゃった、という。

「うちおどろきたれば、十四日なり」というのであるから、ふと目をさますと、十四日、すなわち次の日になっていた、ということになる。当時の時間感覚で言えば、午前三時をもって一日の始まりとしていたらしい、という指摘があるので、孝標女が目をさますと、ほのかに夜が明け染めていた、という光景だったろうか。

天喜三年のこの時点では、孝標女は四十八歳。夫も健在であり、彼女はまだまだ〈ひとり〉の状態ではなかった。阿弥陀如来が帰ってしまった、というのも、そのことが原因だったかもしれない。

孝標女はこの夢をもって自身の極楽往生を期待しているのだが、この期待、あるいは確信は、ある意味では〈すごいこと〉ではあるまいか。出家をしているわけではなく、また、若いときから物語にばかり夢中になっていて、仏道修行もろくにしてこなかったと述懐しているのが孝標女である。さらに、彼女は女人であるから、そこに女人成仏の問題も絡んでこよう。女人であるが上に、出家もしない、仏道修行もなおざりであったという孝標女が、なぜ往生を期待・確信できるのか。

女人は女人の身のままでは往生は出来ず、往生するには、修行の末に男子に変身してからようやく往生できるのだという「変成男子」の思想が一般的であったことを想起すれば、極楽の世界とは、女人のいない世界ということになる。孝標女のこの往生への期待、確信は、この「変成男子」の思想に真っ向から対立するものであろう。阿弥陀は、この私を、このまま、ありのまま、さらに女の身であっても救い取ってくれるのだという期待・確信は、仏教世界の女性差別に対する異議申し立てと取れなくもない。

孝標女の、この異議申し立ては、もっと早くから『更級日記』のなかに見て取れる。

十三歳の時に上総から上京したのち、『源氏物語』を手に入れた彼女は、朝から晩までこの物語を読み耽ったという。その頃、彼女はやはり夢を見た。

夢に、いと清げなる僧の黄なる地の袈裟着たるが来て、「法華経五の巻をとく習へ」と言ふと見れど、人にも語らず、習はむとも思ひかけず、物語のことのみこころにしめて――後略――

夢のなかに、たいそう清らかそうな僧が現われて、『法華経』の五の巻を習え、と告げたというけれども、彼女はそれを習おうとも思わなかった、という。『法華経』の五巻には周知のとおり「提婆達多品第十二」が含まれているが、その中に有名な龍女成仏の物語が説かれているので、『更級日記』の夢のなかの僧が示唆しているのは、この龍女成仏のことを指しているものと思われる。この物語を「とく習へ」ということは、女人成仏についてよく学べ、ということに他ならない。

「提婆達多品」の物語る龍女成仏とは次のようなものである。

世尊のもとへある時、娑竭羅龍王の娘（八歳）が現われてさとりを得ようと志した。しかし、長老の舎利弗は「女はさとりは得られない。なぜならば、女身は垢穢であるし、さらに五つの障りがあって菩提は得られないのだ」と説いた。しかし、この時龍王の娘が宝珠を世尊に奉ると、これは龍女が持つとされる如意宝珠だろうか、世尊はそれを喜んで受け入れた。すると龍女は「忽然の間に変じて男子となり」、そして後にはさとりを得ることができた。

この物語には重要な要素が二つ見られる。一つは、女の身体がケガレであると見做されていること、もう一つは、龍女が如意宝珠をもつということ。この如意宝珠とは、聖なる女の聖性そのものを表していると思うのだが、そこには本来、女性が聖なる存在であったという〈神話〉が垣間見られるのである。その女性の聖性によって、穢れあるとされた女人も悟りを開くことができるのだ、という物語として捉えられる。しかし、問題は、女がさとりを開くには、その穢れあるとされた女の身体を否定しなければならなかったことだ。女の身体の代わりに、男の身体を得なければならない。その思想が「変成男子」であった。

孝標女は、この物語を学ぼうとも思わなかった、そして、この夢のことは、人にも語らなかったという。そのことは、「変成男子」の思想そのものに対する拒絶とは取れないだろうか。なぜ、女が女の身のままでは成仏できないのか、なぜ男の身を得てからでないと駄目なのか。現在の私たちが当然の疑問とする問題を、十一世紀の知識階級のインテリ女性である孝標女が考えたとしても不思議ではない。それどころか、孝標女は、女性こそが本来は聖なる存在であったと主張したかったのではないか、と思えるのである。これは、人に語るべきことではないと、彼女自身が考えて心に秘めていたとすれば、この考えは、当時の思潮や倫理に対する反抗であると、どこかで彼女は考えていたのかもしれない。彼女はそれをあからさまに書くことはしない。ただ、『更級日記』のなかには、〈聖なる女〉たちの姿がほの見える。それは、皇祖神アマテラスの末裔とも言える伊勢斎宮であったり、皇女であったり、あるいはさすらいの遊女であったりもする。また、あまてる御神への信仰や、宮中内侍所の厳かな巫女の姿もある。それらの記述は断片的ではあるが、それらを繋ぎあわせていけば、そこに〈聖なる女〉、つまり大いなる女神の末裔たちに向ける孝標女のまなざしが感じ取れるのである。そして、それは、孝標女のイメージする、観念としての〈東の世界〉に繋がるのであり、孝標女が冒頭で記した姉・継母・乳母が象徴する女系の女たちにも繋がっていく。ちなみに、『更級日記』には、当時最高の威力を放ったはずの摂関家の女たち（それは天皇の后妃たちでもある）に関する記述はほとんどない。あえて排除したのではないか、と思えるところに孝標女が抱えもっていたイデオロギーがいったい何であったのかがうかがわれるのである。

しかし、〈東の世界〉から〈西の世界〉への転換、孝標女の晩年の孤立はこれらの〈聖なる女〉の世界が喪われていくものであったことを物語っている。いわば、女系神話の喪失と言いたいものがそこにある。しかし、彼女を救い取るのが阿弥陀信仰であり、そこには女も男も関係なく、一人になりきったときにこそ救済があるのだ、と考えたときに、孝標女の神話世界の喪失には、古代の神話空間の終焉が見られるとともに、中世的な、あるいは近代的とも言える〈個〉の覚醒がそこにあったのだと見做すことも可能であろう。

2　大嘗会御禊の日

御禊の日の問題

寛徳三年（一〇四六年）十月二十五日、大嘗会御禊の当日、三十九歳の孝標女は初瀬詣でへと出発した。大嘗会の御禊とは、天皇一代に一度の晴の行事として、当時大変なものであったらしく、田舎の方からも大勢の人々が見物にやってきたという。その当日に、その人々の流れに逆らって、都を脱出して初瀬へと向かうのは、何か物狂おしいとも言うような情熱を感じさせる行動である。孝標女は、そこまで信心に凝り固まっていたのだろうか。あるいは、孝標女にとっては、確固たる信念に基づく行動、あるいは、デモンストレーションであったのではないかと思われる。その信念が何であるのかは具体的には記されてはいないものの、周囲の人々の猛反対を押し切って迄の行動には、単なる気紛れとか、思い立った日が発心であるとかの理由を越えるものがそこにはあるのかもしれない。

彼女の出立にあたって、三人の人間が登場して、それぞれに意見を述べている。この三人というのは、ただ偶然にここに記された、というよりは、孝標女の執筆意図に基づいて選ばれた人物ではないかと考えたいのである。

まず始めに「はらからなる人」の意見が記される。これほどの行事は田舎の人も大挙して押し寄せて見に来るというのに、それに逆らって出掛けるというのは何とも奇矯で物笑いになる、と言って孝標女に大いに怒ったという。

次に「児どもの親なる人」は、「いかにもいかにも、心にこそあらめ」と言って、快く出してくれた、という。その心に対して、孝標女は「あはれなり」と述べている。

三番目に出てくる意見は、「良頼の兵衛督と申しし人の家の前」を通り過ぎたときにそこにいた人々の中の一人が言ったというものである。家の門は開けられていて、おそらく良頼が御禊見物のためにお出ましになるところだったのだろうか、その家の人々が門前にいたものらしい。その人々は、孝標女の物詣での車を見て、大いに笑ったようだが、中の一人が「御禊を見て楽しんだところで何になるだろうか。それよりも発心に基づいての物詣での方がはるかにすばらしいことなのだ」と言ったのだという。

三人の〈意見〉とは以上のようなもので、大嘗祭御禊の日に、よりにもよってその当日に物詣でに出掛けるという行為が、まず奇矯である、ということを前提としたうえで、その行為を批判する、あるいは容認する、そして評価する、というものである。問題は、御禊のその日にでかけるということにあった。

第一番目の「はらからなる人」は具体的に兄の定義ではないかと推測されているのだが、その定義であるとすると、菅原家の長者としての立場や、この兄の学者としての見識がこの言葉に反映されているのかもしれないが、批判者として現われている。

二番目は、夫の橘俊通であろう。この「いかにもいかにも、心にこそあらめ」(どのようなりとも、自分の心のままにすればいい）という言葉は、いかにも大らかに妻の行動を認める言葉として私には受け取れるのだが、一方では、妻に対する投げ遣りな放置するような心情の表れではないかと論じる人も多い。これは、孝標女と橘俊通の夫婦関係があまり心も通わない、しっくりとこないものだったとする見解がその背景にあるのだが、孝標女は、すくなくとも夫のこの〈理解ある態度〉を「あはれなり」と感じているのである。また、後述することだが、孝標女は、夫とは非常に強い信頼関係を築いた、つまり家族として連帯する関係だったと推測できるので、夫のこの言葉は、孝標女に対する理解、あるいは共感を表しているのではないかと考えておきたい。

また、三番目の意見は、なにやら不思議なもので、ある家の門前でのそのような言葉を車のなかにいる孝標女が耳に留めた、というのも不思議なことであり、どこか芝居がかっているように受け取れる。車はがたがたと走っているであろうし、道は、御禊見物の人々や車で溢れているであろうし、そういう状況で門前の人の言葉が聞き取れるものであろうか。また「良頼の兵衛督と申しし人の家の前」という、珍しくも人の名前が明確に記されているのもこの『更級日記』の記述のなかでは特異なことで、この「良頼」という人物がここでは大きな意味を持っているのではないかと思われるところである。

この「良頼」という人は、藤原隆家の長男である。隆家は、関白道隆の子であり、兄が伊周、一条天皇の皇后であった定子は妹になる。関白道隆の死後、その中関白家が道隆の弟の道長のために不運の運命を辿ったのは有名なことであり、伊周も隆家もそれぞれに左遷されて、伊周は大宰権師、隆家は出雲権守となった。もっとも配流は決定したものの、実際には現地には赴いてはいなかったということだが、伊周は後には実際に大宰府に流され、また、さらに後には、隆家も、これは自ら望んで大宰府へと赴任している。この二人の悲運は、ともに叔父の道長との政争に破れた結果であった。

「良頼」という人物を、その父や伯父と道長との関係のなかで眺めてみると、〈敗北者の子〉として捉えられる。そこに〈反道長〉としての政治的位置付けを考えてみてもいいように思える。

また、「良頼」の伯父伊周が、大宰府に流されたその運命を考えたとき、そこに孝標女の祖先である菅原道真の存在が浮かんで来よう。道真も藤原摂関家との政争に敗北した結果、大宰府へと流された人間であり、さらに怨霊となり、後には御霊として祭祀された人物である。

さらに、この政治的敗北者の子孫といえば、孝標女に対して「いかにもいかにも、心にこそあらめ」と理解を示している夫の橘俊通も同じである。橘氏は奈良時代から平安時代にかけて大きな力を揮った一族だが、その間に政治的に失脚する事件が何度かあり、その権力は喪われてしまっていた。言わば、橘俊通も敗北者の子孫の一人と言っていいだろう。また橘氏の失脚も藤原摂関家との抗争に破れた結果であり、さらにその敗北者の一人、橘勢逸は伊豆に流される途上で亡くなっている。その勢逸が、御霊として国家に祭祀されていることは、菅原道真と同じである。

また、奈良時代の橘奈良麻呂も藤原氏との抗争に破れて無残な最期を遂げ、さらには宇多天皇の御世には文人貴族として大きな力をもった橘広相も失意のうちにその力を失った。橘氏が八世紀・九世紀の間に藤原氏との間でどのように葛藤し、敗北してきたかは、あるいは菅原氏以上のものがある。

『更級日記』に現われて、孝標女に〈意見〉する三人の人間はともに〈敗北者の末裔〉であり、そして怨霊の末裔たちであったと言っていい。この点から孝標女の意図を読み取ろうとするのは、深読みのし過ぎの可能性もあるが、考えてみてもいい問題だと思われる。

孝標女は初瀬へと出発するにあたり「物見て何にかはせむ。かかるをりに詣でむ志をさりともおぼしなむ。かならず仏の御しるしを見む」――御禊のはなばなしさを見ても何になろうか。こういう時にこそ参詣する志を良きことと神仏は思ってくださるだろう。必ず仏のご利益があるだろう、と孝標女は思うのだが、この御禊のような大事な日に、それに逆らうか、あるいは無視して行くからこそ意味があるのだと言っているようにも取れる。ここで、大嘗会の御禊が孝標女にとってどのような意味を持つものであったのかが問題になるのである。孝標女のこの行為の意味は、先程の三人のそれぞれの意見、そして存在に象徴されているのだといえるのではないか。菅原氏、橘氏、そして「良頼」によって示される中関白家。もっとも、「良頼」の場合は、良頼その人が述べた意見としては記述されず、あくまでその門前にいる人のものなのだが、あるいはその家人によって良頼の心が代弁されているのだと言えようか。

この三人が怨霊の子孫とはいえ、この時代、怨霊・もののけとなったのは、この三人の家の人間とは限らない。藤原摂関家、中でも道長の流れである御堂流は、多くの政争を繰り返し、天皇の外戚としての〈特別の家〉を確立してきたのであるから、当然、多くの敗北者がそこに生まれている。しかし、怨霊とはなっても御霊として国家に祭祀された人物は限定されるし、また、その中でも、橘氏、菅原氏は特別ではないかと思える。

では、この三人のそれぞれの意見に送られて初瀬へと出発した孝標女が、見物することを拒否した永承元年（一〇四六年）の大嘗祭御禊とはどのようなものだったのか。

摂関体制期の御禊

この永承元年の御禊については、『栄華物語』では、記述はそっけないが、次のように記されている。

御禊、大嘗会など例の事なり。内大臣（教通）は今は右大臣ときこえさす。右の大殿の姫君（歓子）女御代に立たせ給ふ。作法の有様、先々に変わることなし。いとめでたし。

――（中略）――

かくて右大臣の姫君、内に参らせ給ひぬ。

この時の大嘗会は、前年に退位した後朱雀天皇に代わって、後冷泉天皇が即位するに先立って行なわれたものである。この『栄華物語』の記事を見れば、御禊そのものに焦点があるのではなく、女御代に立った姫君に目は向けられているようであり、また、この姫君（歓子）が後に、『扶桑略記』によれば翌年の十月十四日のことだが、後冷泉天皇の妃として入内したことを記しているのみである。この「歓子」は右大臣教通の三女。教通は道長の子、そして頼通の弟にあたるので、「歓子」は御堂流の摂関家の女として捉えられる。

ただ、この時の御禊に関しては「例の事」「先々に変わることなし」と記されていて、それが「いとめでたし」というように盛大で素晴らしいものであったことが分かるだけなので、「先々」とはどのようなものであったのかを見るために、前回の後朱雀天皇の時の御禊の記事を参考例として見ることにする。次は、『栄華物語』に見る長元九年（一〇三六年）七月十日の記事である。

世の中は御禊、大嘗会などいひて、心のどかなるおりなし。――（中略）――女御代は、故式部卿（敦康親王）の宮の姫君（嫄子女王）、殿の上（隆姫）の子にして奉らせ給ふ。立たせ給ふ御禊のありさま、いとめでたし。先帝は、二十一年位におはしましかば、たえま久しくてめづらしく思ふべし。糸毛にて女御代は殿の上ひとつ御車にてわたらせ給ふ。又、奉りたるを放ちて糸毛黄金づくり、檳榔十、女房四十人、童八人、例の作法なり。いろいろ二つずつに葡萄染の表着などにやありけむ。十二三ばかり重なりたり。下仕えのかざしたりしなど、なべての事には似ず、おもしろくめでたし。御輿のうちのめでたさ、ものものしくあざやかにめでたくておはしますにも、猶女院のありさまはいみじくめでたきに、さしならびおはしましゐしは、又　いみじかりし事ぞかし。――（後略）――

『栄華物語』の書き手が女性だったからであろうか、記事の焦点は、御禊そのものではなく、その行事に参加する女性たちの出で立ちの華々しさに絞られていて、華やかな車の数々、女性たちの衣裳、そして、天皇その人にではなく、女御代に誰が立つのか、という点に関心が向けられている。

この書き手のまなざしは、この御禊を見物にやってくる人々のまなざしと共通するものと思われるのだが、人々は何を見たのか、と言えば、大嘗祭という王権の威力、というよりは、華やかな行列、女房たちの衣裳、車の数々であり、それは即ち後宮世界の威力であった。その華やかさは、後宮の女たちによって表されているのである。そして、その後宮の世界とは、摂関家の女たちのものである。ここに現われている御禊の世界は、そのまま摂関家の威力の世界であったと思われる。

『栄華物語』に見る大嘗祭の御禊の記事は、三条天皇の長和元年（一〇一二年）の時以降に詳しくなっているが、この長和元年の時は道長の娘の威子が女御代に立ったときであった。この時以降、女御代に大臣の娘をあてるという慣例が起こり、さらにその女子が天皇の皇妃として入内することが慣例となった。この大臣の娘とは、孝標女の時代には、そのまま道長の娘たち、さらには道長の息子の頼通、教通の娘たちであったのだから、御禊における女御代の姿は、王権がそのまま摂関家のものであったことを示している。そのことは〈王権の女〉とは、〈摂関家の女〉であったことを意味する。

孝標女は、この摂関家の女たちによる王権の称揚を見ようとはしなかったと言える。私が考える王権の女とは、このようなものではない、女御代によって表されるのが真の王権の姿なのではないと彼女が考えたとすれば、彼女のこの物狂おしい、と見える行動も納得がいくのである。

『更級日記』には、摂関家の女に対する記述はほとんど見られない（一ヶ所だけ、梅壺女御（教経女、生子）が姿をほの見せるところがある）。彼女が『更級日記』に書き記すのは、藤原行成の娘を例外として、皇統に属する女たち、つまり内親王、女王という女源氏だけであった。彼女がこの『更級日記』のなかで目を向けているのは、身内や女友達を別にすれば、この女源氏であったということになる。なお、いささかこじつけがましいのではあるが、行成女も、母は源泰清の娘であるから、いわば源氏である。源泰清は醍醐天皇の孫にあたる人である。従って、行成女も女源氏のひとり、と言えなくもないのである。

この問題は、孝標女が物語、とくに『源氏物語』を愛読したということと繋がるものであろうと思う。『源氏物語』は光源氏と、彼をめぐるヒロインたちの織り成す物語ではあるが、その本質は、皇統から排斥された元皇子（＝源氏）が自らのヒーロー性によって〈王〉としての力、つまり王権をを獲得し、そしてその力を発揮していくというものである。『源氏物語』ほど天皇制や皇統、王統、そして王権というものを追求しているドラマはないように思われる。そして、〈紫のゆかり〉とされるヒロインの系譜も、内親王、女王という皇統に連なる女性たちであった。『源氏物語』の最後のヒロイン浮舟も、皇統から排斥され、宇治へとさすらう人生を生きた皇子八の宮の娘であった。浮舟の人生も、高貴な〈王〉の末裔であるが故のさすらいの生であったと言える。

このことを思えば、皇統の女たちを〈聖なる女〉として見ようというまなざしが、孝標女にはあるのではないか、と想像される。その思いが、摂関家の女に関わることは記さないという拒絶のスタイルとして表われたのではないか。先に記した、怨霊の末裔としての、摂関家に対するまなざしに加えて、王権というものは皇統の女、〈聖なる女〉によって支えられるものだという孝標女のイデオロギーがこのような形で表されているように思えるのである。

大和王権発祥に際しての〈王〉の成立には、女によるシャーマン的なものが不可欠であった。また、〈王〉

とはすなわち女性であった可能性も高いし、シャーマンがそのまま〈王〉であったとも考えられる。王権がその力を生成していく過程のなかで、その王の聖性を生み出し、神の世界と人間の世界を媒介する祭司としての役割をシャーマン、すなわち〈聖なる女〉たちが担っていたはずである。そして、その〈聖なる女〉とは皇祖神アマテラスの末裔たちであった。シャーマンとしての〈聖なる女〉は、単に巫女としてではなく、大いなる女神として王権のなかに生きていたのだった。〈王〉というものが制度化された天皇制の基底には、この〈聖なる女〉たちが生きているはずである。しかし、孝標女の時代の天皇制とは、御禊に象徴されるように藤原摂関家のものであったと言えるだろう。〈聖なる女たち〉の姿は薄れてしまったとしか言いようがないように思える。

『栄華物語』の御禊の記事には、天皇の〈王〉としての聖性を示す記事はなく、さらに皇統のなかの〈聖なる女〉は現われない。藤原摂関家という特別な家が制度としての王権を機能させている、という状況が御禊の記述からはうかがわれる。摂関家の女としての女御代のはなやかさは、その制度化された、すなわち形骸化した王権の姿をまざまざと表しているかのようである。

孝標女が、御禊見物にゆく人々の流れに逆らってまで行こうとした初瀬は、このイデオロギーといかに関わるのかを考えたいところである。初瀬とは、すなわち長谷寺の観音信仰を考えるべきところだが、この初瀬が伊勢神宮と連関する形で、古代の王権発祥の地であったことを考えれば、必然的にそこには〈王権の女〉たちの姿が浮かび上がってくるのである。神の世界と仏の世界は渾然一体となりながら、そこに古代からの女神たちの姿が観音のイメージと重なり合いながら見えてくるのである。

3　皇統の女たち

皇統の女四人

初瀬へと向かう孝標女の動向を追う前に、『更級日記』に記された内親王、女王について見ておきたい、『更級日記』にその姿をほの見せる皇統の女は、四人である。

一人は、「一品宮」禎子内親王。二人目は、孝標女が仕えた祐子内親王。三人目は、源資通の談話のなかに出てくる伊勢斎宮、嫥子女王である。四人目は「三条の宮」として記される一品脩子内親王である。孝標一家は上京後、「三条の宮の西なる所」に居を構え、さらには、その宮に仕える衛門の命婦なる人から「御前のをおろしたる」という立派な書物を贈られている。孝標女が上京後の京において初めて接した物語は、いわば、この「三条の宮」である脩子内親王のものであったわけで、物語の世界は、まず、この宮の世界から発せられたのだった。

一品宮禎子内親王

『更級日記』は夢のなかの話が象徴的に記されているのが特徴で、そこに夢語りの人としての孝標女の幻想性を特視することが出来るのだが、むしろ彼女がどのような想念を抱いて自らの思いを紡いでいったかを考えたいところである。彼女の夢語りが虚構であるとは言い切れないものの『更級日記』を執筆するに際しての方法として夢が機能したのではないかと思われる。孝標女の執筆意図に基づいて、夢は用意周到に選択されて記述されたはずである。まず始めに一品宮禎子内親王は、夢のなかに現われる。孝標女はこの一品宮をめぐって、一つの想念を紡いでいた、ということだろうか。

物語のことを、昼は日ぐらし思ひつづけ、夜も目の覚めたるかぎりは、これをのみ心にかけたるに、夢に見るやう、「このごろ、皇太后の一品の宮の御料に、六角堂に遣り水をなむ造る」と言ふ人あるを、「そはいかに」と問へば、「あまてる御神を念じませ」と言ふと見て、人にも語らず、なにとも思はでやみぬる、いと言ふかひなし。

春ごとに、この一品の宮をながめつつ、

咲くと待ち散りぬと嘆く春はただわが宿がほに花を見るかな

治安元年（一〇二一年）、孝標女十四歳の頃の記事である。孝標女は、物語に耽溺の日々であった。物語の世界を彼女は想念のなかで生きていたということだろう。この物語とは具体的に『源氏物語』を考えればいいのだろうが、『源氏物語』の世界が、孝標女に一品宮をめぐる想念を呼び起こしたのだということになる。

ところで、この夢の話は、いかにも夢のなかのことらしく、非合理的で断片的でとりとめがない。しかし、現実の夢はとりとめがなかろうと、彼女がこれを執筆するに際しては、そこに意味を込めて、自分のなかでは論理化して執筆したはずだと思う。書くという行為はそういうことであろう。夢のなかにある人が現われて「一品宮のために六角堂に遣水を造る」と言った。それを聞いて彼女がその意味を問うと、「あまてる御神を心のなかでじっとお思い申しなさい」とその人が答えた、というのである。一品宮と「あまてる御神」がどのように結びつくかは、何か謎々問答のようで、これに関しては多くの論考がある。その多くは、六角堂における観音信仰と「あまてる御神」あるいは伊勢神宮の皇祖神「アマテラス」とを結びつけて解釈するものである。孝標女は、この夢を見た後は「なにとも思はでやみぬる」と記すように、あまり深くはその意味を考えないですごしたというが、その後の記事でも「わが念じ申すあまてる御神」と記すように孝標女の生涯にわたって意味を持った神である。

「あまてる御神」は具体的にどのような神であるのか。そのことについて考える前に、一品宮禎子内親王について見ておきたいと思う。禎子内親王は、治安元年のこの年、九歳である。藤原道長の二女妍子と三条天皇との間に生まれた内親王で、翌々年の治安三年に一品に叙せられている。

ところで、上総から上京後の孝標一家が住んだのは、「三条の宮の西なる所」であったという。この三条の宮とは、一条天皇と定子皇后との間に生まれた脩子内親王のことだが、その西側にある邸宅に孝標一家は居を構えたことになる。この邸宅は、角田文衛氏の考証によって三条院かと推測されているのだが、この三

条院とは、三条天皇が上皇となったのち、崩御するまで住んでいたという邸宅である。実は、この三条院に

◆禖子内親王　関係系図

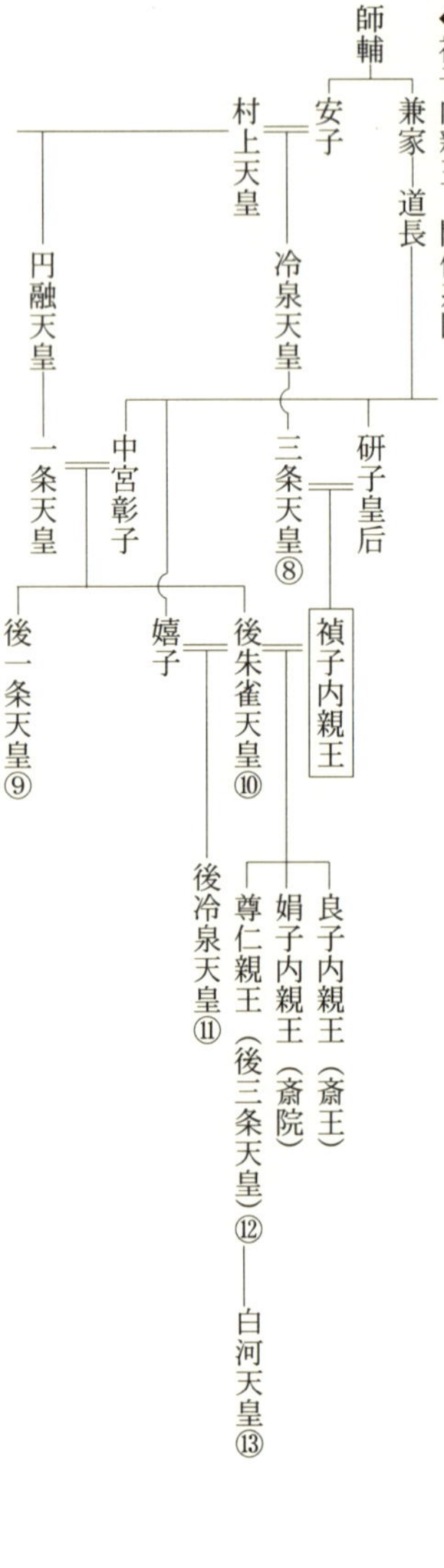

は父の上皇、母の妍子とともに娘の禖子内親王も住んでいたと推測される。孝標は、受領としてどれほどの力があったのかは分からないが、ともかくもかなりの蓄財をしていたものらしく、三条上皇の死後数年を経た後、この邸宅を買い取ったものらしい。

三条天皇は、長和五年（一〇一六年）一月に譲位、そののち三条院に住むが、『栄華物語』によれば、中宮妍子も三条院に移っている。その折りの、幼い禖子内親王に関する動向は記されてはいないのだが、母の妍子とともに三条院に移り住んだのものかと推測される。

院のさま、わざと池、遣水なけれど、大きなる木どもおほくて、木立をかしう気高かく、なべてならぬ様したり。

このような三条院の特徴は、『更級日記』に記された孝標一家の住まいの描写とそのまま同じである。『更級日記』によれば、上京後の住まいは次のようなものである。

ひろびろと荒れたる所の、過ぎ来つる山々にも劣らず、大きにおそろしげなる深山木どものやうにて、都の内とも見えぬ所のさまなり。

孝標一家が住んだときには、この邸宅はいささか荒れていたらしい。寛仁元年（一〇一七年）に上皇が亡くなると、この三条院には誰も住まなくなったものらしい。孝標一家がこの邸宅に住んだとすれば、上皇の死後三年目である。

三条上皇の死後、妍子は、娘の禎子内親王とともに一条殿に移ったとのことである。『栄華物語』によればば「この院のもののけなども、いとおそろしければあいなし。いづくにてもをろかなるべきかはとて、しばしありて一条殿に渡したてまつらせ給ひてけり」とあるので、三条院には〈もののけ〉が出没したものらしい。孝標女が感じ取った〈おそろしげなる〉雰囲気はもともとこの邸宅にはあったのかもしれない。この〈もののけ〉には敬語は使われていないので、三条上皇の怨霊というものではなく、邸宅にそもそも住み着いていた古い霊などであったろうか。

次に、この三条院について、『栄華物語』は次のように記す。

この三条院は、一品の宮の御領にぞ、その折りよりのたまはせければ、せさせ給へれど、そこにおはしますまじ。寝殿は寺になさせたまひければ、御忌みのほど過ぎなば、こぼたせ給ふべしとぞ、おぼしける。

この記事によれば、父の三条院は、この邸宅は一品宮禎子内親王の所有にしようと生前からおっしゃっていたからそのようにおさせなさったが、おそらく宮がここに住むことはありますまい。寝殿は寺になさった。忌みが明けたら、壊してしまうのがよかろうと（道長は）お思いになっている。という内容なのだが、ここからすれば、三条院とは、一品宮の相続した邸宅であったことになり、所有者は一品宮であった。翌年の寛仁二年の『栄華物語』では、この三条院がかなり荒れている様子が記されていて、「いみじうあはれにて、昔思ひいでられて」などと記されている。さらにその二年後、この邸宅を、孝標は購入したのだということになる。とすれば、一品宮の後に、その邸宅を引き継いで住んだのが孝標一家だということになるのだが、このことは、孝標女にとってどれほどか一品宮という姫宮の存在を意識させたか、想像するにあまりある。

一品宮が住んでいたその空間に、孝標女は暮らし、物語を読んでいた。つまり、かつてそこに生きていた宮の気配を感じながら暮らしたことになる。とすれば、一品宮が夢に出てきたとしても不思議ではないような気がする。
『更級日記』では、「春ごとに、この一品の宮をながめやりつつ」過ごした、とあり、彼女は桜の花を眺めて歌を詠んでいる。彼女がながめたという「一品の宮」とはどこのことなのだろうか。治安元年のこの時点では、一品宮は母の妍子とともに一条殿で暮らしていて、孝標女の家の位置からは見えるはずはない。孝標女が見ていたのは、我が家＝元三条院の桜であったはずである。それが一品宮その人であり、さらに、孝標女の住む空間こそが、一品宮の世界だったのだと思う。あるいは庭の桜の花に、一品宮の幻影を見ていたのだろうか。
『栄華物語』によれば、一条殿に住んでいた一品宮は、翌年の治安二年六月には、母の妍子とともに枇杷邸に移っている。その七月の記事では、一品宮について『栄華物語』は次のように記す。

一品の宮ときこえさするも、后と等しき御身にて、年官、年を得させ給ふなどあはれにいみじく、いまだ昔にもあらざりし御ことどもなりや、とうち語らひきこえつつおはす。

親王・内親王には一品から四品まで位があるが、その最高位にある一品宮とは極めて格式高く、かつ経済的にも高く保障された内親王だということになる。天皇の御子とは言え、打ち棄てられたかのような〈無品〉の皇子女も存在するわけであるから、禎子内親王とは、格別の扱いを受けている宮であったことは確かである。『栄華物語』は、この宮のことを「后と等しき御身」と記している。皇后と同等の扱いを受けておられることになる。孝標女は、自分よりは少し年下のこの宮のことを、強烈に意識しつつその少女時代を過ごしていたことになる。その意識とは、どのようなものであったのだろうか。

この一品宮禎子内親王は、その後万寿四年（一〇二七年）十五歳の時に東宮の妃として入内する。東宮は、九年後の長元九年（一〇三六年）即位して、後朱雀天皇となった。その翌年、禎子内親王は、皇后となる。内親王、一品宮という最高の高貴さを誇った少女は、そののち皇后としてその高貴さをさらに高めたことになる。さらに、禎子内親王の生んだ尊仁親王は、後に後三条天皇となり、さらに、娘である女一宮良子内親王は長元九年に卜定されて伊勢斎宮となり、女二宮娟子内親王もやはり同年に卜定されて賀茂の斎院となった。

このような禎子内親王のその後の人生を俯瞰すれば、この皇女が王権のなかでいかに重要な位置を占めているかがうかがわれるのである。その後、息子の後三条天皇が、藤原氏を外戚とはしない天皇として、親政をとり、さらには院政の先駆けとなる政治体制を取ることになるのも、この母が藤原出身ではなく、皇統を担う内親王だからであったことを考えると、この一品宮の存在の意味は大きい。そして、ここに神話的な解釈を付け加えれば、一品宮は天皇の母、つまり国母であるだけではなく、〈聖なる女〉である伊勢斎宮、賀茂斎院の母でもあった。天皇を〈聖なる王〉として捉えれば、その王の姉二人、伊勢斎宮、賀茂斎院は、ともに王権の聖性を担う〈聖なる女神〉として捉えられるだろうか。そして、母の一品宮は、この王と女神たちを生み出した、根源的な存在〈母なる女神〉であったことになる。王権の背後にあって、聖なるものたちをこの世へと送り出す根源的な力の存在として、この一品宮を見たい気がするのである。

『更級日記』のこの記事が、一品宮禎子内親王のその後の人生を踏まえたうえで記述されたものだとすれば、この〈母なる女神〉としての一品宮のイメージは、そのまま「あまてる御神」に結びつくと考えたいところである。孝標女の夢想の世界では、「あまてる御神」として立ち顕れる〈母なる女神〉として、一品宮禎子内親王はイメージされたのではないかと思えるのである。

ちなみに、『更級日記』晩年の頃の記事に、「あまてる御神を念じよ、という夢は、高貴な人の乳母として内裏に出仕する将来の予告であったという夢解きがあったのに、その願いは実現しなかった」という意味のことが記されているが、この乳母の意味も重要だろう。〈聖なるもの〉をこの世へと送り出す根源的な威力が、あまてる御神にあるとすれば、その母なる力の代理者として乳母は存在する。孝標女のあまてる御神信仰は、孝標女自身がその聖なる女の力を代理者として発揮するという願いとして解釈できる。天皇・皇后の乳母がこの時代に大きな力を揮ったことを想起すれば、そこに孝標女の立身出世志向を読み取ることも出来ようが、むしろ、乳母という形で彼女自身が〈王権〉に生きる聖なる女の一人に連なることを願ったのではあるまいか。

現実の問題として、孝標女と、系統は違うが同族の菅原輔正の娘芳子は『宮廷公家系図集覧』（東京堂出版一九九四年）によれば、後一条天皇の乳母であった。天皇の乳母になる、という願望は、孝標女にとって、決して無謀なありえない夢ではなかった。

ところで、千田稔氏の『伊勢神宮―東アジアのアマテラス』（中公新書　二〇〇六年）によれば、全国に〈あまてる〉の名を冠した神社は十数社あるとのことだが、その神社の祭神は「火明りの命」であるという。この神は、尾張氏とその系列の一族である海部氏の始祖とされるのだが、尾張氏は伊勢神宮の祭祀に関わった一族であるらしく、さらに、海部氏は、大海人皇子、後の天武天皇の養育に関わった、すなわち乳母一族であったらしい。孝標女の〈あまてる御神〉信仰に関わる問題であるかもしれない。

＊あまてる御神

孝標女の、あまてる御神に対する思いは、生涯にわたってのテーマであった。次の記事は、長元八年（一〇三五年）、孝標女二十八歳の時のものである。

ものはかなき心にも、つねに「あまてる御神を念じ申せ」と言ふ人あり。いづこにおはします神仏にかはなど、さは言へど、やうやう思ひわかれて、人に問へば「神におはします。伊勢におはします。紀伊の国に紀の国造と申すはこの御神なり。さては、内侍所にすくう神となむおはします」と言ふ。伊勢の国まては、思ひかくべきにもあらざなり。内侍所にも、いかでかは参り拝みたてまつらむ。空の光を念じ申すべきにこそはなど、浮きておぼゆ。

この記事を見れば、孝標女が「あまてる御神」について、いろいろと調査・研究したことが想像される。前回の、あまてる御神についての夢の話が十四歳の時のものであるから、十数年、研究しつづけたのであろう。

ところで、この記事の直前にあるのは、初瀬での夢告の記事である。初瀬の夢告の記事とこのあまてる御神の記事は、別々に読むのではなく、一連なりのものとして読むべきだろうと思われる。初瀬の夢告の記事とは、初瀬にお参りするのは大変なので、孝標女の母が「一尺の鏡を鋳させ」、ある僧に依頼して代参させた、というものである。この僧の夢のなかに、「いみじうけだかう清げにおはする女」があらわれて、奉納した鏡に映る影を見ながら、お告げをしている。この女＝女神は、観音のイメージがあるのだろうが、その姿からの連想で、孝標女の想念のなかでは、それが〈あまてる御神〉へと繋がっていく、というように読み取れるのである。

孝標女に「あまてる御神を念じ申せ」という人がいたというのだが、この人が現実の人なのか夢のなかの人なのかは分からない。孝標女は、あまてる御神について調べたのではなかろうか。「やうやう思ひ分かれて」（次第に理解するようになって）、人にも聞いてみた、という。この〈聞いた人〉のことを、一般的に、兄の定義であろうとする論が多いのだが、定義の学者としての学識を考えればもっともな考えだとは思うのだが、孝標女自身も学者の家の娘であり、おそらくは家には書籍が溢れる書庫か図書館のようなものがあったであろうし、学者たちのネットワークが孝標女の周囲に張り巡らされていたのではないかと想像する。それを考えると、彼女自身が、自分の研究テーマとして、あまてる御神について調べ、そして考えていたのだと思う。紫式部が漢籍などに読み耽った女学者であったと同様に、孝標女も書籍に埋もれた日々を過ごしていたのではないか。

そして、その研究の成果としてわかったことが、あまてる御神とは、神であり、伊勢にいること、紀の国造ともいうこと、内侍所の〈すくう神〉でもあることであった。

この〈あまてる御神〉を、伊勢神宮に祭られる皇祖神アマテラスとそのままイコールの神として受け取っていいかどうかは、難しいところだと思う。アマテラスの表記は、一般的には「天照大御神」だが、この表記は確定的なものではないという。『更級日記』御物本では、この〈あまてる御神〉の〈あまてる〉は平仮名表記となっており、表記の上からも、〈あまてる御神〉と伊勢神宮の天照大御神が同一のものがどうかは断定できないのである。この二つの神はたしかに重なり合っているのだが、しかし、重なり合いながらも、あまてる御神には、いわば国家の神として純化されたアマテラスからははみだす要素が多いのではないかと思える。その、はみだした要素が、紀伊に祭られているという神の要素であったり、〈すくう神〉の姿であったりする。伊勢神宮に、皇祖神としてアマテラスが確定する以前の、混沌未明の段階の神の姿が見えるのである。それは、「空の光を念じ申すべきにこそは」と彼女が記すように、空に輝く光であるのは間違いない。しかし、それが日の光であるのか、月の光であるのかは、問題である。この記事の直前に位置する「一尺の鏡を鋳させて長谷に代参させた」という話や、内侍所に奉斎されているアマテラスの御霊としての鏡などから連想すると、この「空の光」とは鏡をイメージしたものではないかと思える。さらに〈空に光る鏡〉となると、これは太陽よりは月の方がふさわしいと言える。また、古代の祭祀の場で、巫女たちが鏡を祭ったことを考えれば、鏡とは何であったかがうかがわれるのである。

あまてる御神が紀の国造として紀伊におられるという記述は、新潮日本古典集成『更級日記』の注にあるように、和歌山市内の日前国懸宮に祭られるという〈天照御神〉を考えればいいのだろうか。紀伊の国造としてこの地を古来より支配した紀氏の信仰する自然神的な日の神であり、伊勢のアマテラスと同体であるとされていたという。

しかし、紀伊の国からどうしても連想されるのは、『日本書紀』の神代上にある「イザナミノミコト、火神を生むときに、灼かれてかむさりましぬ。故、紀伊の国の熊野の有馬村に葬りまつる。土俗、此の神の御魂を祭るには、花の時には亦花を以て祭る。又、鼓吹幡を用て、歌ひ舞ひて祭る」という記事である。『古事記』では、イザナミの葬地は出雲とされているが、『日本書紀』では熊野の有馬とされている。古くは、三重県の熊野は紀伊の国に属していたものらしいが、現在も、熊野市有馬の海浜に「花の窟」という大きな岩が存在しており、年二回の祭祀がなされている。この「花の窟」は本来は死者たちを葬る場所であったらしいが、それが、神話のイザナミの葬地と見做されたということらしい。

また、古代信仰においては、伊勢と熊野とは、海上他界観によってともに常世の国と見做され、さらに伊勢の神と熊野の神は同体であるという理論が生まれていたという。ここでいう〈熊野の神〉とは、イザナミのことを考えればいいのだろうか。とすれば、イザナミとアマテラスとが一つの神として重なることになるのだが、イメージとしては、この二つの神は、表と裏の関係であるかのような気がする。アマテラスが輝く太陽神であり、熊野から見て、さらには、古代の王権発祥地の初瀬から見て、伊勢の地が東に位置することを考えると、アマテラスとは日の上る生命を表していると思える。対して、イザナミは死の世界の神と言えるだろうか。しかし、イザナミはこの世のものを生み続けた大いなる母であり、イザナミの住む「根の国」

は母なる国として位置付けられる。生きて輝くアマテラスと、死の世界のイザナミとは、〈正〉と〈負〉の関係ではあるが、同じく根源的な力を有する女神として同一のものと考えられる。

このイザナミが『更級日記』の言うように、あまてる御神の一つの姿であるとすれば、あまてる御神とは、このイザナミのようなもの、つまりイザナミ的な性質を湛えた神として把握できる。イザナミとはどのような神であったか。〈始源の女神〉であり、この世のものを次々に生み出して、生成してゆく神であり、そして、生み出した後は自らは黄泉の国に隠ってしまった神である、と概略的に言えばこうなる。黄泉の国というこの世の奥の世界にあって、自らは姿を見せることなく隠り身の地母神となった神である。しかし、隠ってはいても、その威力はなおもこの世を統べているのだとも言える。イザナミの隠る死の世界は、母なる国でもあり、そこからエネルギーを発揮しつつものを生み出す根源でもある、という意味で生を孕んでもいる。

このイザナミのイメージは、孝標女がその次に記す「内侍所に」いらっしゃるという「すくう神」と確かに繋がっているのである。

＊すくう神

〈すくう神〉＝守宮神とは、宿神の一形態であるらしい。守宮神・宿神の〈すく〉〈しゅく〉とは、宿世、宿命の〈しゅく〉と同じもので、この世ではないところから我々の一生や命を統べようとする、大きな、しかし目に見えない力を意味する言葉である。宿世という言葉が、一般的に「前世からの因縁、約束」として解釈されるように、人知を越えたものがこの〈しゅく〉の言葉にはある。

孝標女のいう「内侍所にすくう神となむおはします」とは、あまてる御神は内侍所つまり賢所にすくう神としていらっしゃる、ということなのだが、この賢所とはいわば内裏における伊勢神宮の出張所とでもいうべきところで、皇祖神アマテラスの御霊代としての鏡が安置されているところである。では、アマテラスとすくう神とは同じ神ということになるのだが、この問題に関しては、もう少し複雑な事情が絡んでいる。『栄華物語』（花山たづぬる中納言）に、この「すくう神」が記されている有名な文章があるので、次にあげる。

中納言は守宮神かしこどころの御まへにて、ふしまろび給いて、わがたからの君は　いづくにあからめさせたまへるぞやと、ふしまろびなき給。

寛和二年（九八六年）六月二十二日の夜、花山天皇がにわかに出奔し、その姿が見えなくなった。この引用文は、その折り、天皇の母方の叔父にあたる中納言藤原義懐が賢所の前で、わが君はどこへ行ったのか、と泣き叫んだという場面である。義懐が泣いた場所が「守宮神かしこどころの御まへにて」であった。ここでは、守宮神と賢所とが二つ並立しているのだが、〈守宮神〉と〈かしこどころ〉の関係があまり明瞭ではない。この点に関して、服部幸雄氏は宿神を論じる中で、『栄華物語』のこの場面にも言及されているのだが、（「宿神論」上・中・下『文学』一九七四年一〇月〜一九七五年二月）、この「守宮神かしこどころ」について、

「現在その痕跡は窺えないようであるが、この文例の守宮神は、賢所に添うて建つ小祠の神で、それは賢所を守る性格の神であったと思われる」と推測され、さらに守宮神とは「賢所に奉安せられたる天照大神の御霊代の鏡に付き添い、これを守護するとともに、その霊威の発動を促す重大な役目を受け持つ神」であった、と述べられる。とすれば、天皇が行方知れずになったのを嘆く中納言義懐が、皇祖神アマテラスの前で、そのアマテラスの威力の発動を守宮神に対して願ったとすればこの場面は理解できるのであり、そして、そのアマテラスの発動を促す、背後からのエネルギーのようなものが守宮神であったことになる。アマテラスと守宮神とは、別々の神のようでもあり、また本体と影の関係のごとく一体でもあったことになる。

この守宮神の祠が実際にあったとすれば、賢所の背後にひっそりとあったのではなかろうか。服部氏が『宿神論』においても述べられているように、この守宮神はいわゆる「後戸の神」としても把握できるのである。「後戸の神」とは、阿弥陀堂などの背後の空間に安置される神—摩多羅神のことで、背後から寄り添って阿弥陀の守護をするとともにその力を発動させる、という精霊のごとき神であった。そして、自らは背後に隠れていて、その姿を見せることはない。このような「すくう神」「後戸神」の性質は、前述のイザナミが、この世に命を送り込みながらも黄泉の国に隠って姿を見せない神であったことを思い起させる。神仏の背後にあってその威力を発動する、神のそのさらに奥にある根源的な力である。

このような神あるいは精霊のような存在は、観念の問題ではなく、私たちの暮らしのなかで自然に発動する感覚であるように思える。「後戸の神」は私たちには忘れられてしまった神かもしれないが、次のような唱歌を思い出させる。この歌の中にはたしかに〈後戸の神〉が生きているのである。

しずかなしずかな里の秋
お背戸に木の実が落ちる夜は
ああ母さんとただ二人
栗の実煮えます　囲炉裏ばた

静かな秋の里にある一軒の農家、だろうか。その囲炉裏端で母親と子供が二人だけで栗の実を煮ているという風景である。ここにある「お背戸」というのは、家の裏口の戸のことを言うのだが、古くから家というものが南面で建てられることを考えれば、この裏口の戸は家の北側にあり、正面から見れば背後にあることになろう。その背戸に木の実が当たって落ちる音がするというのだから、この裏口の戸の近くには実のなる樹木が（栗の木だろうか、）植えられているのだろう。古くは、家の背後の裏庭に実の成る木を植えるという習俗があったといわれる。その木は、神が降りてくる木なのである。家という空間が、背後の神で守られるという思考が、このような家の構造に現われているのである。

ところで、この唱歌の歌詞には〈母と子〉しか出てこない。父親が出てこないのだ。母と子だけが背後の神に守られながら、この家という空間で囲炉裏の火にあたっているというのは、なんという安らぎか、と感じさせるものがある。父親という存在には大変失礼ではあるが、この感覚は男女を問わず、大概の人の共通感覚ではあるまいか。この家とは、母親の体内の子宮のような空間なのである。人間が生まれる以前の、母なる世界に包まれている感覚がそこにある。しかし、人はいつまでもその世界にいることは出来ないのであって、いつかはそこから出されてしまう、あるいは脱出せざるをえない。だからこそ、永遠の夢のなかの世界なのであろうか。人間の生まれる以前の〈始源〉としてこの〈母なる世界〉がある。

この世界に振動と刺激を与え、われわれを外の世界へと送り出す、というエネルギーが即ち背後に位置する神である。この構造を図式にすれば次のようになる。

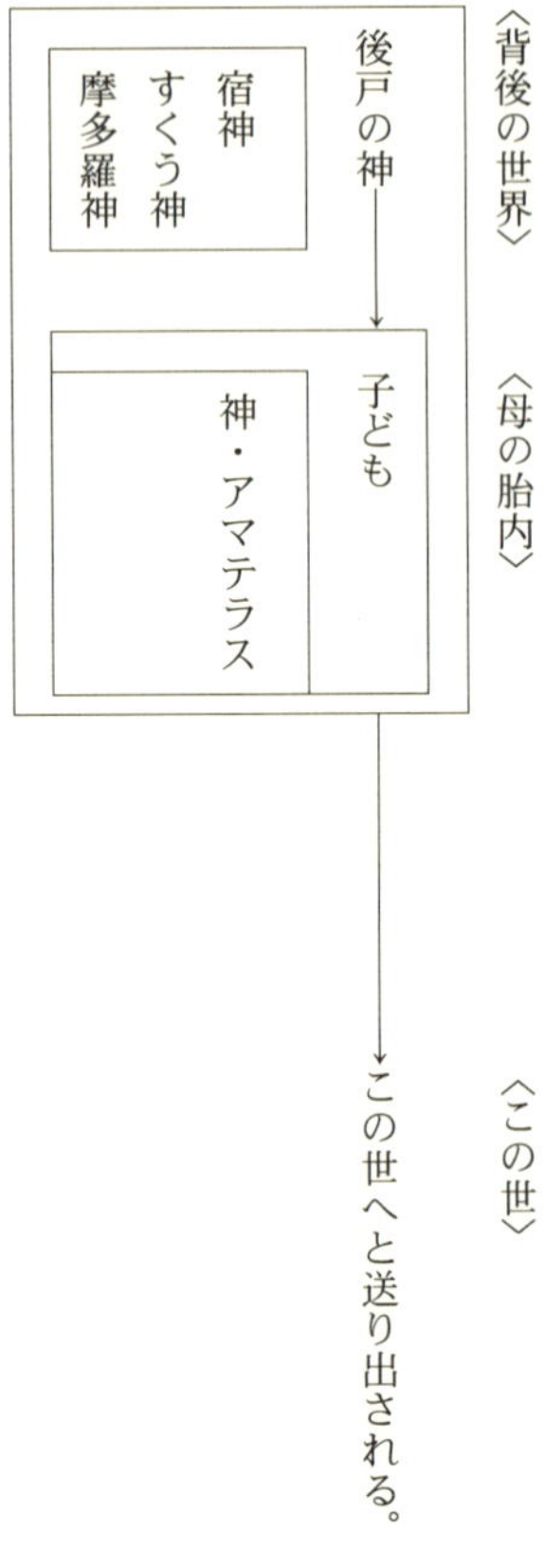

ところで、ここで引用した 服部幸雄氏の『宿神論』は、芸能の根源にある力としての宿神を論じておられる論である。この宿神は、能楽の神でもあった。そして、その姿は翁として現われているのである。能楽における宿神論の展開は、世阿弥の女婿である金春禅竹の著述である非常に精密巧緻な『明宿論』において

為されているのだが、能の世界では、根源の力としての宿神は翁として形象された。しかし、この翁のイメージは、あるいは鎌倉時代か室町時代以降の中世的なものなのではないかと思う。本来は、前述のように、命を生み出す根源の力としてイメージ化されたのは、翁ではなく、〈大いなる女神〉としての地母神や、あるいは隠り身のイザナミなどの女神だったのではないか。子供を産むという母胎の奥に位置する精霊の如き神のイメージというのは、必ずしも女神である必要はないのだが、本来は女の姿として現われていたのではないかと思う。『更級日記』においても、孝標女に夢のなかで語りかけるのは〈けだかく美しい女人〉であった。この世を生成させる根源の力として、われわれの始祖である神が顕現する。この時、古代の母系社会においては、始祖として想像されるのはやはり〈大いなる女神〉としての〈母〉であったはずである。中世にいたって、家というものが男系によって継承されるようになってくると、そこに女系から男系への転換が生じ、その結果、始祖として現われてくるのが、翁だということになろうか。翁は、男系の家の始祖としていかにもふさわしい姿だと思われる。しかし、そこには〈大いなる女神〉によってこの世が生かされている、という古代的な神話空間は喪われているのである。われわれの根源に生きる命の源として顕れる翁＝宿神の姿は、〈大いなる女神〉が生きていた女系の観念の喪失を象徴的に表しているように思える。

ところで、孝標女は、あまてる御神とは何かを追求していく中で、この〈すくう神〉＝宿神、という根源的な力の存在にぶつかったのである。このあまてる御神は、伊勢神宮の皇祖神アマテラスと同体にして、やはりずれがある。皇祖神アマテラスを包括しつつ、さらにそのアマテラスをも輝かせる母なる神であった。

これは、皇祖神アマテラス以前の〈始源の神〉を考えるべきだろう。この〈始源〉を考えるうえで、王権発祥の地、初瀬が重要な意味を持つのである。

一品宮禎子内親王に向けた孝標女のまなざしから、あまてる御神をめぐって記してきたが、聖なる御子をこの世へと送り出し、さらに守護する〈大いなる神〉のイメージがここで浮かび上がってくる。ところで、この禎子内親王は、当時としては長寿の人であった。崩御は嘉保元年（一〇九四年）一月十六日。八十二歳ということになる。これは『更級日記』以降のことであるから孝標女の預かり知らないことだが、聖なる王、聖なる女を次々と生み、その系統から次代の天皇が生まれていく流れを見れば、そこにゴッドマザー的な威力を感じる。自らが皇統の女にして、王権をさらに発してゆく、というのが、禎子内親王であった。そこに、あまてる御神に結びつく女神の姿を孝標女は見たのではないかと思う。

その一方、当時の摂関体制のなかで、禎子内親王が味あわなければならなかった問題も孝標女にとっては重要だったのではないかと思われる。

禎子内親王、その父親の三条天皇、この二人と、道長・頼通・教通という道長流の摂関家との関わりを考えてみれば、そこに摂関家によって圧力をかけられた悲運の父と娘の姿も浮かび上がる。道長が自分の孫にあたる後一条天皇をはやく皇位につけるために三条天皇との間に軋轢があったのは有名な話である。一方、禎子内親王は、祖父道長との間はまことに良好で、道長はこの孫娘を他の姫君以上に大切にしたようである。しかし、その道長の死後、長暦元年（一〇三七年）、頼通は養女嫄子女王を後朱雀天皇の女御として入内させる。その年の三月、禎子内親王は皇后になり、嫄子女王は中宮となるというように二后が並立するという事態が起こるが、この時から皇后禎子は内裏には住まなくなった。『栄華物語』では、二人の娘が斎宮・斎院となり、自分から離されてしまったため物思いをなさるようになった、とある。夫の後朱雀天皇から「(内裏へ)いらせ給へ」と勧められても、入らなかったという。父の三条院や母の妍子を早くに亡くし、さらに二人の娘とも引き離されてしまった禎子の孤独と誇り、摂関体制の中で味あわざるをえなかった悲運が感じられる。

孝標女が上京後に住んだと推測される〈三条院〉の荒れた、深山木が生い茂ったような、旅の途中の足柄山を思わせると感じたその暗さは、三条天皇と禎子内親王の悲運が籠められた暗さだったかと、思ってみたくなるのである。

大嘗会御禊に反発するかのようにして初瀬へと向かう孝標女のなかにあったと思われる、摂関家への複雑なこだわりと反発が、このような形でほの見えるのである。

伊勢斎宮嫥子女王

孝標女が記すもう一人の皇統の女が、伊勢斎宮嫥子女王である。この斎宮は『更級日記』のなかにその姿をほの見せるだけなのだが、しかし、なかなか印象深い記され方をしている。

孝標女が祐子内親王家に宮仕えしているころ、ある時雨の夜、宮家を訪れた一人の男性としみじみと語り合う、という出来事があった。もっとも一対一ではなく、同僚の女房を交えての三人での語りあいだったのだが。次は、その男性がその折り、語ったものである。

冬の夜の月は、昔よりすさまじきもののためしに引かれてはべりけるに、またいと寒くなどして、ことに見られざりしを、斎宮の御裳着の勅使にて下りしに、暁にのぼらむとて、日ごろ降り積みたる雪に月のいと明かきに、旅の空とさへ思へば、心ぼそくおぼゆるに、罷り申しに参りたれば、余の所にも似ず、思ひなしさへ気おそろしきに、さべき所に召して、円融院の御代より参りたりける人の、いといみじく神さび、古めいたるけはいの、いとよしふかく、昔のふることども言ひ出で、うち泣きなどして、よう調べたる琵琶の御琴を差し出でられたりしは、この世のことともおぼえず——後略——

その男性が、昔、斎宮の御裳着の勅使として伊勢に参った折りに味わった、冬の夜のぞっとするほどの荘厳な美しさを語るところである。伊勢の斎宮のおそろしいほどの空間、そこに現われる、斎宮に古くから仕える年老いた女房の、厳かささえ感じさせる気配。伊勢斎宮という聖なる女、皇祖神アマテラスがいる女神たちの世界が、冬の夜の美しさのなかで語られる印象深い場面である。

ところで、この男性が一体誰であるのかは『更級日記』は秘めて語らないのだが、ただ彼の「斎宮の御裳着の勅使として下りしに」という言葉から、〈考証〉によって彼が源資通であったことが判明するだけである。この〈考証〉を行なったのは藤原定家であって、『御物本更級日記』の「勘物」に源資通の経歴を載せるとともに、『左経記』からの抜粋を記載している。この『左経記』の伊勢斎宮勅使の記事によって、勅使が源資通であったことが判明する。

ここから考えると、源資通という男性は、伊勢の斎宮という聖なる空間とともに現われ出てくるかのような印象がある。この源資通もまた〈源氏〉であった。〈源氏〉である男が伊勢へ勅使として赴く、というところから、『伊勢物語』の業平と伊勢斎宮恬子内親王の恋物語がおのずと浮かび上がってくるのだが、このような物語の濃密な気配がここにもたしかに遥曳している。さらに、源資通は宇多天皇の五世の孫である。孝標女も、菅原道真から数えて五世の孫にあたる。宇多天皇と菅原道真の深い関係を考えれば、五世の孫同士のこの邂逅は、いささかこじつけめくのだが、なにやら因縁深いものがあると言えようか。孝標女と源資通との関係は、『更級日記』によれば、ほのかな、としかいいようのない恋の気配しか描かれていないが、実際のことは分からない。しかし、このような〈恋〉がぬけぬけと記されるというところに、美意識としての〈みやび〉の発露が孝標女にもあったということは言えそうである。そして、孝標女のまなざしが、源氏、女源氏、という皇統の人間に注がれていることは確かなようである。

この資通の語りの中には、伊勢斎宮娉子内親王は直接には姿を現わさない。斎宮御所の月に照らされた神秘的空間が語られているだけである。

源資通が伊勢の斎宮で会ったという「円融院の御世より参りたりける人の、いといみじく神さび、古めいたるけはひの」人は、代々の斎宮に仕えた巫女のような厳かな人であったらしいが、資通のこの体験は、孝標女が宮中の内侍所を訪れた際の記事と対応するものだろう。長久三年（一〇四二年）四月、祐子内親王が宮中に参内するときに孝標女も御供として参内する。その折りの記事である。

内裏の御供に参りたるおり、有明けの月いと明きに、わが念じ申すあまてる御神は　内裏にぞおはしますなるかし。かかるをりに参りて拝みたてまつらむと思ひて、四月ばかりの月の明きに、いと忍びて参りたれば、博士の命婦は知るたよりあれば、燈籠の火のいとほのかなるに、あさましく老いさびて、さすがにいとよう物など言ひゐたるが、人ともおぼえず、神のあらはれたまへるかとおぼゆ。

資通の語る〈冬の夜の月〉に照らされた空間が、ここでは〈四月ばかりの月の明きに〉というように、初夏の候に転じているが、月の光のなかで〈聖なる空間〉が神の化身のような老いた巫女によって表されているのが共通する。〈聖なる空間〉と〈聖なる女〉は、月によって浮かび上がるのである。孝標女が、「わが念じ申すあまてる御神」に参ろうと訪れたのは、宮中の内侍所、すなわち賢所だが、そこは前述のように皇祖神アマテラスの御霊である鏡を祭祀する場所であった。しかし、彼女は、そのアマテラスについて記述はなく、また鏡についても言及しない。ただ記すのは、老いた内侍所の女官「博士の命婦」のことである。「かかるをりに参りて拝みたてまつらむ」として参上したはずなのに、孝標女ははたして〈あまてる御神〉をちゃんと拝んだのかどうか。この文脈では、まるで年老いた博士の命婦が拝む対象であるかのように読めてしまう。「人ともおぼえず、神のあらはれたまへるかとおぼゆ」と感じたこの命婦が、あたかも〈あまてる御神〉

であるかのように。

このことは、〈あまてる御神〉がアマテラスそのものではなく、「博士の命婦」に象徴されるシャーマン的な巫女によって表されるものではなかったかと思わせる。アマテラスではなく、アマテラスを守護し、祭祀する役割としての老巫女は、まさに〈すくう神〉の化身であったろうか。そして、それが〈あまてる御神〉でもあったろうか。

アマテラスが太陽神であるとすれば、あまてる御神とはその太陽を輝かせ、威力を発揮させる神だといえる。とすれば、あまてる御神とはかならずしも太陽神であると考える必要はないのかもしれないと思われる。『万葉集』には「あまてる」の語の例は二つあるのだが、それは二つとも「月」に懸かる言葉となっている。「あまてる」の語にはどうしても〈月〉のイメージが絡むのである。

久方　天照月者　神代爾加　出反等六　年者経去乍　巻七　1080
（ひさかたの　あまてるつきは　かみよにか　いでかへるらむ　としはへにつつ）

比左可多能　安麻弖流月波　見都礼杼母　安我母布伊毛に　安波奴許呂可毛　巻十五　3650
（ひさかたの　あまてるつきは　みつれども　あがもういもに　あはぬころかも）

〈あまてる〉という語のイメージから触発されるのが、このように〈月〉であるとすれば、「すくう神」

「宿神」も〈月〉であろうか。命を胎内に宿し、その命がこの世へと生まれ出る、という生殖の問題を考えれば、女性の生理・妊娠・出産に深く関わる〈月〉が、アマテラス以前の根源の女神であったとしても不思議ではない。満ち欠けする月をながめながら、女はみずからの身体の不思議さや変化を感じ取ってきたのである。

夜を照らす月、昼を照らす太陽は、〈月日〉として表裏一体のものとして捉えられるのかもしれないが、月は女の根源のエネルギーとして力を放っていたのかもしれないと思う。その月の威力は、伊勢神宮の皇祖神アマテラス――これは国家的な太陽神だが、そのアマテラス、さらにその化身である斎宮を背後から支える巫女たちのシャーマニズムによって現われているように思える。それが、源資通の会ったという年老いた女房、孝標女が内侍所で会った老巫女が、月の光のなかに現わした姿であった。

『更級日記』のなかには記されていないのだが、伊勢斎宮嫥子女王による御託宣事件というものが、長元四年（一〇三一年）六月に起こっている。ことの次第は、『小右記』（藤原実資の日記）の八月四日の記事に詳細に記されているのだが、それによれば、嫥子女王は嵐の夜に突如神がかり的状態となり、アマテラスが憑依したものらしい。嫥子の口を借りてアマテラスが訴えている内容とは、主に次のことであった。

寮頭相通不善　妻亦狂乱　造立宝小倉　申内宮　外宮御在所　招集雑人　連日連夜神楽狂舞　京洛之中巫覡祭狐　狂定大神宮　如此之事不然之事也

斎宮の寮頭である藤原相通がまことに善からぬ有様である。さらにその妻藤原小忌古曾も狂乱の有様で、「宝小倉」＝〈ほこら〉を造って、ここが内宮、外宮だと申して、人々を集めて、連日連夜神楽を舞っている。京の都では、巫覡の人々が狐を祭って、これを大神宮の神だと捩じ曲げている。このようなことは、あるべきことではない、という内容である。

ここでは二つの〈善くないこと〉があげられている。一つは、斎宮に仕える一人の女房が勝手に巫覡活動を行なっていること。この「小忌古曾」という女は、「件妻交居女房中」と記されているので、斎宮に奉仕する女房の一人であったらしい。おそらくは、斎宮が抱えるべきシャーマン的な要素を代わりに引き受けているような存在だったろうか。

さらに一つは、京の町で巫覡活動が盛んであること。それも、狐神を祭って、それをアマテラスだと称しているとのことである。

この二つを通して見えることは、女によるシャーマニズムがアマテラスをめぐって様々な形で躍動しているありさまである。後者の、狐とアマテラスが結びつくというのは、稲荷信仰における狐神―ダキニ天―アマテラスという神々の連鎖のことを指しているのではないかと想像されるのだが、これは又後述したい。

この御神託事件を朝廷に訴えているのは、祭主大中臣輔親である。この人物は、いわば朝廷から派遣される伊勢神官グループの最高責任者というべき人であり、その報告の内容によれば、アマテラスの御神託をじかに聞いたのは輔親だけであったらしい。そして、伊勢斎宮もいわば朝廷から派遣される存在であることを考えれば、土俗的なシャーマニズム（藤原相通も妻の小忌古曾も在地の豪族だろうか）と国家の統制との軋轢と考えることもできるのであり、この御神託事件も、大中臣輔親と、あるいは小忌古曾の横暴に遺憾の意を感じた斎宮媞子とが結託して起こした事件とも勘繰ることができる。それにしても、輔親の報告する御神託事件のあらましは具体的で生々しく、あるいは、このような憑依現象が、本当に斎宮その人に起こったのではあるまいかと勘繰りたくなるほどのものである。斎宮は、その夜を通して、大杯で酒を何杯も何杯も重ねて飲んだというありさまであったと輔親は報告する。おそらくは泥酔状態になったものらしい。事の真相は分からないものの、斎宮の精神錯乱状態をよい機会として、大中臣輔親が、伊勢神宮の内部で勃興するシャーマニズム的な巫覡活動を払拭しようとしたものではないかと想像される。

このような巫覡、女によるシャーマニズムは、そのまま、宮廷の内侍所でも事情は同じであったものらしい。孝標女は、皇祖神アマテラス、国家としての祭祀による神、ではなく、このようなシャーマニズムとしての女を見ていたのではないか。というのも、シャーマンとしての女には、仏教が標榜する女の穢れ観などは払い除けてしまう威力と聖性が見られるのである。六国史や『扶桑略記』などには、御神託、御霊託などの記事がおりおり現われる。宇佐八幡宮や、大宰府の安楽寺での御神託は、そこに属する巫女たちによるものであった。そして、都の貴族たちはその御神託を戦戦兢兢としながら受け取っていたようである。事実、媞子斎宮による御神託のなかには、天皇に対する批判もあったのだが、それを聞いた後一条天皇はさっそく賢所に籠もって祈りをささげた、という記事が『小右記』に記されている。御神託、霊託というものが中央の王権に対して威力を放っていたことがうかがわれる。その威力が、巫女による御神託という形を取るとき、女の聖なる力というべきものがまだまだ力を放っていたと言える。

しかし、伊勢神宮における巫女たちによる巫覡活動は、朝廷によって断罪され、藤原相通とその妻小忌古曾たちは配流された。さらに京の都における、おそらくは女によると思われるシャーマン的な巫覡も政府は取締を強化する。このような傾向を俯瞰すると、女の聖なる威力の発露とも言うべきシャーマンとしての力を、〈王権〉のなかから排除しようという動きがあったのである。女の〈聖なる力〉というものは、すでに摂関体制によって制度化された天皇制のなかでは、過剰なものであり、いかがわしいものであり、排除すべきものであったと思われる。〈王権〉はシャーマン的な女神の末裔たちによって遂行されるものではなく、天皇という〈男〉を頂点として組織化された国家によって遂行されるものであった。摂関体制においては、摂関家は天皇を婿として取り込まなければならない。そのためには、天皇は男性でなければならず、摂関家の女が天皇制を支える女として重要になってくる。大嘗祭御禊の〈女御代〉によって表わされる天皇制とは、〈聖なる女〉の力を排除したものに他ならない。

この、伊勢斎宮御神託事件が起こった長元四年(一〇三一年)、この年、孝標女は二十四歳であった。『更級日記』では、その年の前後の記事は年次不明のものが多く、孝標女が、この託宣事件をどのように受けとめたかは不明だが、この事件は宮廷社会に大きな問題と評判を呼び起こしたであろうことは想像されるので、孝標女も当然、耳にすることもあったろうか。この事件は、彼女が『更級日記』に書き記した、あまてる御神をめぐる思いへと、彼女の心のなかで繋がったのではないかと思えるのである。

斎宮嫥子女王は、生年は不明だが、没年は永保元年（一〇八一年）。この嫥子女王が斎宮に卜定されたのは、長和元年（一〇一二年）である。『栄華物語』によれば、「あるがなかのおとみや（嫥子女王）は三条院の入道の一品の宮の御子にしたてまつらせ給ひし、まだ十ばかりにやおはしますらん。こたみのさい宮にゐさせたまひぬ」と記されているので、卜定時「十ばかり」の年齢であったことが分かる。仮に十歳とすれば、没年時は七十五歳くらいである。ちなみに、この斎宮は退下ののち天喜二年（一〇五四年）、藤原教通の妻となった。卜定のときの年齢を十歳とすれば、結婚は四十八歳ということになる。『栄華物語』ではこの結婚に関して「ねびさせ給へれど、心ざしあさからでおはします」（年をとってはいらっしゃるが、教通の愛情は浅くはなくていらっしゃった）ということなので、悠々たる後半生であったろうか。

祐子内親王・脩子内親王

上総から上京ののち、孝標女がひたすら願ったのは〈物語〉を読みたいという思いだったという。その彼女の思いに応じるかのようにして、隣の「三条の宮」からもたらされたのが「わざとめでたき冊子ども」であった。この「冊子」というのは、巻物ではなく綴じ本のことである。孝標女のあこがれの物語世界は、まず始めに、この「三条の宮」から発せられたことになる。

この「三条の宮」脩子内親王は、一条天皇、定子皇后の間に、長徳元年（九九五年）に誕生した。従って、孝標女が物語の冊子を頂戴した寛仁四年（一〇二〇年）のこの年、二十五歳であったことになる。妙齢のこの姫宮のことを孝標女はどのように思っていただろうか。この件に関しては、孝標女は何も記さないけれども、『枕草子』を通して、あの有名な定子皇后の健気なまでの凛とした誇り高さとみやび、そして、道長のために悲運を辿ったその晩年の有様は、少なくとも執筆時には、知っていたはずである。これらの事は史実ではあるけれども、『枕草子』という文学の力によって、物語の世界へと昇華していたものと思われる。その物語世界のヒロイン定子皇后の娘が「三条の宮」である。孝標女の物語世界への導入は、このような〈物語〉を現実に生きる人物からもたらされたのである。文学少女にとっては、特筆すべきことではあるまいか。

さらに、孝標女が長暦三年（一〇三九年）から宮仕えすることになった祐子内親王はこの定子皇后の曾孫にあたる。『源氏物語』を貫く〈紫のゆかり〉の論理と同じものをここに垣間見ることが出来るように思える。系図を示すと次のようになる。

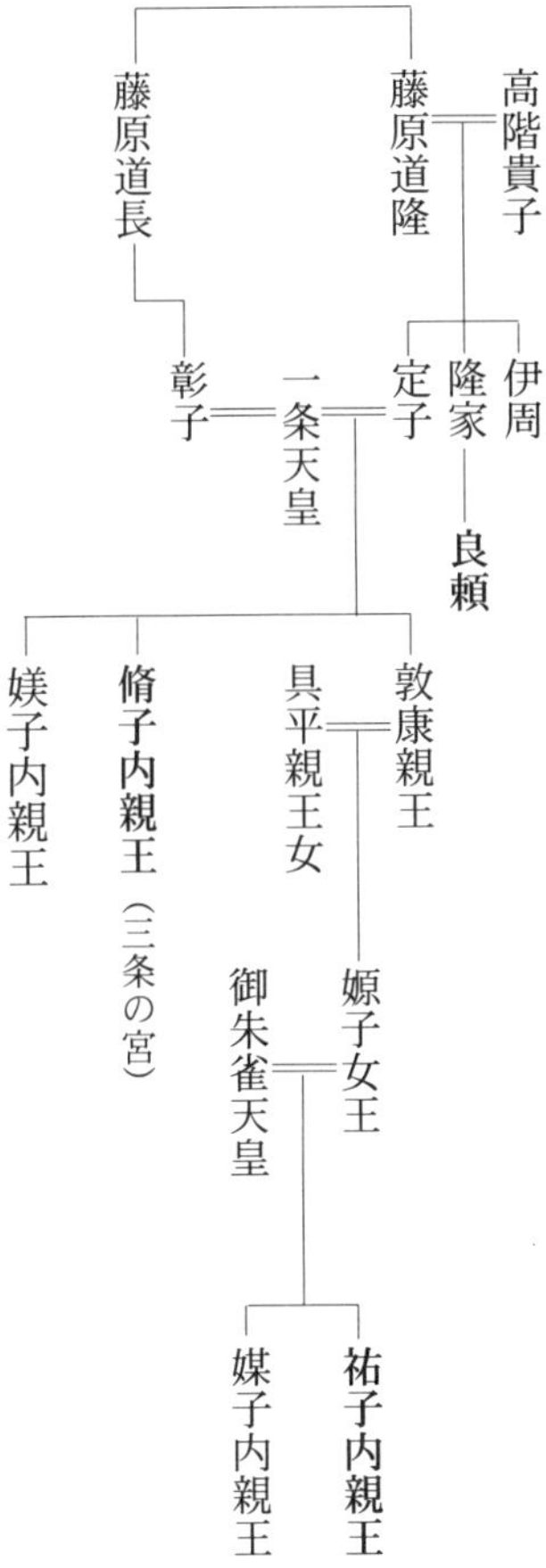

この系図、いわば道隆の中関白家と、定子皇后の子孫たちの系図ということになるのだが、『更級日記』にはこの系図上の人物が、前述のように良頼も含めて現われるのであり、脩子内親王から祐子内親王へと、媄子女王を介して波及してゆく〈ゆかり〉が見られるように思える。

次の『更級日記』の記事は、祐子内親王の御供で、宮中に参内した時のものである。長久三年（一〇四二年）四月のことである。

またの夜も、月のいと明きに、藤壺の東の戸を押しあけて、さべき人々物語しつつ　月をながむるに、梅壺の女御ののぼらせたまふなる音なひ、いみじく心にくく優なるにも、故宮のおはします世ならましかば、かやうにのぼらせたまはましなど、人々言ひ出づる、げにあはれなりかし。

天の戸を雲居ながらもよそにみてむかしのあとを恋ふる月かな

孝標女たち、祐子内親王の女房たちが藤壺の戸をあけて月を眺めていた。そのおり、梅壺女御が天皇のお召を受けて参上なさる様子がうかがわれた。その気配を耳にした女房たちは、祐子内親王の母である故宮、媄子女王のことを懐かしんで、もし生きておられたら、と述懐をする場面である。

孝標女が初めて出仕した頃、祐子内親王は、まだ生まれて一年数か月の幼子であった。そして、母の中宮媄子女王は、長暦三年（一〇三九年）八月、第二子禖子内親王を出産後ほどなく亡くなってしまっている。享年二十四歳。

この引用文に出てくる梅壺女御とは、その中宮嫄子の崩御ののち入内した、藤原教通の娘、生子のことである。嫄子は、藤原頼通の養女となっているのだけれども、〈皇統の女〉として位置付けられるのではないか、と思うのだが、その〈皇統の女〉が夭折の後〈摂関家の女〉が繁栄していく、という構図がここにある。ちょうど、中宮嫄子の祖母、定子皇后が同じく二十四歳で夭折の後、道長の娘彰子が次々と皇子を産むことで道長の流れに繁栄をもたらせたように。

この定子皇后のことは、『更級日記』には記されてはいないけれども、定子を一つの光源として、三条の宮から、嫄子女王へ、さらに祐子内親王へとその光が及んでいくさまを孝標女は見ていたのかもしれない。それは、その光の流れ、つまり〈皇統の女〉という聖性の流れを捉えようとすることであったと思う。そして、ここでも、その神聖な空間を照らしているのは、月であった。その月の光のなかで、聖なる女たちの面影が浮かび上がるのである。

孝標女が『更級日記』のなかで書き記したのは、このような〈皇統の女〉たちであった。その〈皇統の女〉が、藤原道長とその流れの摂関体制のなかでどのような運命を辿ったかがそこから浮かび上がる。そして、〈皇統の女〉とは、すなわち、摂関体制という、いわば男の論理によって成り立つ制度からながめると、制度から外れた存在だと捉えられる。〈皇統の女〉は王権の基底をなす聖性を体現しているがゆえに、その聖性は時には制度をおびやかすものとして、排除すべき余計なものとなりかねないのである。天皇制という制度の内に閉じこめられて、かつては光り輝く女神であった彼女たちの聖性の行方はないように思える。

〈皇統の女〉のこの運命は、孝標女もふくめて、女たちの運命でもあった。女系中心の社会構造が男系に変わってくると、氏族の中枢の女神であった女たちはその中枢性をなくしてさすらわざるを得ない。しかし、そのさすらいの中から〈物語〉が生まれ出るのである。孝標女がいかに物語というものに没頭したかが『更級日記』の主要テーマであるのだが、彼女の物語志向は、この行き場をなくしたさすらう女の運命を、皇女もふくめて見つめることに繫がっているように思われる。

4　初瀬詣で――女神との交感

孝標女の初瀬詣で

永承元年（一〇四六年）十月二十五日の御禊の日、孝標女はいよいよ初瀬へと出発した。たまたま、発心がこの日にぶつかったというよりは、かなり確信犯的な行動であろうと思われる。

未明の暗いうちに出発した孝標女は、九条河原に位置する法性寺の大門辺りでまず止まった。そこは京の都の端っこにあたる。一般的には、そこまでは牛車でいけるがその先は馬に乗り換えるというのが、当時の旅のあり方である。そして、いよいよ旅が始まる。御禊の見物客たちが流れるように都へとやってくるという。その人々の流れは、宇治においても同じありさまであった。宇治川のほとりでは、都へと向かう人々の流れがそこで塞き止められて、川の渡し守が采配をふるっている様子が描かれる。孝標女はそこでしばらく時間を費やす間、周囲をながめて『源氏物語』の宇治の世界に思いを馳せている。宇治十帖の大君や中君、さらには浮舟たちのドラマが展開した〈物語の場〉が宇治であった。そこからさらに南下して「贄野の池のほとり」でその夜の宿を取ったとある。宿泊所に決めたその家は「いとあやしげなる下衆の小家」だが、その家の人々も御禊見物のために京に出掛けているということで、その家の下男たちが応対している。「あや

京からの宇治への道

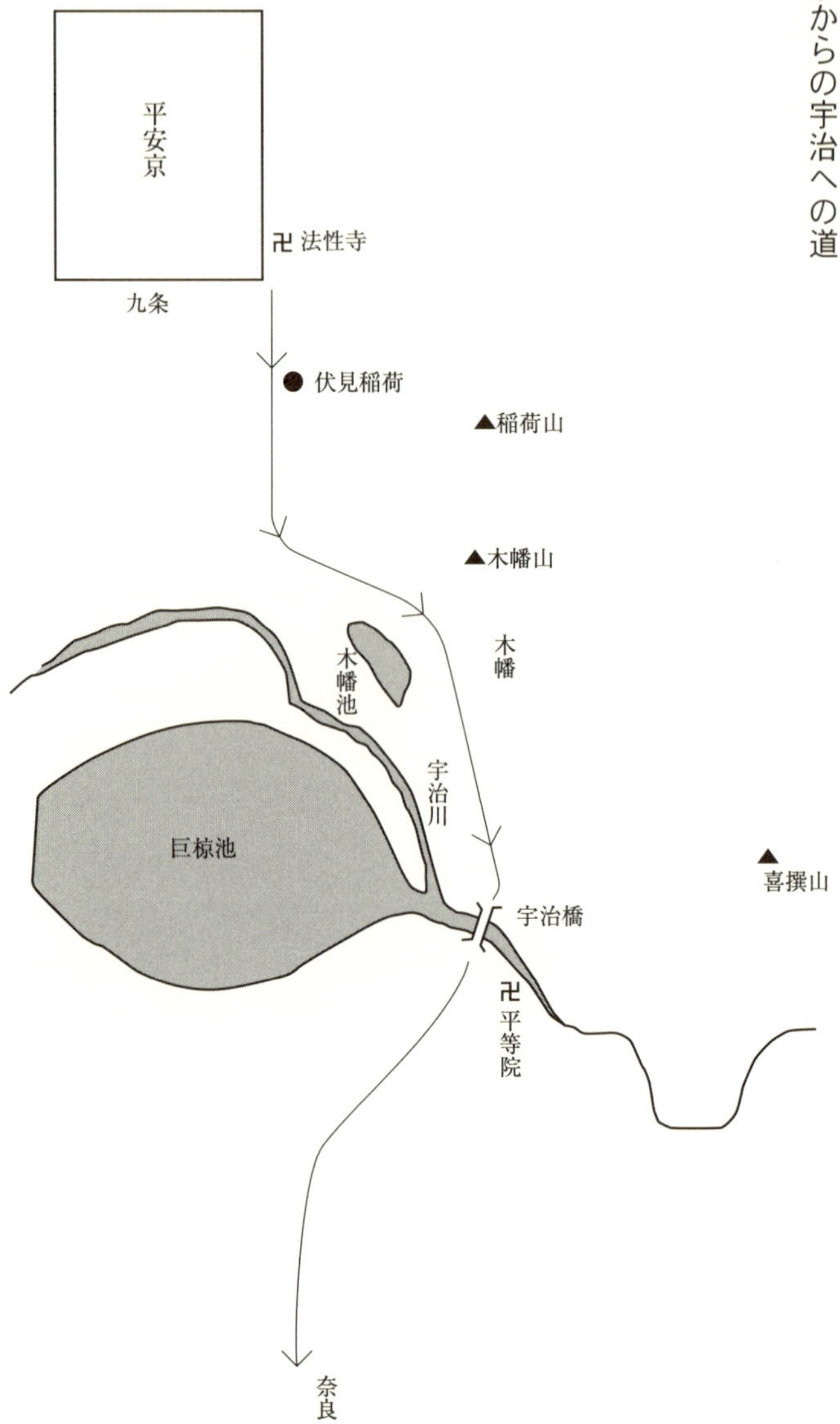
平安京
法性寺
九条
伏見稲荷
稲荷山
木幡山
木幡
木幡池
宇治川
巨椋池
宇治橋
喜撰山
平等院
奈良へ

しげなる下衆」の家だとはいえ、下男や下女たちもいるらしく、それなりの家ではないかと想像されるのだが、そういう人々さえもこの日は御禊見物へと向かっていることが分かる。

早朝、その家を出た孝標女一行はようやく奈良へと入っていった。「東大寺に寄りて拝みたてまつ」り、「石上」(石上神宮)も見て、「山のへ」の寺へと辿り着いて、その夜はその寺に泊まった、とある。この間の記述はまったく簡潔で、あっさりし過ぎているほどなのだが、『更級日記』の記述は、そもそも思いの丈をくどくどと記していくというタイプのものではなく、象徴的といいたいほどポイントだけを点滅させているような書き方である。この初瀬詣での記事のなかでの最初の点滅ポイントが、その日泊まった「山のへといふ所の寺」で見た〈夢〉であった。〈夢〉を見た孝標女は、いよいよ力を得て、翌日の夜、長谷寺へと着いた。その間のことは、次のように記されている。

その夜、山辺といふ所の寺に宿りて、いと苦しけれど、経すこし読みたてまつりて、うちやすみたる夢に、いみじくやむごとなく清らなる女のおはするに参りたれば、風いみじう吹く。見つけて、うち笑みて、「何しにおはしつるぞ」と問ひたまへば、「いかでかは参らざらむ」と申せば、「そこは内裏にこそあらむとすれ。博士の命婦をこそよくかたらはめ」とのたまふと思ひて、うれしく頼もしくて、いよいよ念じたてまつりて、初瀬川などうち過ぎて、その夜御寺に詣で着きぬ。

寺に泊まった孝標女は、その夜お経を誦してから眠った。夢のなかで、非常に高貴な「きよら」な女がおられるところへ孝標女が参ると、女はにこっとして「どうしてあなたはいらっしゃったのか」と問うので、「どうして参らずにおられましょう」と答えると、「あなたは内裏にいることになろう。博士の命婦とよくお話しなさい」とおっしゃった。それが嬉しくて、ますます念じ申し上げて、翌日、長谷寺へと着いた、という内容である。

この〈夢〉に現われた女は、まさに女神だと思われるのだが、具体的にはいったい誰なのか。この女人を長谷寺の観音の化身と考える論考が多いのだが、観音菩薩との関連を考える前に、孝標女がこの初瀬へと向かうに至る流れや、これまで孝標女が記してきた〈あまてる御神〉信仰や、〈あまてる御神〉と「高貴な人の乳母になって内裏で暮らす」という夢解釈の関係、またこの女人が言う「博士の命婦」などを考慮すれば、この女神は〈あまてる御神〉なのだと解釈せざるを得ない。ただ、この〈あまてる御神〉は、孝標女によれば、伊勢にもいたり、紀伊にもいたり、宮中の〈すくう神〉でもあったりと、まことによく変身する神でもあるので、ここでも〈あまてる御神〉の一形態として捉えられるだろうか。〈あまてる御神〉のさらに別の属性、というよりは、〈あまてる御神〉の本来の姿が初瀬の地で現われたのだと見ることも出来よう。その神の姿は、自然と長谷観音とも繋がっていくのである。

ところで、孝標女が泊まったという「山辺といふ所の寺」とはどこなのか、という問題があるのだが、新潮日本古典集成『更級日記』の注では「天理市井戸町の辺り」の寺かとされている。さらに、小内一明氏は「『あまてる御神をねむしませ』の夢」(『群馬女子大学国文学研究』2　一九八二年三月)において、「『山辺の寺』は、『御堂関白記』寛弘四年八月四日『宿井外堂、御明諷誦　信布十端』と道長も宿した寺『井外堂』(井土堂とも）であろう。西井戸堂村（天理市。中つ道と石上神社からの道の交差地にあたる）にある式内社『山辺御県坐神社』の神宮寺『妙観寺』の横に『山辺の御井』と伝える所があるということであるから、村名の由来の堂がそのあたりにあったとみてよいであろう」と考証されている。

地図でみると、天理市にある石上神社の西南四キロの地点に井外堂の地名が現在も残っており、その地に残る「山辺の御井」の名も、そこが「山辺の寺」であったことを証明しているように思える。しかし、その寺で、なぜ〈あまてる御神〉らしき女神が顕現したか、という理由がうかがえないのである。私は、孝標女は石上神社を拝したのち、日本最古の幹道といわれる「山の辺の道」を南下し、三輪まで来たのではないかと思う。そして、この「山辺といふ所の寺」とは三輪寺のことではないかと想像する。「山辺」という地名は、固定の限定された地を指すのではなく、奈良盆地東の山麓全体を指すものと考えれば、三輪山山麓に位置する三輪寺を「山辺といふところの寺」と見做してもおかしくはない。

仮に、泊まったのが井外堂であるとすると、その寺が幹道「山の辺の道」からおよそ二キロも西へと離れているのがかなりの遠回りになるので疑問である。井外堂は、奈良盆地中央をはしる幹道「中つ道」の途中にあり、そのコースを取ったとすると不自然ではないのだが、少人数の孝標女一行ならば「山の辺の道」のコースを取る方が自然であるように思える。

道長の一行が初瀬詣でに行くとすれば、供人の数も相当なものであろうから、それなりの大きな宿泊施設が必要だったろうと思われるので、井外堂は大規模な寺であったのかもしれない。

孝標女が泊まったのが三輪寺であるとすれば、〈女神〉が出現する必然性があるのである。

初瀬までの道と周辺（奈良）

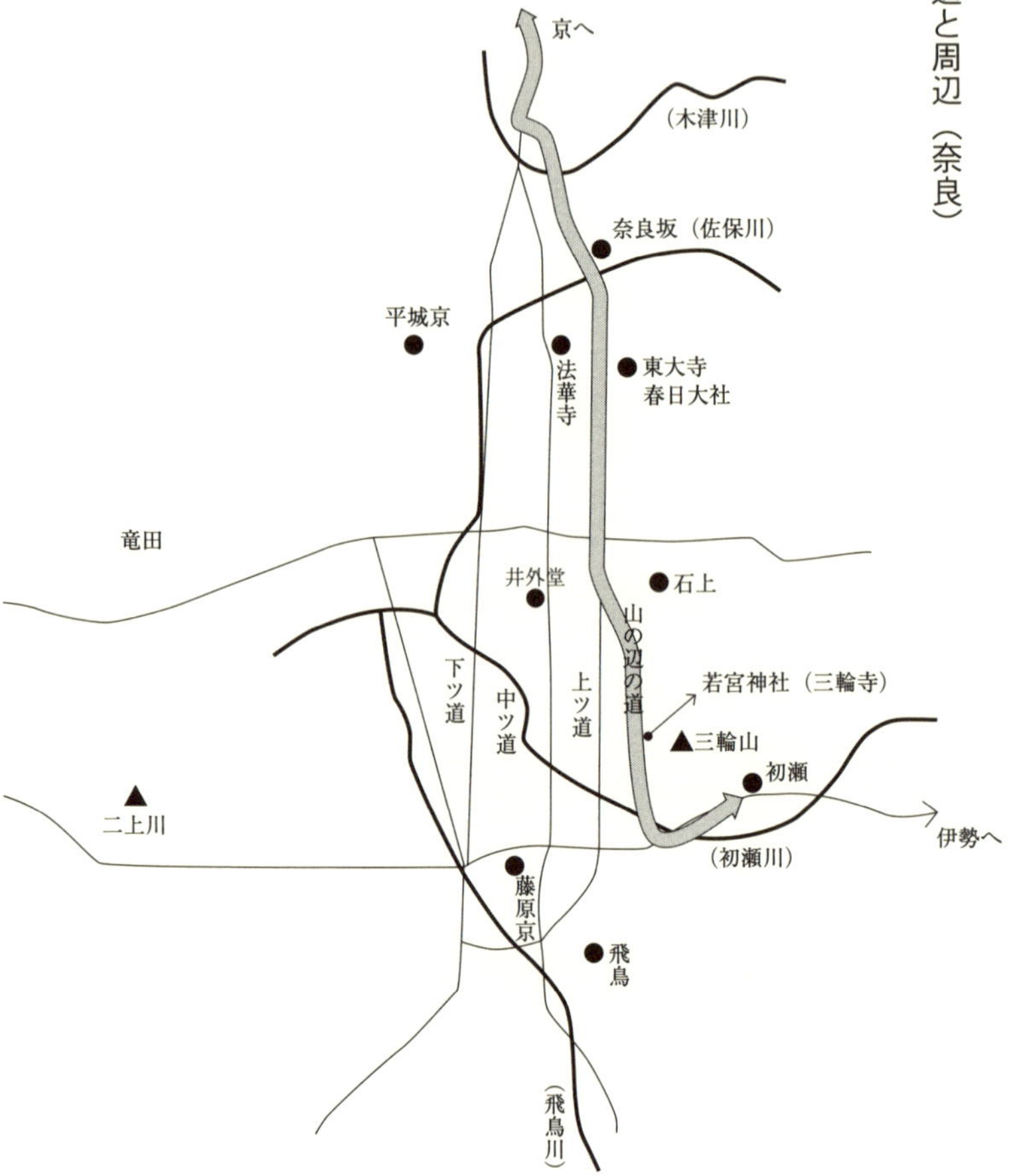

中山和敬『大神神社』（学生社　二〇〇三年）によれば、三輪寺とは、大神神社の神宮寺として奈良時代に創建された寺ということだが、明治期の神仏分離政策によって現在は若宮神社となっている。創建時は「大神寺」、その後は「大三輪寺」「三輪寺」と称されたという。大神神社の西やや北寄りに位置する。

三輪の地は、三輪山を神として祭祀する古代信仰の一大センターであった。その宗教の震源地というべき三輪の地に仏教が伝来し、本地垂迹によって神宮寺が出来た。それが三輪寺である。大神神社の祭神は三輪明神＝大己貴神、別名大国主命の和魂であるとされる。

孝標女が泊まった寺が三輪寺であるとすると、その夜の夢に現われたのは、この三輪明神だと考えられる。しかも、三輪明神はしばしば女に化けるのだという。このことは、三輪明神は本来は女神であったことを意味するのではないかと思う。さらには、この三輪明神が伊勢のアマテラスと同体であるという説を、中山和敬氏は『大神神社』のなかで紹介しておられる。

それによれば、鎌倉時代に起こった三輪流神道の最古の文献『三輪大明神縁起』の奥書には次のような事が記されているという。

同縁起の著者は、文保二年（一三一八年）十一月四日の夜、夢想に感じ、十二月二日に三輪霊神に参詣、四日間参籠し、古記録の『大御輪寺縁起』『神宮口伝古記』などを尋ね読み、その肝要の事を書き記した。それが『三輪大明神縁起』である。その〈肝要のこと〉とは、天照太神と三輪大明神は同体、本地は大日如来、垂迹ののちは、大和では大神大明神となり、伊勢では皇太神となった、という内容である。

この『三輪大明神縁起』の成立年代は鎌倉時代末のことであるから、この内容をそのまま孝標女の時代に当てはめるわけにはいかないのだが、この縁起の著者は神社に古くから伝わる記録を参照にしたということなので、この天照太神と三輪大明神の同体説はかなり古くからあったものと考えることも出来よう。

三輪明神、つまりは三輪の神というのは、アマテラスと同体であると言うよりは、皇祖神＝太陽神アマテラス成立以前の根源的な神として捉えられるのではないか。あまてる御神と皇祖神アマテラスが同体にして重なるようでありながら、どこかに〈ずれ〉があるように。その点で、三輪の神はあまてる御神と同じ性質の神として、つまり、太陽神として確定された〈皇祖神アマテラス〉以前の〈始源の神〉として、重なるのではあるまいか。

皇祖神としてのアマテラスの成立は、『日本書紀』『古事記』が編纂された時期だとされる。壬申の乱の後、国家、天皇制という制度の成立にともなって、〈王〉は〈天皇〉となり、アマテラスの末裔、つまりは「日の御子」とされるようになった。そして、アマテラスは太陽神として確定していったのである。それ以前の制度化されない神々が、大和王権発祥の地に女神の姿として生きているとしても不思議ではない。

そもそも〈あまてらす〉〈あまてる〉の語は、聖なるものを形容する言葉であったと思われる。光り輝くようにすばらしく聖なる存在を意味するもので、固有の神を表す名称ではなかったのではないか。従って、〈あまてる〉は月にも係り、さらには「天照地照火明神」という〈天を照らし、地を照らす、輝く火の神〉という神の名も生じる。この場合、「天照」が固有名詞であれば、この神の名は奇妙なものになってしまうのである。

抽象概念としての〈あまてる〉（〈あまてらす〉は尊敬表現）の中から太陽神〈アマテラス〉が国家の最高神

として抽出されていったということだろうか。そして、伊勢の地に祭祀されるようになった。

三輪の地、さらに初瀬から見れば、伊勢神宮は真東に位置する。そこから考えると、東から昇る太陽神アマテラスに、〈隠りく〉の地である初瀬はエネルギーを送り続けるという関係がうかがわれる。〈隠りく〉の初瀬は、母の子宮の奥にある、この世のものを生み出す根源のエネルギーを発する地だと言えよう。生を生み出すこの地は、古代は葬地でもあったことからも分かるように、死を孕む世界でもあった。生と死を孕むこの世界の神は、先に述べたような始源の女神であるイザナミを連想させるし、また宿神のようでもある。これは、宮中内侍所においてアマテラスを守護する〈すくう神〉や、孝標女の信仰するあまてる御神に繋がっていく〈カミ〉の概念であろう。

この地で、あまてる御神、すくう神が、三輪の神として孝標女の夜の夢に現われる背景にこのような脈絡が考えられる。

観音信仰

孝標女の夢に現われた〈きよらなる女〉を観音の化身として解釈する論が一般的である。また、この時代は観音信仰が盛んであり、貴族女性たちはあたかも物見遊山を楽しむかのようにあちらこちらの観音への参詣を繰り返している。観音は、阿弥陀仏のような来世信仰とは違って、この現世での幸せをかなえてくれる仏であるのだから、言わば親しみやすい、お願いをしやすい菩薩であると言える。また、各寺に安置される観音菩薩像を拝すると、その美しさに感嘆することも多い。観音菩薩は、当時の貴族階級の美意識に適った仏さまであったのかもしれない。

この観音が三輪山信仰のなかに組み入れられたとき、仏教と神の世界との混淆が起こって、観音はさまざまな〈神〉の顔を見せはじめる。これは、観音菩薩というものが、本来はインドでの大地母神、あるいは水の神としての女神であったことが、この混淆を可能にしたものであろう。インドの女神は、大和の地に移されたことにより、大和のさまざまな女神の顔を見せることになる。

インドにおいては、紀元前二五〇〇年頃までさかのぼりうるといわれるインダス河　流域のモヘンジョダロ遺蹟から、蓮華を髪飾りにつけた女神像が発掘されている。文献上では、『リグ・ヴェーダ』の付録に蓮華の女神の讃歌があって、富、豊穣、繁栄の授与者としての女神と蓮華の結合の古さを示している。それは、観音がもともと女神であることを暗示するのみではなく、その住所たる補陀洛山は女神の鎮座するところであった。

（沼義昭「観音信仰と母性崇拝」大乗仏教と日本人8『性と身分』　春秋社　一九八九年）

観音菩薩は、〈ほとけ〉という、いわば抽象概念が形を取ったものであるから、仏教の教義上では性別はないものだが、この引用文にあるように、富、豊穣、繁栄をもたらす大地母神的な女神のイメージがあるとすると、この女神の観念は長谷寺の観音にも波及していると思われる。観音は、菩薩であると同時に〈女神〉として受容されていったのであろう。ここから、さらに、観音と伊勢のアマテラスは同体である、という思想も発生するのである。孝標女の夢のなかに〈きよらなる女人〉が現われたときの「風いみじう吹く」という状況は、アマテラスが伊勢の神風とともに現われたと解釈されるもので、この女人は、アマテラスであると同時に、観音であり、さらに、三輪明神、あるいは初瀬における〈アマテラス〉以前の〈始原の女神〉として、そして、あまてる御神や、アマテラスを守護する〈すくう神〉としても捉えられるのである。このようなさまざまな顔を見せる神々の、その基底にあるのは、この世の〈生〉を生み出し、この世に力を波及させるエネルギーの根源としての〈カミ〉の力であろうか。そこに〈母なるもの〉の力〈聖なる女〉を見ることが出来るのである。

このような女神が出現するのは、三輪の地、あるいは初瀬でなければならなかった。孝標女が大嘗会御禊の日に、ひたすらに初瀬へと向かうのは、この女神と出会い、そして交感するためでもあった。三輪・初瀬の地は、大和王権発祥の地であり、王権が王権であるための威力を聖なる女たちが発揮した場所であった。

プレ斎王たちの初瀬

長谷寺は朱鳥元年（六八六年）、道明上人が天武天皇の病気平癒を祈願して仏塔を安置したのが始まりとされるが、〈観音の寺〉としては、神亀四年（七二七年）徳道上人が十一面観音菩薩を安置したのが始まりである。

この長谷寺が建立される以前の初瀬の地は、古代の〈聖なる女〉たちが神を斎き祭った地であった。

伊勢斎宮が制度として確立されたのは天武天皇の時代だとされるが、初代の斎王は天武天皇皇女の大伯（大来）皇女である。『日本書紀』には次のように記されている。

天武二年夏四月の丙辰の朔己巳に大来皇女を天照太神宮に遣侍さむとして泊瀬斎宮に居らしむ。是は先ず身を潔めて稍に神に近づく所なり。

天武三年冬十月丁丑の朔乙酉　大来皇女、泊瀬の斎宮より、伊勢神宮に向でたまふ。

大伯皇女は、伊勢斎宮に決定してから後、泊瀬（初瀬）の斎宮で一年半に及ぶ潔斎の生活に入った。この時、皇女は十三歳。この潔斎の生活を送った場所が初瀬の斎宮といわれる場所で、「稍に神に近づく所」であった。翌年の冬、皇女はこの初瀬の斎宮を出て、伊勢へと向かったとある。この〈泊瀬の斎宮〉とは、初瀬川上流の上之郷という場所であるらしい。この初瀬（泊瀬）は、古来から多くの斎場や禊場が集中しているところで、古代は神を祭祀する場であったという。

長谷寺がこの地で開基された基盤に、古代の宗教空間として放っていた磁場があったことになる。このような〈聖なる空間〉に建てられた長谷寺には、古代からの神々のエネルギーが充満している。そして、この地で神を祭った〈聖なる女〉たちがいた。その〈聖なる女〉たちの女神としての威力が、そのまま長谷寺の観音と結びついていったのである。

制度としての斎王は、大伯皇女が初代だとされるが、大伯皇女以前の伝説上の斎王たちが『日本書紀』

『古事記』『斎宮記』によれば何人か存在する。長谷寺開基以前の〈聖なる女〉たちが、このような伝説化された斎王たちによって象徴されていると思えるのだが、この人々は斎王として制度化される以前の、いわば〈プレ斎王〉として捉えられる。

ところで、ここでは〈斎王〉とは記したが、『日本書紀』には〈斎王〉という職名はなく、さらに次の『続日本紀』にも見当らない。奈良時代には〈斎王〉という名称はまだ確立していなかったわけで、この職名が史上に現われるのは平安時代に入ってからである。しかし、ここでは、便宜上〈斎王〉の語を使用しておく。

①崇神朝　皇女　豊鍬入姫命——アマテラスを宮中から倭笠縫邑へ移して祭る。

②垂仁朝　皇女　倭比売命——「美和の御諸原」に斎宮を造てアマテラスを祭っていたが、その後、アマテラスの霊を負って放浪の旅に出て、伊勢の地に移る。伊勢神宮の始まり。

③景行朝　倭姫命

④仲哀朝　伊和志真王女

⑤雄略朝　栲幡皇女

⑥継体朝　荳角皇女——紀「是　伊勢大神の祠に侍り」

⑦欽明朝　磐隈皇女（またの名は夢皇女）——紀「初め伊勢大神に侍へ祀る。後に皇子茨城に奸されたるに坐りて解けぬ」

⑧敏達朝　菟道皇女――紀「菟道の皇女を以て伊勢の祠に侍らしむ」
⑨用命朝　酢香手姫皇女――紀「酢香手姫皇女を以て伊勢神宮に拝して日神の祠に奉らしむ。」

崇神天皇の時代に、一種の宗教改革があったものか、それともアマテラスの祟りがあったのか、それまで宮廷内に祭祀されていたらしいアマテラスが倭笠縫邑に移された。それが、さらに次の垂仁天皇の時代に、アマテラスは倭比売命に憑依して、さすらいの旅へと出て、伊勢の地で落ち着いた。それまでは、「美和の御諸原」で斎王が祭祀していたとある。その後の斎王たちは、「伊勢大神の祠」「伊勢の祠」「伊勢神宮」に仕えた、とあるが、伊勢の地へと実際に赴いたのかどうかは不明である。あるいは、三輪山の周辺、初瀬の地で斎宮を建てて、そこで巫女王として神を祭祀していたのではないかと想像される。三輪や初瀬は、このような大和王権が発祥・展開していく中で、王権が王権であるがゆえの基盤をなす神威を、聖なる女たちが執行していた地である。この〈プレ斎王〉たちは、神に仕える巫女として捉えられるのだろうが、古代の王権においては、むしろシャーマン、すなわち巫女王としての権威を持っていたのではないか。天皇制が制度として成立する以前の、女系の女王が王権を担っていた時代の痕跡がこれらの巫女王たちの姿にうかがわれるのである。特に、酢香手姫皇女は用命・崇峻・推古の三代三十七年にわたっての斎王だが、彼女が単なる巫女にされてしまっているのは、『日本書紀』の記述によるものであって、当然『日本書紀』が編纂された八世紀の時点での歴史認識が反映しているものと言える。むしろ、巫女王としての酢香手姫命が、王権を担う〈王〉であったのかもしれないと思う。

〈プレ斎王〉たちが祭祀したのが、日神としての皇祖神アマテラスであったかどうかは分からない。むしろ、それ以前の三輪の神を祭っていただろうと思われるのだが、後の時代に、伊勢神宮が太陽神＝皇祖神アマテラスとして確定してくると、巫女王である〈プレ斎王〉たちも、アマテラスの化身として認識されていったのではないか。その斎場の跡地に、いわば巫女王たちを継承する形で長谷寺が建立され、観音が祭られるようになると、女神でもある観音はおのずとアマテラスと同化していく、という現象が起こったのかと想像される。

孝標女が「山辺といふところの寺」に泊まった夜の夢にあらわれた〈きよらなる女人〉は、観音でもあり、アマテラスでもあったろう。さらに、古代の大和王権の担い手〈聖なる女〉たちの化身であったろうか。孝標女が、大嘗会御禊の当日、あえて初瀬へと赴いたのは、都で展開されている摂関制度上の王権のあり方への批判として考えるならば、初瀬の地での女神との交感こそが、彼女の抱くイデオロギーに合致するのである。そのイデオロギーとは、〈摂関家の女〉ではなく、〈皇統の女〉こそが、王権の正統な担い手であるという認識だと考えると、いわば〈女源氏イデオロギー〉と見做してもいい。孝標女の『源氏物語』愛読もこの点から見ていくことも出来るだろうか。『日本書紀』やその他の文献に記述された過去の斎王たちの事跡を辿りつつ、勇躍、初瀬へと赴いたのではあるまいか。

験の杉

「山辺といふ所の寺」を出た孝標女は、その日の夜、長谷寺へと到着した。

初瀬川などうち過ぎて、その夜御寺に詣で着きぬ。祓へなどしてのぼる。三日さぶらひて、暁まかでむとて、うちねぶりたる夜さり、御堂の方より、「すは、稲荷より賜はる験の杉よ」とて、物を投げ出づるやうにするに、うちおどろきたれば、夢なりけり。

山辺の道は、三輪山の山麓をくるりとめぐるようにして、北向きから東向きへと方向を変えて続いている。初瀬川に沿って川の上流へと上っていくと、そこに長谷寺がある。孝標女は三日間参籠をして、夜が明けたら退出しようと思っていたその夜に、夢を見たのだった。御堂の方から「さあ、稲荷から頂戴したお験の杉ですよ」という声とともに、何かが投げられたのだ、という。

この「験の杉」については、後に孝標女の夫が亡くなって彼女が後悔と悔恨の思いに駆られた時の記事に、再び次のように表われている。

初瀬にて前のたび、「稲荷より賜ふ験の杉よ」とて投げ出でられしを、出でしままに稲荷に詣でたらましかば、かからずやあらまし。

長谷寺にお参りしたときに、そのまま稲荷にお参りしておけば、夫に死に別れるというようなこんな哀しい思いはしなくてもすんだものを、と彼女が後悔の思いに暮れたという記事である。この二つの記事から、長谷の観音と稲荷の神――つまり伏見稲荷大社の神とが連関しあっていることがうかがわれる。「験の杉」とは、本来は稲荷の神から頂戴するものであるのに、その杉をここでは孝標女は長谷の観音を経由して、夢のなかでいただいた、ということになる。神社によって、神木（神霊の降りる木）とする木はいろいろとあって、例えば伊勢神宮では神木は榊なのだが、大神神社の神木は杉である。稲荷大社の神木も杉であるから、いわば杉つながりによって、三輪の神と稲荷の神は結びつくことになるのだが、それが長谷の観音から与えられたのである。

この初瀬と伏見稲荷の繫がりは、渡来系氏族の秦氏の存在を介在して考えればある程度納得のいくものであって、本来は初瀬周辺で力を溜めていた秦氏がその後山城国へと移って稲荷社を創設している。秦氏の移動にともなって、神木としての杉も移動したのではないか。古代の初瀬は、信仰の中心であるとともに文化・芸能の中心でもあったのだから、大陸から種々の文化・技術とともに渡来してきた秦氏がまず初瀬の地で定着し、さらに、この秦氏を祖とする芸能集団も発生することになる（大和猿楽の人々は祖として秦河勝を仰いでいる）。

この秦氏が日本に持ち込んだのが狐信仰であるといわれる。吉野裕子『狐』（法政大学出版局　一九八〇年）によれば、〈杉〉の字のつくり「彡」は、「毛の長いこと、毛の飾り」を意味するもので、それに木篇を付けた〈杉〉の字は「狐神の象徴としていかにもふさわしい」というのである。三輪の杉と稲荷社の杉が、秦氏を介在することで結びつき、さらに狐神が三輪の神やアマテラスに重なっていくという事態までが出来する。

先に述べた〈伊勢斎宮御神託事件〉において、斎宮が取り上げて批判した〈善からぬこと〉の一つ「京洛之中　巫覡祭狐　狂定大神宮　如此之事不然之事也」（京の町中で、巫覡の輩が狐を祭って、それを伊勢神宮のアマテラスだと称して捩じ曲げている。このようなことはあるべきことではない）という記事が想起されるところで、狐神と三輪の神、アマテラスとの繋がりは、孝標女の時代には京の町中でのシャーマニズム的な巫女たちによる巫覡活動のなかで生き生きと躍動していたのである。

伏見稲荷は、京から奈良へと向かう道筋にあるので、長谷参詣にいく人が、その帰り道に立ち寄ってお参りするのが一般的であったという。初瀬と稲荷は結びついているのである。

ところで、孝標女は、長谷参詣の後、伏見稲荷に参詣しなかった、という。その理由に関しては『更級日記』では何も記されていない。観音からのお告げをあれほど喜んでいるならば、嬉々として伏見稲荷に行かなければならないはずなのに、と思えるのだが、理由は不明である。この点に関して、ただ一つ想像できるのが、伏見稲荷と北野天満宮との関係である。

京都では、俗説ではあるが北野天満宮の天神（雷神、つまり道真の怨霊）と伏見稲荷の神は仲が悪いと言われている。何でも、北野天満宮の背後に聳える愛宕山から雷雲がおこって、京の東側へとやってくるが、それを迎え撃つのが東の小高い丘の上に位置する伏見稲荷の神だというのである。昔から、伏見稲荷の氏人は、北野にはお参りしない、ともいう。愛宕山から来襲する雷雲とは、すなわち雷神と化した菅原道真のことであるのだから、その雷神の末裔たる孝標女としては伏見稲荷に参詣しづらかったということだろうか。この仮説はいささか強引で気が引けるほどだが、「あの時、稲荷に参っていれば」と悔やむ彼女の言葉の裏に、「わたしは雷神の末裔だから――」という気持ちが仄めかされているとすれば、面白いとは思う。神仏の威力を身近なものとする感覚は、現代人の我々には喪われてしまったもののようだが、この喪失は実はつい最近になって起こったものであって、例えば我々の祖父母の時代には（つまり明治・大正年間）神威を畏れる感覚はまだ濃厚なものがあったように思う。幼い頃に聞いた祖父母の思い出話のなかには、神にまつわる不思議な〈事実〉がいろいろとあった。孝標女が迷信深いというわけではないのだが、神が威力を生き生きと放っていた時代の感覚を考えてみたいのである。まして、菅原道真の御霊は孝標女の時代になっても、なお御託宣の形でしばしば現われているのであるから、孝標女にとっても自分が〈雷神の末裔〉であることは意識せざるを得なかったのではないか。

狐神からダキニ天へ

孝標女の記述を追っていくと、〈長谷観音―アマテラス―三輪明神―あまてる御神―すくう神―〉というように神仏が輪になって繋がっていくのだが、ここでさらに稲荷の神がその連環に入ってくるのである。稲荷の神とは、前述のように、すなわち狐である。『仏教辞典』（岩波書店　一九八九年）によれば、稲荷の神とは本来は里と山を往復する農耕の神であったが、平安奠都の頃、その神が東寺の守護神として仏教のダキニ天と習合した、という。狐は、その神の使者として霊獣とされたということである。また、近藤喜博『稲荷信仰』(塙新書　一九七八年)では、稲荷の神=狐が女に化けるというイメージからダキニ天と結びついたと解釈されている。つまり、狐のイメージのある稲荷の神の姿が、東寺という密教の世界のなかで、ダキニ天というインド伝来の鬼神に変身していったのだと言えよう。

このダキニ天については、現在、中世の仏教研究や文学研究の世界でさまざまに取り上げられて、かなり重要視されている神なのだが、阿部泰郎「色好みの神―道祖神と愛法神」(『日本の神』1　平凡社　一九九五年)のなかで「(中世仏教においては)ダキニ天は日本の神祇の頂点であり王権の根源であった皇祖神ー伊勢神宮そのものに変化していた」と述べられているように、ダキニ天はやがて皇祖神アマテラスそのものへと化《な》っていくのである。

孝標女のこの時代、十一世紀前半にはどうであったのかは分からないのだが、孝標女が辿っていったこの神仏の連環のなかに稲荷の神=狐、狐=ダキニ天を入れていくと、ダキニ天が伊勢の皇祖神アマテラスと結びついていくのは、自明のように思われる。ただ、孝標女がダキニ天なるものをどこまで知っていたか意識していたかは推量の域を出ないのだが、彼女が信仰していたあまてる御神やすくう神と繋がるものがこのダキニ天にあるのも確かである。

このダキニ天というのは、『仏教辞典』によれば、本来はインドの土俗信仰の神、それも最低辺カーストの人々が信奉する神であったという。夜叉の類であり、大黒天の眷属でもある。さらに人の死を知る能力があり、死を待ってその人の心臓を食す、とか。この解説では、ダキニ天がなぜ日本で稲荷と習合し、多くの人々の信奉を集めたのかは理解できないが、伊東聖子・河野信子「密教系女神・その光と呪性」(『女と男の時空』Ⅲ　藤原書店　二〇〇〇年）によれば、インド中世においてダキニーを信奉する人々は、祭りの日に集まり、妖法秘法をあやつり、戦慄的な性の瑜伽を行としていたという。ダキニ天信仰とは、〈性〉のいとなみにまつわるものであったらしい。この〈性〉の重視は、生殖のいとなみの重視に繋がり、そこに農耕などの生産の豊穣を祈願する意味が込められているのだといえる。この、いささか原始的といえる信仰は、仏教以前の日本の始源の信仰、たとえば諏訪大社などに今も残る石神信仰や、道祖神信仰などと同じものであって、生殖行為という性のいとなみの奥にある、この世に命を生み出す根源のカミの力を感じ取る心であろう。ダキニ天にこの意味が込められているとすれば、ダキニ天が農耕と豊穣の神である稲荷と結びつくのは必然であり、さらには、命をこの世に生み出す大地母神の様相を帯びてくるのも納得がいくのである。さらに、このダキニ天が生殖のカミであるとすれば、そこに男女和合という性の問題も絡んでくるのであるから、この神を信奉することが夫婦和合、家庭円満、さらに商売繁盛にも繋がっていったものらしい。

『更級日記』との関係で問題にしたいのは、このダキニ天が次に摩多羅神と結びつくという点なのである。摩多羅神とは、先述のように阿弥陀堂の後戸の空間に斎き祭られた神で、いわば阿弥陀の守護神として〈後ろ〉の世界から、大いなるものを守護するという機能を持つ神である。その機能の面から言えば、宮中内侍所に安置されたアマテラスの御霊を後ろから秘めやかに守護する〈すくう神〉と同じなのである。

山本ひろ子『異神』（ちくま学芸文庫　二〇〇三年）では、この摩多羅神、ダキニ天などの、中世日本の仏教界における不可思議な神々について非常に詳細に論じられているが、それによれば、摩多羅神の由来は次のようなものである。慈恵大師円仁が入唐して、帰朝の後、比叡山に常行堂を建立、常行三昧を始修、それが比叡山における阿弥陀信仰の起こりとされるが、摩多羅神は、円仁によってこの常行堂へ勧請されて、守護神となった、ということである。

さらには、『後戸』(後堂)という特殊な仏堂空間と後戸猿楽との結びつきから、摩多羅神は〝後戸の護法神〟また芸能神とされ、歴史の暗がりから復権を図り、宗教芸能史の一端に輝かしい位置を占めることになる」と摩多羅神と猿楽との結びつきを述べられている。このことは、室町期の金春禅竹が『明宿論』のなかで、猿楽の祖であり、斎く神を宿神(=翁)として仰いでいることを思い出させるものであって、摩多羅神とは、日本古来の神の観念で言えば、宿神と同じ機能を有するものと考えていいように思える。そして、この摩多羅神とダキニ天はさらに同じ神なのである。『異神』で引用されている『渓嵐拾葉集』(金山院光宗編文保年間成立)によれば、比叡山の摩多羅神とは、マカカラ天のことであり、またダキニ天でもある、もしこの神が、人が臨終する際にその肝を食らわなければ、死者は往生することができない、ということである。マカカラ天とは大黒天のことなのだが、本来的にはダキニ天とは大黒天の眷属であったのがいつしか同体となり、さらには人の肝(あるいは心臓)を食らうというダキニ天の本質が、阿弥陀の往生信仰と結びついていったというプロセスがうかがわれる。神々の世界の複雑な混淆が独特の世界を示しているように思えていかにも不可思議なのだが、『更級日記』の孝標女の問題として考えれば、この神々の世界がいつのまにか阿弥陀浄土への往生と繋がっていくことを考えたいのである。

孝標女が、「山辺」にある寺で夢に見た「きよらなる女人」は、観音であり、稲荷の狐神であり、三輪明神でもあった。長谷寺での夢では「稲荷の験の杉」を与えられた。あまてる御神は、すくう神でもあり、宿神でもある。そして、稲荷の神は、狐神であり、そしてダキニ天でもあった——と、総括して言えば、こうなる。そこから見えてくるのは、仏教以前のカミの世界であり、この世の奥（あるいは子宮の奥の世界）からこの世にエネルギーを発動しつづける根源の力の存在である。そして、その力を発するのは女神であった。

神々の連環する世界

孝標女はこの不可思議な女神の世界をさまよいながら、そこは、女によるシャーマン的な世界でもあるのだが、その世界から阿弥陀の世界へといつしか向かっていったと考えられるのである。しかし、孝標女は、シャーマン的な女たちの世界＝〈聖なる女〉の世界を否定したのではないと思う。〈聖なる女たちの世界〉は、王権、さらに天皇制の根幹にあるものである。しかし、天皇制が〈表〉の世界であるとすれば、〈聖なる女〉たちの世界は〈裏〉であり、〈隠りくの初瀬〉の語が象徴するように隠された世界であった。裏へ裏へと隠され続けて、前述のように孝標女の時代の斎王たちは天皇制の影の存在と化している。そして、巫女たちによる巫覡は都の秩序を犯すものとして貶められていった。しかし、だからこそ、孝標女は女の聖性というものを信じたのではないかと想像する。そして、その思いは、阿弥陀による救済を信じる心へと繋がっていくのだと思われる。

孝標女をめぐる神々の世界を一覧図にすれば、次のようなものになる。

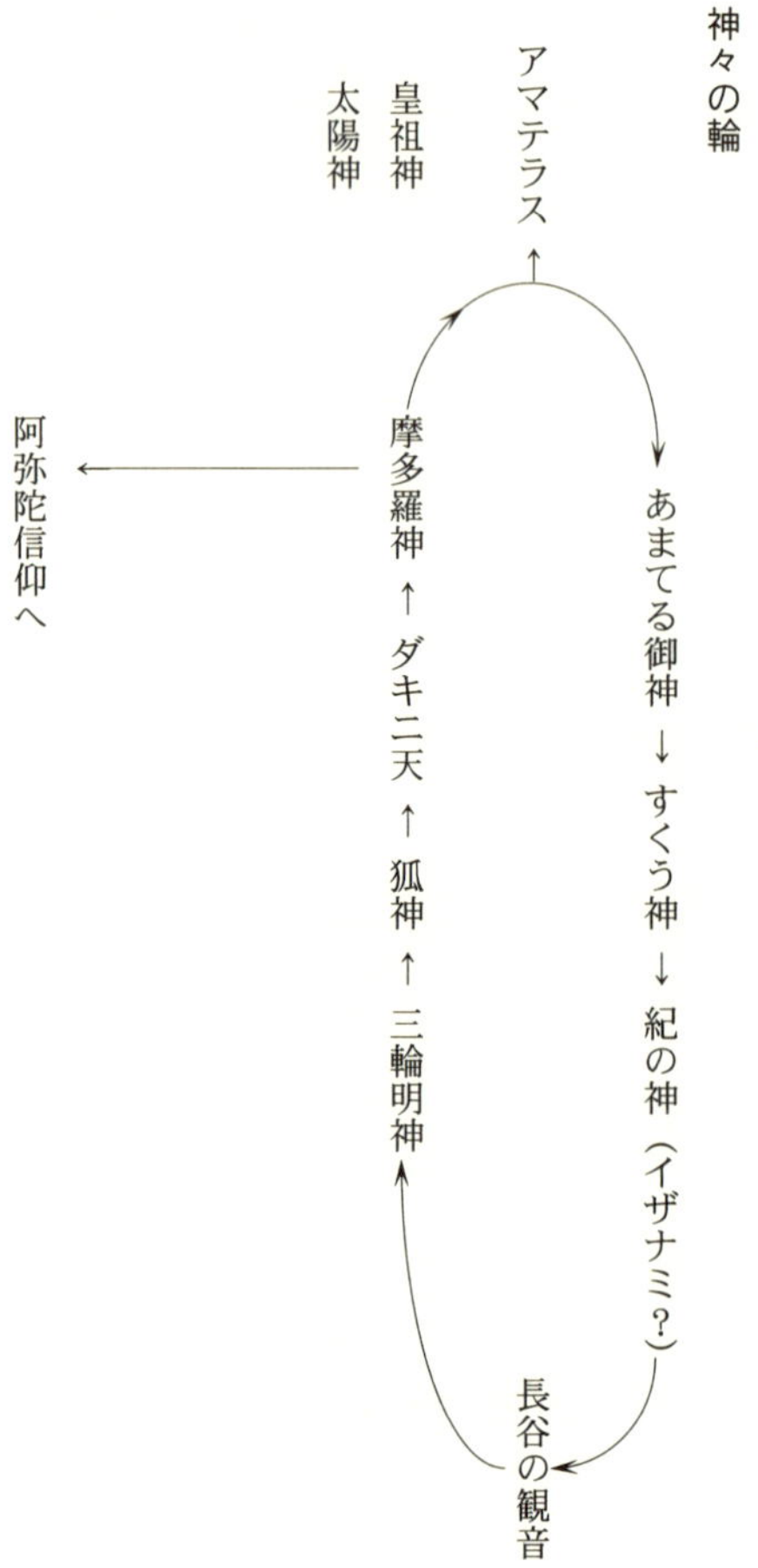

5 〈ひとり〉の世界へ

初瀬詣でから戻ってから後の『更級日記』の記事は、不思議に明るく充実している。孝標女は、その後も折々物詣でに出掛けている。行き先は、鞍馬寺、石山寺であり、再び初瀬にも参詣している。再度の初瀬詣では、「はじめにこよなくもの頼もし」とあるように、夫の俊通が同行したものか、大勢の旅であったらしく、さらに女の私的な物詣でではなく夫の公的身分が反映してなかなか華々しいものであったことがうかがえる。

さらに、女友達との文《ふみ》のやりとりが記されたり、和泉国への旅の記録があったりして、孝標女がいかにも充実して、生き生きと暮らしていることがうかがわれる。彼女は、夫との中も安定し、子供たちの成長を心待ちにして、女友達との心の交流もあったのである。精神的にも物理的にも恵まれて、幸せだったらしい。

なにごとも心にかなはぬこともなきままに、かやうにたち離れたる物詣でをしても、道のほどを、をかしとも苦しとも見るに、おのづから心もなぐさめ、さりとも頼もしう、さしあたりて嘆かしなどおぼゆることどもないままに、ただ幼き人々を、いつしか思ふさまにしたてて見むと思ふに、年月の過ぎ行くを、心もとなく、頼む人だに人のやうなるよろこびしてはとのみ思ひわたるここち、頼もしかし。

何事も思い通りにならないということもないままに、このように遠いところへ物詣でをしても、道中、素晴らしいとか苦しいとか感じるうちに自然と心も慰められる。そうはいっても、今のところ嘆かわしいと思うこともないので、幼い子供たちを早く一人前に育て上げようと神仏にお願いするにつけても、年月が過ぎていくのも待遠しい。頼みに思うわが夫に人並みの喜びがあれば（任官のこと）と願い続ける気持ちは強いものだった。

彼女の、母としての願い、妻としての思いが綴られている文である。ところで、この思いは、現代のエリート階級の〈専業主婦〉に通じる、かなり類型的なものであるように思える。官僚の夫の出世を願う妻、子供にエリート教育をする教育ママ、と同じ発想がここにある。しかし、これは悪い発想ではないと思う。子供と夫に夢と希望を託して彼女は充実していたのであるから。しかし、この日記の執筆時点から振り返れば、この幸せはすでに喪われてしまったものとして立ち上がってくるのである。彼女の子供たちは、日記には記されていないが、おそらくは一人前に育ち上がったのだろうが、夫はやがては亡くなってしまう。その喪失の思いのなかで、この記事が記されたことを思えば、この充実感と幸せの思いはそのままのものとして受け取れないように思える。

ここでは、夫のことを〈頼む人〉と記しているのが注目される。これは「頼みに思う人」の意であるから、彼女が夫を頼りとして生きている事が分かる呼称なのだが、夫の橘俊通を〈頼む人〉と称したのは、ここが初めてである。この言葉はもう一度出てくる。しばらくして孝標女は病気になったものらしく心細い思いをしている頃、「幼き人々をいかにもいかにもわがあらむ世に見おくこともがなと、臥し起き思ひ嘆き、頼む人のよろこびのほどを、心もとなく待ち嘆かるるに」と考えたとある。子供を早く一人前にしたい、そのためには夫にどこかの国の国司として任官してもらわなければ困る、という、言わば、夫への愛情などは二の次にしたような文章なのだが、ここでも夫は「頼む人」となっている。この「頼む人」という呼び方は、夫との関係が夫婦として家族として一体化して安定している妻だから言えるものではないかと思われる。というのも、孝標女の伯母にあたる藤原倫寧女が記した『蜻蛉日記』では、倫寧女が夫であるはずの藤原兼家のことを「わが頼む人」と呼んだ事例は一つもないのである。なぜその例がないのか、夫を「わが頼む人」とはとうとう呼ぶに至らなかった、そのような信頼と連帯の関係はついに築けなかった、というのが『蜻蛉日記』のテーマであった。

倫寧女は、夫の兼家との間でさまざまな精神的葛藤を繰り広げたが、彼女の望んだのは夫の愛情を独占したい、というものではなかったように思える。上流貴顕の御曹司である兼家が複数の妻をもつのは仕方がないとしても、倫寧女は兼家との間に安定した一対の夫婦関係を望んだのではないか。夫婦として家族として信頼し、連帯しあう関係というものが『蜻蛉日記』のなかには稀薄であり、二人の間はなぜかいつも危機的である。倫寧女は、兼家を「わが頼む人」として捉えようと熱望していたと思われるのだが、その願いは終には叶えられなかったということだろうか。「頼む人」と呼びたくて仕方がなく、はやくそのように呼べる間柄になろうとしたのだろうが、それがどうしても出来なかったという苦しみが『蜻蛉日記』なのだと思う。

代わりに、『蜻蛉日記』のなかで、倫寧女が常に「わが頼む人」と記すのは、父の倫寧である。『蜻蛉日記』下巻で彼女がいささか中年に至った頃になっても、彼女は父をなおも「頼む人」と呼んでいることから考えれば、彼女は父倫寧の娘としての属性のままでいるのであり、兼家の妻としては安定した位置を得られていなかったと推察される。

『蜻蛉日記』という告白の手記は、夫との間に信頼と連帯が築けなかった苦衷の妻の思いが綴られたものとして捉えられるのである。『更級日記』には、『蜻蛉日記』を意識して踏まえているのではないかと思われる記述がいくつかあるのだが、倫寧女の妻としての苦悩をここで意識しているとすれば、孝標女は「頼む人」という語によって、伯母とは違って妻として安定している自己をここで位置付けたことになる。

孝標女はここで自分が信頼し連帯しあう夫婦関係を築いていることをはっきりと示しておきたかったのだと思う。しかし、そのことは、自分が夫の庇護のもとで安定していることを表しているのであり、自分の幸せが夫の存在にかかっていることを示している。事実、孝標女は、夫の死によってその幸せが脆くも果ないものにすぎなかった事を明らかにするのである。

倫寧女が熱望した安定した夫婦関係とは、当時は婿取り婚、あるいは通い婚の時代であるから、夫に引き取られて庇護のもとで生きるというものではないにしても、彼女の願いを突き詰めていけば、嫁取り婚へと繋がっていくのは必至である。女たちは、そうとは意識せずに、嫁として夫と共に生きられる嫁取りのあり方を女の幸せとして理想としていったのであろうか。つまりは、夫という男系のなかに組み込まれて生きるという選択が、女たちによってなされていった。そういう時代の要請が女によってなされたことがうかがわれる。
孝標女がここで示した幸せと充実感は、女系に生きる女の誇りによるものではなく、男系に生きる〈嫁〉としての女の幸せなのである。このことは、孝標女ひとりの問題ではなく、彼女の女友達とも共通するものであった。このころの記事に女友達との文のやりとりがいくつかあるのだが、そのどれもが孝標女と同じく〈嫁〉として生きる女たちであった。

いにしへ、いみじうかたらひ、夜ひる歌など詠みかはしし人の、ありありても、いと昔のやうにこそあらね、たえず言ひわたるが、越前の守の嫁にて下りしが、かきたえ音もせぬに、からうじてたよりたづねてこれより、

絶えざりし思ひも今は絶えにけり越のわたりの雪の深きに

と言ひたる返りごとに

しらやまの雪の下なるさざれ石のなかの思ひは消えむものかは

孝標女の親友であったらしい女性が、越前守の〈嫁〉として越前の国へと下っていった。それ以来、ふっつりと音沙汰がなくなったので、こちらから手紙と歌を送った、というものである。〈これまで絶えることがなかった私たちの友情は、越の国の雪のなかで消えてしまったのでしょうか〉という孝標女の歌に、〈雪の下で埋もれてはいても中の熱い思いは消えるものではありません〉とその友人は、孝標女の熱い友情に応

えたのである。

孝標女にはもう一人親友といえる人がいた。その友人については次のように記している。

同じ心に、かやうに言ひかはし、世の中の憂きもつらきもをかしきも、かたみに言ひかたらふ人、筑前に下りてのち、月のいみじう明きに、かやうなりし夜、宮に参りて会ひては、つゆまどろまずながめ明かいしものを、恋しく思ひつつ寝入りにけり。宮に参りあひて、うつつにありしやうにてありと見て、うちおどろきたれば、夢なりけり。月も山の端近うなりにけり。覚めざらましをと、いとどながめられて、

夢さめて寝覚めの床の浮くばかり恋ひきと告げよ西へゆく月

気が合って色々と語り合ってきた友人が、おそらくは筑前へ国司として下国する人とともに筑前へと下っていったらしい。筑前守の妻であった人と推測される。宮で一緒だったとあるので、祐子内親王家での宮仕えの同僚であった人らしい。月の美しい夜、その友人とともに過ごした日々が思い出されて、彼女が恋しくなつかしく、その夜、夢に見た、というのである。

この二人の親友に関わる記事から、孝標女には女同士の熱い友情と連帯があったことが分かるし、また、彼女はその連帯を重要なものとして『更級日記』のなかに位置付けたように思う。『更級日記』冒頭に見られる継母や姉や乳母といった身内の女たちの世界、そして日記のなかにほの見える〈皇統の女〉という王権

のなかの女たちの世界、そしてここに見える女友達の世界、このような女の世界を孝標女は『更級日記』のなかに点滅させている。

しかし、この女友達は二人とも〈嫁〉として夫に同行して地方へ行ってしまった。いずれ戻ってくるものとはいえ、このことで孝標女はあることを暗示していると思わざるをえない。それは、女たちが〈嫁〉として夫と同じ共同体を生きていること、その共同体とは、女たちによる女系の世界ではなく、官僚社会という男系の世界なのだということである。女友達二人はこの男系の官僚社会に組み込まれて生きているのであり、女たちの生きる世界がもはや男系のなかにしかありえないことを表している。彼女たちへの恋しさと友情はまだ生きているとはいえ、女たちの友情すら男たち、つまり夫によって左右されてしまうという、現代にも通じる問題を孝標女はここで提示しているのである。

孝標女は、自分も含めて、男たちの〈嫁〉として安定している女たちの幸せと充実を描いているのだが、これはかなり皮相な幸せでしかない、このことは孝標女自身十分意識しつつ記述している。というのも、この幸せは、夫の死後、引っ繰り返るものとして記述されているのである。むしろ、引っ繰り返すために、あえて〈嫁〉であることの幸せを強調しているのではないか、と思う。

夫の死後、孝標女が徹底的に孤立しているのは、冒頭の章で述べたとおりである。女友達へ向けて歌を詠んでいるのだが、それはあたかも独詠歌であるかのようであり、相手からの返歌はない。コミュニケーションのない世界で、一人であることを全うしようとしている。それが、孝標女の至った境地であった。〈嫁〉

として夫の庇護のもとに入ってしまった女に精神的な自立はない、精神的に自立しない女たちの間で、真の友情やコミュニケーションは取れない、という考え方はいささか極論ではあるが、〈嫁〉であることの幸せなどははかないものでしかない、という認識があったのではないか。女同士のコミュニケーションの断たれた世界、男系の世界からも夫の死という事態によって弾き出された世界で、孝標女は一人であることを示した。

『更級日記』は、若い頃からの夢が何ひとつ実現しなかったままに無慚とも言える老残の身の孤独に至った、その思いを綴った、というように評されることが多い。孝標女がそのような境地を綴っているのは確かであり、自分が〈ひとり〉であることを強調している。しかし、その〈ひとり〉は彼女が『更級日記』という作品のなかで、いわば創作意欲によって、意識して構築したものではないかと思うのである。彼女がなぜこのような作品を書いたのかを考えるにつけ、そこに一つの〈覚悟〉があったことが想像される。その〈覚悟〉に基づいて構築された作品世界として『更級日記』を読み取りたいのである。彼女が点滅させている〈聖なる女〉の世界、身内の女という女系の世界、女たちの連帯する世界、それは、喪われていくものとして意識化されている。女たちの世界、それは古代的な神話空間であった。あまてる御神信仰をめぐって交錯する神々の世界は、いわば古代のカオス的世界だったが、その世界から抜け出るようにして、個人の問題としての阿弥陀信仰へ孝標女は辿り着いていった。それは彼女の精神の遍歴であったと思う。十一世紀前半という、古代から中世へと時代が移っていくその過渡期を生きた一人の女性の精神史がこの『更級日記』のなかに描きだされているのである。

女系であろうが男系であろうが、連帯する関係が喪失した地点で〈ひとり〉であることを孝標女は提示しているのだが、このような係累の消えた〈ひとり〉の世界は、自由な個人の世界に繋がっていくものでもある。〈個人の自由〉とは、社会の外側にしかないものだろう。孝標女から一世紀を経た平安時代の最末期、係累を断ち切って遁世した西行法師の精神へと繋がっていく心が、孝標女のなかにも、あったように思えるのである。

鎮魂と女

歌謡曲「東京だよ、おっ母さん」の歌はとても悲しい。歌い手の島倉千代子もこの歌を歌う時によく泣いていたのを覚えている。歌っているうちに感極まるものらしい。そういうものが、この歌の歌詞やメロディにあったのだろう。そして、これは、切々たる〈女の語り〉としての歌だった。

久しぶりに手をひいて親子で歩ける嬉しさに
小さい頃が浮かんできますよ　おっ母さん
ここがここが二重橋　記念の写真をとりましょうね

やさしかった兄さんが　田舎の話を聞きたいと
桜の下でさぞかし待つだろ　おっ母さん
あれがあれが九段坂　逢ったら泣くだろ　兄さんも

さあさ着いた着きました　達者で長生きするように
お参りしましょよ　観音さまです　おっ母さん
ここがここが浅草よ　お祭りみたいに賑やかね

この歌が流行っていた昭和三十二年の時点にこの歌詞を置いてみると、想像にすぎないのだが、さまざまな物語がこの歌詞からは浮かんでくる。この歌詞から甦ってくる〈物語〉とは次のようなものだろうか。

年齢にして二二、三歳のまだ若い女が、田舎から上京してきた母親と東京見物をしている。母親の年齢は六十歳位だろうか。娘は、想像を逞しくすれば、何年か前に集団就職で上京し、以来、真面目に働いて、少しは生活も落ち着いてきたし、お金も少しは貯まった。そこで、田舎で暮らしている母親を東京見物に呼んだ、というような背景が浮かび上がる。これは、娘にとっては、誇らかな親孝行なのだ。ここにあるのは、娘の母恋いの情に他ならない。

この歌詞には父親が出てこないが、これは田舎で留守番をしている、などということはあるまい。この〈物語〉では、父親はすでに亡くなっているのだろうと推測できる。東京見物の母娘はまず東京の、そして日本の大いなる中心の皇居に〈お参り〉をした。次に、二人は靖国神社へと行く。そこで、十数年前に戦死した〈兄〉がいたことが分かる。この兄はまだ独身のままに亡くなったのだろうか。敗戦時、まだ娘は小学生ぐらいだったのかもしれないが、この娘から見ての〈兄〉、そして、母から見ての〈息子〉が、この二人の心のなかの悲しみとしてずっと存在したことが知れるのである。この二人は、戦争というものを、この悲しみとしてずっと抱えているのだ。二人は、この悲しみに対して、〈お参り〉をする。最後に二人は、浅草観音に〈お参り〉する。ここでは、母親の〈達者で長生き〉という願いがなされる。母なるものは、悲しみを抱えながらも、元気で達者でなければいけない。そして、母と娘は〈お祭りみたいに賑やかな〉浅草寺の人込みの中を歩いている、という映像で終わる。

この〈物語〉の中心にあるのは、戦争でなくなった兄（母からすれば息子）の死を悼む、という女たちの思いだろう。これが同時に、敗北に終わった戦争そのものを悼むものであったことは、始めに母娘が訪れた場所が皇居であったことからも分かる。皇居が象徴する天皇制そのものへの哀悼であり、寿ぎでもあった。そして、この哀悼が、田舎の、おそらくはあまり裕福でもない、ささやかな庶民の母娘という〈女〉によってなされているのだ。ここに、民俗学的に言えば、〈母なるもの〉の力と、〈妹の力〉の発揚があると言えるだろうか。

この歌は、父と兄とが不在である。父は、おそらくは既に亡くなり、兄は国家のために戦死した。つまりは、父と兄という男系が消えて、母と娘という女系だけが生き残ったということになる。穿ちすぎかもしれないが、これは生き残った女系による男たちへの、そして敗北した戦争に対する鎮魂の東京見物なのだ、と言ってもいい。

一昔前まで、学校では保護者会のことを父兄会といっていた記憶がある。授業参観も父兄参観日と言っていた。お母さんしか来ないのに、父兄会はおかしいね、とよく笑い話になっていた。この父兄会とは、戦前の家父長制の名残の呼称だったのだろう。家を代表するのが家長としての父であり、父の代理としての兄であった時代の名残が、父兄という言葉であった。この歌の、父と兄の不在は、家父長制そのものが無くなってしまったことを暗示しているかのようだ。昭和三十年代とは、戦後の混乱が治まって一応の安定を得た時期である。その時期に、戦争を生き延びた女たちが東京見物をするというこの〈物語〉は、これが女たちによる男たちへの鎮魂の旅であったことを表している。さらに、安定をささやかながらも得た女たちによる、平和への寿ぎの旅でもあったとも言えよう。

それにしても、なぜ女たちによる鎮魂の旅がなされなければならないのか、という思いが起こる。この歌が当時、大流行したのは、当時の日本人たちの琴線に触れるものがこの歌にはあったからであろうし、いわば、戦争そして戦後を体験した日本人たちの共通する思いをこの歌が表していたからだろう。この歌は、〈ウタ〉ではあるが、歌詞の内容や、そして歌い手の島倉千代子の歌い方は切々と語りかけるような歌い方であったから、むしろ〈カタリ〉に近い。古来から続く〈女語り〉の伝統をこの歌に見るような思いがするのである。そして、語り手であるこの娘は、田舎から出てきて、東京という大都会を流離している人間であり、また、田舎から出てきた母は、これもまた旅の途上である。二人はさながら中世の歩き巫女のように、鎮魂・祈祷をしつつ東京をさすらい歩いているのだ。さらには、放浪・漂泊の語り芸の女たちの姿も浮かび上がる。曽我物語の〈語り〉をした芸能の民も、漂泊の女ごぜであった。戦争という男たちの闘争は多くの死者たちを生み出すが、その死者たちの鎮魂が女たちによってなされていた。むしろ、女にその役割が課せられたのだといえる。

それにしても、この歌はなぜこんなにも悲しいのだろうか。その悲しさが、兄の戦死という悲しみからきているとも言えるのだが、それだけではないと思う。この母と娘の姿そのものが何か悲しいのである。娘の〈母恋い〉そのものが悲しい。この二人の姿は、父と兄という男系を亡くした母子家庭の姿として捉えられる。母と娘でささやかなやすらぎを得たとはいえ、この二人は頼るべき男たちを亡くした母子家庭なのだ。戦後、法の改正によって家の解体がなされ、家父長制が無くなったとはいえ、それは法律上のことにすぎない。父不在の家庭が社会のなかで弱者の立場に置かれたのは、周知の事実であり、母子家庭は世の荒波にもまれ続けなければならなかった。この母と娘は、しっかりと手をつなぎながら、それに堪えていたはずだ。その中で、母を田舎から呼んで、晴れがましくも東京見物をするというのは、娘にとっては誇りであり、喜びであったと思える。その思いが、悲しくて泣けるのである。母と娘の、長年離れて暮らしていただけに切ない思いがここで歌われる。これは、戦後の日本のひとつの女たちの思いであり、戦争によって男たちを失って弱者として放置された女たちの思いがここに垣間見られる。もし、戦死した兄が生きていれば、母親を東京見物に呼ぶのは兄の役割であったかもしれない。戦後復興の誇らかな証としての東京見物である。それを兄の代わりに、たいして経済力がありそうもない（と想像される）妹がけなげにも行なっていることがこの歌の悲しみなのである。この歌には、戦後復興を祈り、寿ぐ女たちの思いと、弱者としての女のささやかな誇りと喜びが溢れている。女の戦争と戦後がどのようなものであったのかが捉えられているのである。

ところで、この歌のなかの老母は、戦時中は〈軍国の母〉であったのかもしれない。息子の出征時には、「万歳々々」と叫んで、たとえ本心は悲しみにくれていようとも、息子を送り出した母かもしれない。これは私的な話なのだが、第二次大戦時、私の父が出征する時には、祖母は座敷の床の間を背にして「お国のために頑張るように云々」の訓示を述べたそうであるが、いざ父が家を出る際には、息子にしがみついて「行かんといてくれ」と泣き喚いた由であるから、祖母はあっぱれな〈軍国の母〉にはなり損ねたようである。しかし、私の祖母のような庶民の女でさえも〈軍国の母〉に健気にもなろうとするような、時代が生んだ論理があったということなのだろう。戦時中の母親や女たちを、単に戦争の被害者と見るのではなく、戦争協力者として批判することももちろん出来るのだが、このような〈軍国の母〉たちを誰も責めることはできないように思える。このような〈軍国の母〉たちを生み出したのは、戦争、これは男の論理によって生じるものだと思われるが、この論理が〈軍国の母〉を生み出し、さらに、息子たちを守護する〈母なるものの力〉や、夫や兄弟を守護する〈妹の力〉が要請されたのである。

父や夫や男兄弟を護るという〈母の力〉さらに〈妹の力〉は、女に聖性と呪力があると幻想された古来からの〈神話〉であるが、この〈神話〉は、中世以来喪われたかのように見えて、折々、このように甦るのである。甦る、というよりは、闘争、戦争というものが、この〈神話〉を古代から掘り起こして、甦らせるのである。

「東京だよ、おっ母さん」の歌では、母娘が最後に訪れるのは、浅草の観音様である。それまでは、真面目な顔で皇居参拝、靖国神社参拝をしていたであろう母娘は、ここでようやくほっとして、にこやかに「お祭りみたいに賑やか」な浅草の雑踏のなかを楽しんだであろうと想像される。さすらう女たちを救い取ってくれるのは、皇居・靖国神社に象徴されるような国家共同体ではなく、浅草に象徴されるような世界であったと言えようか。

Ⅱ

さすらいを生きる

――『とはずがたり』後深草院二条

1　語る女

川口善光寺

川口善光寺という寺がある。埼玉県川口市の南端、つまり荒川の川辺にある寺で、京浜東北線に乗って荒川を北へと越えるとき、右側に見えてくる寺であるから、見覚えのある人も多いに違いない。以前は、土手の中腹の石垣の上に、豪放な感じの建築物として建っていたが、現在は土手の上へと移転しており、それに応じて、建物もさっぱりとした現代的なものに変わっている。その建物からは昔の風情というようなものは感じられないが、平安末期から全国的に展開した善光寺信仰の一端を担った寺の一つである。善光寺というのは、長野の善光寺を中心として全国に存在する。

昔の風情は感じられないとしても、建っている場所がすばらしい。寺の前に立って川をはるかに眺めると遠くに水門が見える。対岸は東京都北区岩淵町。風景のいいところである。

はるか昔の鎌倉時代、この地に立っておなじく川をはるかに眺めた人に、後深草院二条がいる。そして、おそらくこの川口善光寺の辺りから眺めたと思われる風景を、『とはずがたり』のなかに書き記した。（本文引用は、新編日本古典文学全集『とはずがたり』による。以下同じ）

前には入間川（現在の荒川らしい）とかや流れたる。向かへには岩淵の宿といひて、遊女どもの住みかあり。山といふものはこの国内には見えず、はるばるとある武蔵野の萱が下折れ、霜枯れはててあり。中を分け過ぎたる住まひ思ひやる、都の隔たり行く住まひ、悲しさもあはれさも取り重ねたる年の暮なり。

対岸の岩淵というのは、当時、川の渡河点に位置する交通の要所であった。従って、遊女たちが大勢いた。この岩淵の遊女というのは、中世を通じて有名であったらしく、室町時代のお伽草子『唐糸さうし』の中にも出てくる。

この風景のなかには、もし土地に記憶装置というものがあるとすれば、街道を行き来する人々の映像（当時の鎌倉街道はこの地を通って、鳩ケ谷、川越へと通じていた）、岩淵のざわめき、川を行き交う船の映像が込められているに違いない。そして、都をとおく離れて旅を続ける、二条の都人としての思いも込められているだろう。

ところで、二条が歌枕でも何でもないこの地の風景を『とはずがたり』のなかに書き記したのは、鎌倉時代に数多く書かれた旅日記には見られないことで、ある意味では画期的だった。他の旅日記は、歌枕を尋ねての旅であり、それはすなわち古人の旅の跡を尋ねるという文学的なものであったから、風景描写などはほとんど記されていないものが多い。しかし、それは、かつてその地を尋ねて和歌を詠んだ古人と心の交感をすることをめざしたものであったのだ。そして、そのために和歌を詠んだ。

ところで、二条は、この川口からの風景を見て、和歌を詠んではいない。ということは、この土地はいにしえを偲んで歌を詠むというような場所ではなかったという事になる。では二条はなぜこの風景を書き記したのか。あるいは、彼女のまなざしは、対岸の岩淵の宿に、そして、そこに住む遊女たちの姿にそそがれていたのではないか。遊女の土地として岩淵の宿が立ち上がってくるのである。

この岩淵の宿の遊女に限らず、『とはずがたり』のなかには遊女の姿が数々現われる。二条のまなざしは、つねに遊女の存在にそそがれ続けているのである。

二条はこの川口にしばらく滞在したのち、長野の善光寺へと出発する。なぜ善光寺をめざしたのかは、当時の善光寺信仰を考えなければいけないところだが、女人たちはともかくも出家をすれば善光寺へ詣った。『平家物語』の千手御前、『曽我物語』の虎御前、語り物の世界の女たちも出家をして善光寺をめざした。おそらくは二条が辿ったのと同じ街道を歩いたであろうから、やはりこの川口の地を通っていったのであろうか。

二条は、平家や曽我の語りを聴いていたと思う。ただし、二条が生きた十三世紀後半、平家や曽我の〈語り〉がどの程度社会に浸透していたかは想像するしかないのだが、当時の絵巻物『一遍聖絵』(一二九九年成立)には盲僧琵琶の姿が、また、十四世紀成立の『遊行上人絵巻』には、道端に座って語りをしているらしい女性芸能者の姿が描かれており、サブカルチャーとして〈語り〉が生成してゆくまさにその時代を二条は生きていたのではないかと思われる。ただし、正本としての成立はもっと後の時期になるのだが、「平家」

「曽我」が書物としてではなく、声の語り、としてなまなましく享受された時代であったと思われる。二条にとっては、耳に染み付いた娯楽的なものだったかもしれない。その二条が、鎌倉を出発して信濃の善光寺へと辿っていくとき、彼女の脳裏に、同じ道を辿って歩いてゆく千手御前や虎御前の姿が遥曳しなかったとは言い切れない。耳に馴染んだ語りの世界の女たちと、同じ道を辿って旅をする自分の姿、その姿を重ねあわせたかもしれない。千手御前も虎御前も、長者の娘とされるが、つまりは遊女であった。もと遊女が出家をして尼として諸国行脚の旅をする。その彼女たちと同じ行程を辿って善光寺へと旅をする二条の心のなかに「わたしも同じではないか。高貴な生まれとは言え、わたしも遊女にすぎなかった。そしてわたしも尼僧になって彼女たちと同じく諸国放浪の身の上なのだ」という思いがなかっただろうか。彼女たちと同じくわたしも遊女なのだという自己認知である。

二条が旅のなかで通り過ぎ、あるいは逗留した寺社や宿駅は、放浪者たち、すなわち芸能や宗教を担ってさすらい歩く琵琶法師や放下僧、陰陽師、声聞師、傀儡、巫女、比丘尼などの人々も集まっていたにちがいない。その中で彼らの語る〈語り物〉などを聴くこともあったろう。私は遊女にすぎなかった、という自己認知に至った二条が、語りの女芸能者たちと同じように、私も語るのだ、という思いで語り出した、その〈語り〉がすなわち『とはずがたり』という物語なのだと思えるのである。

五人の遊女

二条が川口善光寺の辺りから眺めていた対岸の岩淵の土地に見ていたのは、遊女の姿であったかと思う。室町時代のお伽草子『唐糸さうし』の中に、「武蔵国入間川の牡丹といひし白拍子」というのが出てくるのだが、その「入間川」というのが岩淵のことなのではないか、と推測できる。『唐糸さうし』の中には、この「入間川の白拍子」も含めて五人の遊女らしき女性が登場するのだが、その五人とは次のような人々である。

まづ一番目には、手越の長者が娘、千手の前、二番目には、遠江国、熊野が娘の侍従、三番には、黄瀬川の亀鶴、四番は、相模国山下の長者が娘、虎御前、五番は、武蔵国入間川の牡丹といひし白拍子、これをはじめて十一人なり。

源頼朝の館で美しい女たちを集めて今様を謡わせるというイベントが行なわれた。その時に、この五人を含めて十一人が集められたという。

『平家物語』で有名な「千手の前」「熊野の娘侍従」、『曽我物語』のヒロイン「虎御前」など、語りものなどの芸能の世界で有名なヒロインたちがここに集められていることになる。もっとも、これは『お伽草子』という虚構の世界の出来事なのだが。『お伽草子』が書かれた室町時代、これらの女性たちは物語のヒロインとして定番といってもいいほど有名であったに違いない。

一番目の「手越の長者が娘、千手の前」とは、『平家物語』巻十に出てくる、平重衡を慰めた女性として有名である。平重衡は一ノ谷の合戦で捕らえられ、平家滅亡の後、木津川で斬首されるが、この捕らえられた重衡が鎌倉滞在のおり、この千手が湯殿の世話をしたり、琵琶や琴、今様の歌で彼を慰めた、と『平家物語』は記す。『平家物語』では、「あれは手越の長者が娘にて候ふが、心ざまの優にやさしく候ふとて、兵衛佐殿（頼朝のこと）、この二三四年召し使はれ候ふが、名をば『千手の前』と申し候ふ」と紹介されており、年の頃は「二十ばかりなる女房の、色白くきよげなる」という女人であった。長者の娘が琵琶や琴、そして今様という技芸と、そして美貌の力によって、鎌倉殿に女房として仕えていたことが分かる。

ところで、この物語『唐糸さうし』の〈唐糸〉その人もこの千手の前とよく似た立場の女性だった。『唐糸さうし』では、「鎌倉殿に、唐糸の前と申して、御所方の女房あり。これは信濃国の木曽殿の侍に、手塚の太郎金刺の光盛が娘なり。あまりに琵琶の上手なり。琴もすぐれてあればとて、十八の年、鎌倉へ召し上らせ」とあるように、鎌倉殿にはその技芸の力によって女房として仕えていたのだった。唐糸は「手塚の太郎金刺の光盛が娘」とあるが、実際は、故郷に母と娘とともに暮らす女系の豪族の娘であったようで、これはおそらくは千手の前と同様に女長者の娘であったと思われる。

この千手の前は、重衡の死後「様を変へ、信濃の国善光寺に、行ひすまして、かの後世菩提をとぶらひ、我が身も往生の素懐をとげにけり」と『平家物語』に記すように、尼となり、善光寺へと旅立った。もっともこれは『平家物語』の虚構であったようで、『吾妻鑑』によれば、実際には善光寺へ行くことはなく、文治四年（一一八八年）四月に鎌倉で死去したとのことである。

二番目に登場する「熊野が娘の侍従」という女性も『平家物語』に平宗盛に愛された女性として登場する。母の熊野は静岡県の池田の宿の長者の娘であり、謡曲「熊野」で有名。もっとも謡曲「熊野」では、母の熊野が宗盛の愛人となっている。

次に、三番目の「黄瀬川の亀鶴」という女性は『曽我物語』に登場する、これも、黄瀬川という宿の遊女である。また、四番目の虎御前、これは、『曽我物語』のヒロインとして有名で、大磯の長者の娘であり、曽我十郎祐成の愛人であった。

以上の四人は、いずれもお伽草子『唐糸さうし』が書かれた室町期には、鎌倉時代初期を代表する有名なるヒロインとして、『平家物語』や『曽我物語』を通して、確立していたように思われる。さらには、能の世界でもヒロインとして取り上げられることによって、彼女たちは物語のヒロインとして、また美しい芸能者としても語られていたのであろう。しかし、これらのヒロインたちを通して見えてくるものは、長者の娘とは何かという問題である。ある時には芸能の力によって権力者の家の「女房」となり、また有力者の愛人ともなる。この長者というものを女長者として解釈すれば、それが遊女長者と重なることが分かるのである。ここから、地方の女系豪族の女たちが、女房でもあり、またその一方では遊女でもあったという実態がうかがわれる。

ところで、このような〈長者の娘〉としての遊女は、「海道一の遊君」として紹介されることが多いが、この「海道一の」という言葉は、かなり後のことになるが、「街道一の大親分」というような近世の、土地に根を張ったやくざ組織の親分たちを連想させる。飛躍するようだが、このことは〈長者〉というものがどのようなものであるのか知らせてくれるようだ。その土地の支配力やネットワークの力をもつ、卑賤ではあるが、それゆえのある種のカリスマ性を帯びた存在、というものが浮かび上がってくるかのようである。〈長者〉とはここでは女たちによる女系の集団であり、土地に根を張った豪族としての力をもった存在であった。そして、有力武将たちの愛人ともなり、さらには琴・琵琶・今様などの芸能によって、高貴な支配者に女房として採用されることもあったと考えられる。さらに、そこには支配者たちの、そして男たちの〈性〉による支配も当然あったはずである。

二条の〈語り〉

〈長者の娘〉とは何かを考えてみれば、その姿は遊女の姿と重なるようにして浮かび上がってくる。その美貌と芸の力によって女房として主君に仕えれば、その寵愛を受けることも当然起こり得る。女房としての姿と遊女としての姿はきわめて似通う部分も多いのである。

ところで、その姿は、『とはずがたり』に描かれたような後深草院二条の有様とそのまま重なるように思われる。高貴な家に姫君として生まれ、後深草院の愛人としての生活、身についた文化と教養、そして男たちによる〈性〉の支配、それが宮廷における二条の姿だった。とはいうものの、二条が遊女そのものであった、とはもちろん言えない。名門の久我家の姫である二条と、芸能と性の世界に生きる遊女とでは、身分・階級が絶対的に異なり、この二つを同一に捉えることは出来ない。しかし、二条が『とはずがたり』のなかで書こうとしたことは、まず「私は遊女でしかなかった」という自己認知ではなかったろうか。二条が『とはずがたり』のなかで、遊女たちにまなざしを向け、彼女たちについて言及する記述からは、遊女と〈私〉との交感がたしかにうかがわれるのである。

そして、その遊女としての視点から、かつて自分が仕えた宮廷の有様を捉え直した。それはすなわち、過去の〈後深草院二条としての私〉を捉えなおす、という試みでもあったと思われる。〈遊女としての視点〉、それは、いわば、遊女に身を落としてみる、ということに他ならないのであるから、彼女流の〈やつし〉の方法だと言える。とことん身を落としてみるところから何が見えてくるか、という一つの方法であった。『とはずがたり』とはこの方法によって構築された一種の物語として捉えられるのである。そもそもこの『とはずがたり』という書物の題が「かたり」となっているのである。平安から鎌倉時代に数多く書かれた女性文学作品の題、たとえば平安時代の『紫式部日記』『蜻蛉日記』『更級日記』、鎌倉時代の『十六夜日記』『竹むきが記』などに見られるような『――日記』『――記』という型と比較すれば、この題のつけ方はこの典型的な型を破っているという点できわめて特殊である。むしろ『源氏物語』のような〈古女房の語りによる物語〉という設定で書かれた物語を意識した題とも考えられるし、あるいは、二条の生きた時代のサブカルチャーとして人気があったと思われる「平家の語り」「曽我の語り」を意識しての題だった、とも考えられる。この〈語り〉に注目すれば、彼女は自己を〈語る女〉として設定したのだと言えそうである。『源氏物語』の語りを意識したとすれば、その語り手は物語の現場に立ち合った亡霊のような古女房であった。その古女房のような私、すなわち二条とは、後深草院の宮廷世界のドラマや事件に立ち合った生き証人とも言える古女房であったと言えようか。

また、『曾我物語』や『平家物語』の〈語り〉に注目すれば、その〈語りもの〉を語る芸能者のように、私自らが私の物語を語るのだ、というコンセプトが見られるのである。

二条がこの『とはずがたり』を執筆したのは、『とはずがたり』の最後の記事が、嘉元四年（一三〇六年）の後深草院三回忌の記事であることから、その年以降のことと推察される。とすれば、平家滅亡の時代からおよそ百二十年、また、曾我兄弟の仇討ちの事件があったときからおよそ百年経過している。また、『曾我物語』によれば、ヒロインの虎御前が死亡したのは暦仁元年（一二三八年）とされるが、それは二条が生まれるほんの二十年前の出来事である。二条が生きた時代は、平家や曾我の物語が歴史的なものとして確立しているのではなく、〈語りもの〉が生成されてゆく、というまさにリアルタイムの時を、生きた声の語りとして享受されていた時期と思われる。また、「曾我の語り」は〈女語り〉とも言われているように、それは、女が語る女の物語であった。語り手の女性芸能者は、みずからがヒロインの大磯の虎御前に化《な》って語る、というものであったらしい。語り手である〈私〉の語りは、そのまま虎御前の語りとなる。そして、それを聴くものは、語り手の姿に虎御前の姿を重ねあわせるのだ。物語のヒロインは、語りの女に乗り移るのである。さらに、語り手の女性芸能者たちは、漂泊の人々であった。

二条が、みずからが語り手となって〈私の物語〉を語る、という設定のもとでこの『とはずがたり』を書き記したとすれば、その脳裏に見えてくるものは、この漂泊の女芸能者たちの姿ではなかったろうか。そこでは、語る女とは、すなわち漂泊の女だった。そのように考えると、なぜ二条が旅を続けるのか、という意味が見えてくるのである。「私は語る女である。だから、漂泊に生きなければならない」という意識、あるいは観念が原動力となって、漂泊の旅へと二条は駆り立てられたのであろうか。二条の生きた鎌倉時代には、前の時代には顕著ではなかったと思われる、漂泊を生きる女たちの姿が現実にあった。歩き巫女や比丘尼やさらに芸能の民の姿や遊女たちの姿があったのであり、二条のまなざしは、その同性の姿に向けられていたと思える。

しかし、二条は、そういう漂泊の芸能者が語る〈語り物〉と同じものを真似て書こうとしたのではないと思う。〈語る女〉としてのスタイルは、自己語りを為すときの枠組みであり、シテュエイションとして捉えられる。名門の姫君で、皇妃であってもしかるべき女が、引っ繰り返せば遊女にすぎないのであり、いまは流離う女となっている、という摩訶不思議な女の生が、このスタイルのなかで語られていくとき、新しい意味を放つのである。

「私という女の生はいったい何だったのか」という〈自己語り〉のテーマは、『蜻蛉日記』以来の王朝女流日記文学の伝統であり、宮廷の雅びな世界に育った二条は、その伝統文化の担い手であり、彼女もその伝統の系譜の中にいる。その二条が、漂泊の女語りのスタイル——それは田舎の非文化的な世界の語りの世界であるから、二条が生きた京の宮廷世界と対極を為すものであったろうが、それを取り込んだとき、何が見えてくるか。自分とはいったい何だったのか、という強烈な自己追求がそこにある。それは、前代からの自己語りとしての女の文学を継承して、さらに新しい自己語りのあり方を作るのだ、という、彼女の文学者としての意識ではなかったかと思えるのである。

二条は、このように、彼女の設定したコンセプトに従えば、元遊女であり、今は出家した尼であり、そして今は漂泊の〈語りの女〉なのである。その私が私の物語を語るのだ、というコンセプトでこの〈語り物〉としての『とはずがたり』を書き記したのだと考えたい。二条が、『とはずがたり』のなかで、遊女に向けるまなざしは、自己のバリエイションなのであり、『とはずがたり』という創作された〈語り物〉を語る際のキーとなるものである。

2　後深草院の世界

宮廷に生きて

『とはずがたり』の巻一から巻三に描かれているのは、二条が後深草院二条として後深草院の宮廷に生きた十二年間の、年齢にして十四歳（数え年）から二十六歳までのドラマである。それが、愛欲のドラマとして衝撃的な内容になっているのは周知の通りだが、前章に述べたように、二条が〈遊女に過ぎなかった私〉という自己認知をもたらしたものがこの十二年間にあったのだ、いうことになる。これは、実際に彼女が遊女的であったかどうか、ではなく、彼女がこの『とはずがたり』を執筆する上でのひとつの枠組みであったと捉えるほうがいい。二条が、この枠組み、シテュエイションに従って執筆したということである。

後深草院二条は、村上源氏、大納言源（久我、中院）雅忠の娘として生まれた。村上源氏の家系は村上天皇の皇子具平親王から始まり、その子孫は鎌倉時代の初期、政界において権勢をふるった。二条の父方の祖父、久我通光は太政大臣であった。ちなみに、二条はこの祖父通光の猶子として宮廷に出仕しているが、この時通光はすでに亡くなっているものの、太政大臣の〈子〉であるという一種の格付けがこの折りなされたものらしい。大納言の娘ではなく、太政大臣の娘である、という格付けは、宮廷における二条の位置付けには有利に働くはずであった。二条は、高貴な出自の貴女なのであり、単なる女房や愛人の位置で終わるはずのない人である。本来ならば、中宮となっても不思議ではなく、また皇妃の一人として安定した立場を確保してもおかしくはないように思われるのだが、実際はそのような安定した栄誉は二条にはおとずれなかった。また、当時の後宮の〈正統な〉皇妃たちの出自を見れば、ほとんどが西園寺家の姫たちによって占められているように、二条が後宮において一種不可思議と言っていいような立場に追いやられたのは、当時の政治権力の趨勢を見れば納得がいくものがあるのである。

『とはずがたり』の年表（小学館日本古典全集による）によれば、二条が始めに後深草院の宮廷に出仕したのは弘長元年（一二六一年）九月二十日余り、彼女はその年数え年四歳、満で言えば二、三歳の時である。二、三歳でどのような仕事が出来るものかは分からないが、後深草院の〈愛し子〉として彼の膝下で愛育されたものらしい。二条の母である大納言典侍《すけ》、この人は二条が二歳の折にすでに亡くなっているが、この典侍は後深草院が成人する折りの添いぶしの役割を勤めたらしく、いわば院の性教育の手ほどきをした女性であったらしい。二条が、院の愛寵を受けたのも、院の典侍に対する思いによるものであったと、これは『とはずがたり』のなかで院自身の言葉として語られていることである。

四歳の子供の宮仕えというものがどのようなものであるかは想像の域を越えるものではないが、いくら院によって愛され、可愛がられた、とは言え、そこにはやはり主君に仕え、奉仕するという宮仕えの苦労があることは想像できよう。院と二条とは対等の関係ではない。子供とは言え、宮仕えにおける緊張と気遣いの中にいたはずである。その中で、二条にとっての院という人間は、まず第一に主君であった。その主君に愛されたとしても、それは上から一方的に愛されることであり、また、自分という者は、周囲の大勢いる女性や家来たちの中の一人に過ぎないという自覚をもたらすものである。主君からの愛寵は、絶対的なものではなく、大勢のなかの一人ということで相対化されてしまうものである。そのような状況からは、主君にとって私とはいったい何であろうか、という疑問が湧く。愛されたとしてもどの程度に愛されているのか、あるいは何番目の寵愛であるのか、どのように思われているのか、そのような葛藤のなかで奉仕するのが、宮仕えというものであったと思う。それは、言い換えれば、宮仕えとは、主君によって身体も含めて精神的にも支配されることに他ならないように思われる。

二条は、四歳の時からそのような宮廷の世界を自分の生きる世界とした、ということが重要なのだと思う。その世界では、後深草院は主宰者であり、そして王であった。その王が主宰する世界の時間を生きること、これが二条に与えられた宿命だった。

『とはずがたり』という物語はこの女性が十四歳になって院の愛妾の一人となった時から始まる。それは、文永八年（一二七一年）正月のことである。この時点から『とはずがたり』が始まるということは、この物語の趣旨が、宮廷に仕える一人の女房の手記という意味を越えて、後深草院という〈王〉に性において支配される女、つまり後深草院二条としての手記という意味を持つことを表わしているように思われる。四歳から十四歳まで彼女はすでに宮廷の人ではあったのだが、後深草院という王とはそのような性関係はなかったのであり、その間のことは、とくに記すべきことではなかったことになる。

この十四歳の正月から『とはずがたり』は始まり、途中三年間の空白はあるが、二十六歳の時、院を退出したこと、そして翌々年の弘安八年（一二八五年）の北山准后九十賀の記事を以て『とはずがたり』の前半――宮廷編と言われる巻一〜巻三――は終了している。

二条が、女房のような、愛人のような、妃のような立場で過ごした十二年間の後深草院の世界とはどのようなものであったろうか。私は先に、後深草院は彼が主宰する宮廷世界の王であったと述べたが、彼は〈王〉としてはかなり複雑な要素の絡んだ、そして弱体の〈王〉であったと考えられる。〈王〉ではあるけれども〈王〉としての機能を果たしているとは言えない、いわば、〈王権〉からは排除されたかのような、権力のない〈王〉であったと思う。

私はここで後深草院を〈王〉と表現したが、これはかなり抽象的な意味合いを持つものである。具体的に言えば、後深草院は上皇であった。しかし、彼はこの時期、上皇としての院政を担う立場ではなく、この時期、皇位は弟の亀山天皇にある。そして、父の後嵯峨上皇が治天の君として院政を司り、政治権力の中枢の存在として権威・権力を放っていたのである。治天の君として院政を司るのは、天皇の直系の父か祖父というのが原則であったので、この時期には父の後嵯峨上皇がそれに相当する。

ところで、父の後嵯峨法皇が文永九年（一二七二年）二月十七日、崩御すると、これ以後は、治天の君が不在ということで、亀山天皇の親政の時代に入る。さらに、文永十一年（一二七四年）亀山の皇子の世仁親王が践祚して後宇多天皇となる、という事態になると、そこから退位して上皇となった亀山が、治天の君として院政を行なうことになった。つまりは、後深草院は、その間は一貫して治世を担う立場にはなれずにいたことになるのだが、これは後深草院にとっては、不遇の敗北の時期ではなかったかと想像される。いわば、〈王〉ではあるものの、〈王権〉からは疎外されていたと言える。この不遇の時代は、弘安十年（一二八七年）まで、この後、実に十三年間続くのである。その弘安十年に、後深草院の皇子、熙仁親王が践祚して伏見天皇となった。同時にこの時、後深草院は、初めて治天の君として院政を行なうことになった。つまり、朝廷の中枢が亀山の、後にいうところの大覚寺統から、後深草院の持明院統へと転換したのが、この弘安十年の出来事だった。

しかし、この弘安十年という年、この時、二条はすでに院の宮廷の人ではなかったのである。彼女はその四年前の弘安六年に院の宮廷を追われるようにして退出しているし、そして巻三の記事は弘安八年の北山准后の賀の記事で終わっている。後深草院がようやく日の目を見ることができた栄華の時期を、二条は宮廷の人としては見ることはなかった。逆に言えば、二条が知っているのは、後深草院が朝廷の権力の中枢から外れていた時期だ、ということであり、さらに『とはずがたり』の巻一から三に描かれた後深草院の宮廷世界は、院の不遇の時代であったということである。

ちなみに、二条が四歳にして院の宮廷に仕えた時、当時十九歳の後深草院はすでに二年前に天皇の位は退いていたのであるから、二条は、天皇としての彼の姿は見たことがなかった、ということになる。

二条は、後深草が皇位を退いた二年後に、宮廷に上がり、院に愛育された。そして、二十余年後、その院からの追放を受けて退出したその二年後に、後深草院は治天の君となり、その皇子は伏見天皇となる、というような持明院統の時代が訪れた、と簡単に言えば、こういうことになる。言わば、二条は、院の不遇の時代しか知らないのだ。

また、この不遇時代とは、後深草院が〈王〉でありながら〈王〉としての機能が遂行できなかった時代、として把握することができる。

〈王〉とは何か、というのは〈王権〉の問題と関わることであるから簡単に論じることはできないのだが、一応はこの世の支配者として権威・権力を有するものと定義付けられるだろう。この世界の支配者として規範を作るものであり、その規範を遂行していくものだと言える。その意味では、王とは神に非常に近いものがある。というのも、この世界の規範を作るのは神の業だからである。この王というものがその力を自分が支配する世界に発揮していくシステムが王権というものなのである。そして、この王というものが制度化されたものが天皇制だと捉えることが出来る。

ところで、この時代、天皇は、天皇の制度に基づいて、儀式・年中行事・祭祀などのいわゆる公事を執り行なうことによって、天皇としての〈王権〉を遂行し続けた。また、政治上の実権は、天皇の父である上皇(院)が天皇の父であるという父権にもとづいて握っていた。上皇が数人いる場合も当然ありうるのだが、院政を司るのは前述のように天皇の父か祖父にあたる上皇(院)である。それが、治天の君といわれる政治権力者なのだが、治天の君はこの世界の実質上の支配者として〈王権〉を執行し続けたと言えるだろう。

このように考えれば、二条が仕えた時期の後深草院とは何であったのかが見えてくる。〈王〉としての資格がありながら、〈王〉としての力を発揮できないでいる、というよりは奪われている、不遇の、排除された、非正統の〈王〉だったと言えるのではないか。正統な〈王〉の世界からはずれてしまった非正統の〈王〉の世界、それは、まさに〈王〉としてはあるべきではない世界だったはずである。

二条が仕えた後深草院の世界とは、このような世界であったのだが、そのような世界が、二条の生きた世界であった。二条は、つまりは敗者としての、はずれものの〈王〉に仕え、その非秩序的な世界を自分の生きる世界とした、と言えるのである。

さらに、これは後述するところだが、『とはずがたり』後半の巻四においては、二条は三十二歳になっており、すでに出家をしている。その翌年、後深草上皇は出家をして法皇となるが、この時点で政務から離れたとされる。巻四で、後深草法皇と二条は再会をするという場面の記述があるが、その時の法皇は出家者であり、すでに〈王〉ではなかった。政治的に言えば、伏見天皇の親政の時期である。また、巻五の記事は、それから十年後、二条は四十五歳になっている。その時期は、政権は、大覚寺統の方へと移っており、後深草院の系統である持明院統は再び〈王〉としての実権を奪われている。そして、その巻五では、後深草法皇の死が語られる。

ここから言えることは、二条は、後深草院が〈王〉としての実権を握っていない期間だけを、まるで選択しているかのように、『とはずがたり』において記述しているということである。この点においては、別の項で述べる『竹むきが記』の記述とは、まったく正反対の記述をしていると言える。『竹むきが記』が光厳院が〈王〉として実権を握っていた期間だけを、選択して書いたのに対して、『とはずがたり』は後深草院が〈王〉ではいられなかった期間だけを描くのである。ここには、執筆者の意志の力がそれぞれに働いているものと見たい。

『竹むきが記』では、光厳院が〈王〉として機能していなかった時期を〈あらぬ世〉として捉え、その〈あらぬ世〉を書き記すことを執筆者である日野名子は避けたのである。いわば、〈あらぬ世〉に生きることは拒絶したと捉えられる。〈あらぬ世〉とは、つまり正統ではない、非秩序的な世界であり、正統な世の中とは別の論理によって成り立つ異界のような世界、と捉えられる。〈王〉が〈王〉として正統の力を発揮することが出来ない、という事態の状態を〈あらぬ世〉として考えれば、『とはずがたり』が描いた後深草院の不遇の時代は、まさに後深草院にとっては〈あらぬ世〉なのである。そして、その世界を生きた後深草院二条は、その〈あらぬ世〉を自分の世界として生きた、ということになる。『とはずがたり』巻一から三にかけての宮廷の世界には、この〈あらぬ世〉の無秩序ぶりが赤裸々に描かれているのもある意味では当然なのであり、また、この〈あらぬ世〉に生きることを自分の宿命として背負わされた後深草院二条が、その〈あらぬ世〉つまり後深草院が〈王〉としてはマイナスであった期間をいかに生きたか、あるいはいかにして生きられたかを『とはずがたり』において記したのだ、と見做すことが出来るのである。彼女が後にさすらいの旅に出るのも、従って必然であろうか。さすらいの旅、漂泊こそが、〈あらぬ世〉を生きるものの宿命なのである。

二条の〈父と夫〉

二条が数え年十四歳にして後深草院の後宮の人となったのは、後深草院と父の久我雅忠との話し合いによるものであったのだから、父を後ろ盾として二条は後宮入りをしたことになる。また、前述のように、祖父の久我通光の猶子としての格付けもあり、この時、父の雅忠は大納言ではあるが本来は大臣であってもしかるべき人であった。さらに、氏の長者として村上源氏一族を統率する立場にあった。その父の愛娘であった二条とは、まさに誇り高き村上源氏を代表する姫君であったのだ。二条の家門意識の高さとプライドは、『とはずがたり』の全編を通じて非常に強いものがあるのだが、父とその一族に対する誇りの高さは二条を〈父の娘〉として位置付けるものである。

その姫君である二条がなぜ後宮において正統な皇妃とはなれなかったのか、なぜ、院を始め権威・権力ある男たちに性によって翻弄されなければならなかったのか。二条が自ら求めて愛欲に走った、などとはとても言えないのである。逆に、男たちの愛欲の的になってしまった、という事態が起こったのだと捉えるべきだと思う。二条がそのように男たちによって愛欲のまなざしで見られてしまうという状況がそこにあったのだ、ということである。

二条が後宮入りをした翌年の文永九年（一二七二年）二月十七日、後嵯峨法皇が崩御する。さらに同年八月三日、父の久我雅忠が死去する。この後嵯峨院と父の死去がきっかけになって、何かが変わったのである。

この後嵯峨法皇というのは村上源氏と縁の深い人である。祖母と生母とが村上源氏出身の女性であった。

ということは、当時の婚姻の形態——まだ辛うじて婿取り婚の時代であったし、さらに子は母方で成長するという当時の習慣を考えれば、後嵯峨法皇は村上源氏側の人間だと言えようか。さらに承久の乱の折、後嵯峨法皇—その折りは邦人王—は、悲運の憂き目にあったのだが、その彼を庇護したのは母方の村上源氏の人々であった。その縁を考えれば、二条の父の雅忠も、また二条自身も、後嵯峨法皇との縁に連なるという点で、宮廷においては優位でいられそうなのだが、その法皇の死は二条にとってはその優位性を失わせるものだったかもしれない。というよりも、後宮の世界は、村上源氏の姫君が悠々といられる場ではすでになくなっていたと言うべきだろう。

承久の乱の後、権力を握ったのは村上源氏ではなく西園寺家であった。西園寺家は鎌倉幕府と政治的に強力に繋がったことで京の朝廷において権力を把握したのである。邦人王が即位して後嵯峨天皇となるとすぐさま西園寺家の姫君が入内し、さらにその後も続々と西園寺家の姫たちが入内し続けた。いわば、後宮は、西園寺家の女たちの世界であったと言える。その中で、久我家の姫君である二条はいかにも異質な存在であるかのような印象を受ける。むしろ、宮廷では、あってはならない存在、だったのではないか。

二条が後宮入りをした時は、まだ後嵯峨法皇は存命中であったのだから、父の雅忠は、後嵯峨法皇の愛顧をたよりとして、二条の後宮入りに家運をかける思いがあったのだろうと推測される。西園寺家の女たちに占領されているとはいえ、二条が皇子を産むことがあれば村上源氏としては期するものがあったはずである。しかし、その結末はその期待を裏切るものでしかなかったのである。

二月の法皇の崩御に続いて、八月には父の雅忠が死去する。この二人の死は、二条を後ろ盾のない女にした。このような後ろ盾のない女が院の御所においてどのような目に遭うのか、という問題が起こる。しかし、二条には母方の祖父、四条隆親がいるのであり、また母方の叔父である善勝寺隆顕が二条の後見として控えているのが『とはずがたり』の記述からはうかがえるのだが、祖父の隆親は、二条にとっての全面的な庇護者とはなってはいないし、逆に二条を苦況に陥れる役割さえ果たしている。また叔父の善勝寺隆顕は、その父である隆親との確執からか、途中で出家をしてしまっている。というように、二条の母方の力というものはこの『とはずがたり』の中からはうかがえないのである。ここからは、母方というものが実質的には何らの効力を果たさないという時代性を見ることが出来そうである。

父がいない、ということは、子にとっては保護者がいないという以上の意味があるように思われる。父系に重きを置く社会構造のなかでは、父の不在、あるいは非在は子の所属の不明をもたらすものである。父がいなければ子は社会的位置付けを果たすことが難しい。

ところで、二条の父の雅忠が臨終まじかの時、後深草院が見舞いに訪れる場面がある。その折、雅忠は二条の今後と、二条のお腹の子供（この時、二条は懐妊中だった）の行く末を案じる思いを院に語る。

——（前略）——母には二葉にておくれにしに、我のみと思ひはぐくみはべりつるに、ただにさへはべらぬを見置きはべるなむ、あまたの愁へにまさりて、悲しさもあはれさも、言はむ方なくはべる。

母（大納言典侍）に死に別れたので、父である私だけがと思って育ててきたのに、その私までが死なければばならない。おまけに二条は懐妊中だというのに、というような父の悲しみの言葉である。ここからは、子の庇護者としては、まず母親が生きていることが第一であること、その母親が亡くなったので、代わりに父が庇護者となったこと、という意味が読み取れるのだが、子にとっての母の重要性がうかがわれる。

この雅忠の言葉に対して、院は次のように応じる。

「ほどなき袖を、我のみこそ。真の道の障りなく」

あなたの子を庇護するには狭い袖ではあるが、私だけはかならずお守りする。安心して、菩提の道へ行かれますように、というような、二条の庇護を引き受ける言葉であった。この場面では、院は二条の〈夫〉として二条の庇護を引き受けたと解釈できるのである。父が庇護し続けてきた娘の行く末を、娘の夫によろしくと頼むという構造がここには見られよう。つまり〈父の娘〉という位置付けから〈夫に守られる妻〉へと、二条の属性が転化するところである。〈父〉から〈夫〉へと所属が代わる、という仕組みは、二条の社会的位置付けが一応は安定したことを表わしているように思えるのだが、事実はそうはならなかった。そうなるはずであるのに、そうはならなかった、というところに二条という女性の問題があるのである。

このことは、院がはたして二条の〈夫〉と言える人であったかどうかに関わる問題であろうと思う。院は、二条の〈夫〉である以前に、まず主君であった。また、雅忠はいずれは二条の入内を正式なものにしたいという意向があったようなのだが、それを実現する前に彼は亡くなってしまった。また、院は、二条を、愛妾のような、女房のような、という曖昧な位置のままにしてしまった。これは、院にその意志がなかったからなのか、院の後宮に、後ろ盾のない女を、それも村上源氏の女を正式なものとして受け入れるだけの要素がなかったからなのか、いろいろ考えられるだろうが、院を二条の確実な〈夫〉として捉えることは難しいところである。

二条は、結果として、〈父〉がいない女であるが上に、〈夫〉もいるような、いないような、という実に曖昧な状態になったのである。この状態があるいは男たちに二条が言い寄られるという根本原因になったのではないかと想像されるのだ。男たちの愛欲のまなざしがなぜ二条に注がれるかという原因に、二条の、この父もいない、夫も不確実なという所属不明の状況があげられるのではないか。二条は、正式な皇妃としては見做されていなかったのだということは確実に言える。そこから、父という庇護者を無くした女がそこにいて、父の代わりに誰が彼女の庇護者になるのか、というテーマがそこに生じたのである。誰が彼女の庇護者になるのか、誰がパトロンか、誰が彼女の〈男〉になるのか、というテーマがそこにある。ここから、彼女が院の御所にありながらいろいろな男のなかをさ迷うという、まさに遊女的な状況が生まれるのは必然であろう。父に代わる男を求めて、――二条は決して自ら求めてはいないのだが――さすらう、という事態が生まれてきた。父や夫がいない女は、父系の社会構造のなかでは所属のないさすらう女でしかないことがここで示される。

二条の〈初恋の男〉である〈雪の曙〉こと西園寺実兼が二条に関係を迫って初めて関係を持つのは、父雅忠の四十九日の法要が過ぎた頃である。二条の庇護者たる父が亡くなるのを待っていたと言わんばかりの行為であると解釈しても仕方がないように思われる。

また、二条がその後関係した男たちが——近衛大殿と有明けの月——始めに二条に会ったときに二条の父雅忠の思い出話から始めているのは示唆的である。二条の父の話から始めることで二条の関心を呼ぼうとしているように受け取れるのだが、あなたの父に代わって私があなたの庇護者になりますよ、というアピールとも取れるところである。誰が二条の〈男〉になるか、という問題がそこにあったのだと思われる。ということは、後深草院は二条の確実な〈男〉ではないという認知が周囲にあったということではなかろうか。二条の本来の〈男〉であるはずの院が、確実な〈男〉ではなく、性支配をともなう主君でしかなかったことは、おそらくは周囲には当然の事だったらしく思えるのである。このような立場の二条をどのように解釈するか。院直属の遊女的性質を持つ女房、という性質がそこに生まれたことになる。誰の持ち物でもない女は、誰でもその女を所有することができる——これは、まさに遊女というものなのである。

ところで、当時の遊女たちが、遊女長者に率いられた女性集団であったことはよく知られている。遊女長者とは、女長者と重なることも多く、女系という血縁、あるいは疑似血縁によってまとまった芸能集団でもあった。今様や舞という芸能の力によって貴顕の人々の愛顧を受けることも多かったのだが、無論その場合の愛顧とは性を伴うものであったはずである。遊女集団とは、いわば〈父〉や〈夫〉という男系の制度からは外れた集団だと捉えることができるものだが、逆に言えば〈父〉や〈夫〉のいない女たちが、庇護者やパトロンとしての〈男〉を客として迎えようと欲望する集団でもあるのだ。かつての女系の一族が婿としての男を迎えることで一族が存続するのと同じ仕組みが、この女系集団=遊女集団にはあったと言える。ただし、遊女集団の迎える〈男〉とは不特定多数であり、誰でもがその〈男〉になる可能性がある。

また、〈父〉や〈夫〉に守られていない遊女という女たちは、男系の制度に守られていないと言えるのであり、そこに制度外に生きざるを得ない女たちの姿が見えてくる。

父という庇護者をなくし、また院の正式な皇妃になれなかった二条という女性は、身分や出自の高貴性を外して考えれば、この遊女の姿、すなわち制度外の女でしかないという点で、重なるのである。〈私は遊女でしかなかった〉という思いがそこに生じることになるのだが、これは極めて比喩的なものであろう。〈私はまるで遊女であるかのようだ〉ということは、本当は〈私は遊女ではない〉という意味を含んだ上での比喩表現なのである。自分を遊女のようなもの、として捉えるということは、制度外の遊女の位置に自分をあえて置いてみることであり、その位置から思考するということである。遊女としてのまなざしを持つことで見えてくるものをこの『とはずがたり』において描こうとした一つの方法であろうと思う。その位置からしか見えないものがこの『とはずがたり』にはあるのである。

構築された遊女性

二条はこの『とはずがたり』のなかで、自分がいかに遊女のようなものであるかを語っている記述がある。

建治三年（一二七七年）八月、二条が二十歳の時のことである。院の御所で院の愛妾の一人として、あるいは妃か女房か、それとも玩具にすぎないような遊女的な女か、明確でないような暮らしが二条にはあった。

その中で、近衛大殿なる人物と院の意向によって半ば強制的に関係をもたされるという出来事があった。『とはずがたり』の記述によれば、近衛大殿がかねてからの懸想を二条に打ち明け、それを院が〈許す〉という形になっているのだが、これはいかにも不可思議な出来事であり、関係であるように思える。近衛大殿の二条への懸想は本当のことであるかもしれないが、院の愛妾の一人をそのような形でわが物として自由に扱おうとする行為には、院と近衛大殿との間でそのような黙契があったのだ、と考えるほかない。二条という女が、この男たちの関係を維持するための道具として扱われた、ということを表しているだろう。この場合は、比喩的にいえば、院は遊女宿の主人であるかのようだし、院が所有し支配する女たちを〈客〉である男たちに斡旋しているかのようである。また、近衛大殿にこのように〈客〉として自由に振る舞わせなければならないような弱者として、院が存在していたのだとも言える。後深草院が、強権を発揮できない弱体としての〈王〉であったのは、先に見てきたとおりである。

ところで二条はその折りのことを「なかなか死ぬばかり悲しき」と記しているのだが、その記述を信じれば、この出来事は、二条にとっては惨めで屈辱的な出来事であったのだ。さらに、近衛大殿の行為を許した院に対しても「あなたにとって私とは何なのか」という悲しみも当然起こりうるはずであろう。

この出来事は二条が院に同行して伏見御所に滞在していた折りのことなのだが、翌日、二条と院は京の御所へと戻る。また同じように近衛大殿も別の車で京へと戻るのだが、その近衛大殿の乗る車を見送ったときのことを、二条は次のように記している。

清水の橋の上までは、みな御車をやりつづけたりしに、京極より御幸は北へなるに、残りは西へやり、別れし折は、何となくなごり惜しきやうに、車の影の見られはべりしこそ、こはいつよりのならはしとぞ、わが心ながらおぼつかなくはべりしか。

伏見から京へと戻る一行の車が、清水のあたりまでは一緒だったけれども、京極から、院と二条が乗る車は北へと向かい、近衛大殿の車は西へと向かった。それを見送りながら、二条は「何となくなごり惜しきやうに」感じたと記す。また、このような気持ちになるのはいったいいつから始まった「ならはし」なのか、我ながら不思議だ、というのである。

この「ならはし」とは、性関係をもった男、それが自分の意志によるものではないとしても、その男に名残惜しさ——愛着と捉えていいだろうか——を感じるという、一種の浮気性を言っていると思われるのだが、これが遊女的性質を表していると一応は言えるだろうか。しかし、現実の遊女がそうであるかどうかはここでは問えない。むしろ、二条が、遊女というものをこのようなものとして把握していたのではないか、と言えるだけである。

この箇所を取り上げて二条が性において奔放であったこと、遊女性があったと論じられることが多いのだが、私はむしろ二条があえてこのように書くことで〈私は遊女にすぎなかった〉という自己卑下を行なっているように思われるのだ。二条がこの『とはずがたり』を書いたのが、二十歳のこの時点ではないことを念頭に入れておきたい。執筆されたのは、後に尼となって諸国行脚の旅を続けたその後、おそらくは五十歳位の時である。この『とはずがたり』の記事は、二十歳のその時事実はどうであったか、ではなく、三十年後の執筆時点でいかに記されたかが問題なのだと思われる。いわば、執筆時の意図に基づいて構築された物語世界だと考えるべきだろう。従って、この箇所における〈遊女性〉も、執筆時の意図に基づいて構築されたものとして把握出来る。つまり、執筆する際に、操作と解釈がそこで行なわれたのである。現在の時点でその時の私というものを解釈すれば、こういうことになる、というものである。問題は、二条がこのように書いた、という事実だけである。従ってそこから二条という女の奔放さや遊女性を読み取ろうとすることは、彼女の思惑に沿っていると言うべきだろう。二条の意図とは「私をそのような女として読んでくれ」というものである。

ところで、この伏見御所での滞在中、遊宴の場に白拍子たちが召されている記事がある。あからさまに言えば、二条が男たちによってあたかも遊女のごとく扱われている同じ時間に、本物の遊女がやはり男たちの玩び物になっているのである。この事は、二条と遊女とが相関関係にあることを表している。二条にすれば、身分・階級に違いがあるとはいえ、宮廷の男たちとの関係において、〈私と遊女との間に何の違いがあろうか〉ということになる。二条はここで自分を遊女に準えたのだと思う。自分が遊女のような存在でしかないならば、〈ような〉ではなく、いっそ精神的にも遊女であるべきではないか。近衛大殿に「なごり惜しき」と感じたというのも、二条がその感情を遊女的なものとして捉えたからであろう。性関係のある男たちをそれぞれに恋しく思い、男たちの間を浮遊する女として自分を描いた。

二条はこのようにして〈遊女である私〉というものを、『とはずがたり』という〈語り〉の中で作り上げていったと思える。この遊女である私のイメージは、そのまま『曽我物語』などの〈語り物〉に現われる遊女たちへと繋がっていくものであろう。しかし、遊女であるということは、遊女でしかないということと同じであり、そこには、遊女を身分卑しき者と見做す二条の、そして同時代のまなざしがある。その身分卑しき者と同化することによって、何が見えてくるのか。

〈平家の語り〉でも〈曽我の語り〉でも、遊女たち――虎御前や千手前――によって鎮魂される男たちの戦いのドラマがあった。遊女である彼女たちのさすらいの背後には、男たちの世界がある。その構造を『とはずがたり』のなかに見ようとすれば、二条の背後にあるのは、院や近衛大殿たちという政界の権力者たちの闘争や葛藤の世界ということになるのではないか。宮廷では曖昧な位置付けしかない、後ろ盾のない女が、この男たちの関係を維持する道具として使われたということである。これは、二条の愛欲と性愛のドラマなどではなく、〈遊女でしかない女〉のまなざしを通して露にされる男たちの権力闘争のドラマなのである。

この〈遊女でしかない私〉という自己認知の基底にある、遊女に対する賤視はこの時代から明確になったものらしい。とは言うものの、それ以前の時代に、遊女に対する蔑視がなかったわけではないだろう。身分・階級意識の強い時代に、さすらいの遊女たちが貴顕の人々に対等に扱われたはずはないし、あくまで身分卑しき芸能者として扱われてきたはずである。しかし、この時代から、さらなる意味付けによる賤視が始まったと思われる。

網野善彦氏の研究によれば、遊女などの芸能の民に対する賤視は、十三世紀後半から始まり、十四世紀の南北朝の動乱の時期を境に本格化する、ということだが、この『とはずがたり』で二条が生きた時代は十三世紀の後半であるから、まさにその賤視が始まろうとする時期に相当する。『とはずがたり』の記事を見れば、身分卑しき者に対するまなざしは明らかに見て取れるのである。

『とはずがたり』巻二において、院が「傾城＝美女」を参上させた、という記事がある。この傾城は、車に乗ったまま御所の釣り殿のあたりで待たされていたのだが、院が他の女と会っている間に夜が明けてしまい、おまけに雨に降り籠められてびしょぬれの哀れな姿になってしまっていた、という。この傾城は、その後、「数ならぬ身の世語りを思ふにもなほ悔しきは夢の通ひ路」という歌をよこして、出家をしたということである。この傾城は遊女だったのだろうが、貴顕の人々の、遊女に対するいい加減な扱いぶりが分かる、と同時に、遊女自身の、人間としての尊厳を傷つけられたことによる悲しみと抵抗が感じられるところでもある。また〈数ならぬ身〉という言葉には、遊女というものの儚い身の上が象徴されてもいるだろう。

この遊女を院が召したのは、彼女の遊芸を堪能することよりも、この女の場合は夜の相手をさせるのが第一の目的だったのではないかと思われる。いわば、この女は芸能者としてよりは、性の相手として見做されている。この他にも、院と女たちとの関係を見ていけば、性に対する耽溺ぶりがうかがわれるのだ。遊女が芸能の民であるとはいうものの、その遊女に対する愛寵には性が伴っていたのは当然だが、この『とはずがたり』の記事からは、むしろ性の方に重点があったのではないかと想像される。芸能の女から、性を売る女への転換が見られるのだ。さらに、この性に対する重視は、遊女だけの問題ではなく、女全体に対しても言えることだったのかもしれない。遊女も女も性だけで生きているのではないことは当然ながら、その性の部分だけが取り上げられていくという事態が起こっていたのではないか。そのような事態からは、遊女も含めた女というものに対する賤視や蔑視が起こるのは必然であろうと思える。遊女も女も性の対象としか見られない。

『とはずがたり』におけるレイプ事件としか言いようのない近衛大殿との関係が、二条にとって惨めなものであったのは、その〈語り〉からもうかがわれるところである。惨めな私、というものがそこにあったのだ。彼女はその〈惨めな私〉を〈遊女の私〉として捉え直しをした。その〈遊女の私〉のまなざしを通して宮廷の男たちの葛藤の世界が浮かび上がってくるのである。

3　二条の諸国行脚(1)

江ノ島にて

正応二年（一二八九年）の三月の「二十日余りのほどに」、二条は江ノ島に着いた。彼女はすでに尼となっている。しかし、出家の経緯は何も記していないし、尼としての名前は分からないのだが、一応ここでは二条と呼んでおきたい。

この年の二月に京を出立した二条は、一ヵ月ほどかかって江ノ島に着いている。この時の江ノ島の様子を彼女は次のように書き記している。

所のさまおもしろしとも、なかなか言の葉ぞなき。漫々たる海の上に離れたる島に、岩屋どもいくらもあるに泊まる。これは千手の岩屋といふとて、薫修練行も年長けたりと見ゆる山伏一人、行ひてあり。霧の籬、竹の編戸おろそかなるものから、艶なる住まひなる。かく山伏経営して、所につけたる貝つ物など取り出でたる。こなたよりも、供とする人の笈の中より、都のつととて扇など取らすれば、「かやうの住まひには、都の方も言伝てなければ、風の便りにも見ずはべるを、今宵なむ昔の友に会ひたる」など言ふも、さこそと思ふ。

江ノ島の風景の美しさは、七百年余り前に二条がこのように記したものと現在もさほど変わらない。江ノ島の岩屋に二条は宿泊した。山伏が一人でそこに住んで修行をしている模様だが、その岩屋は籬や編戸も整備されて、住居としても十分に風情があるように設えられているようだ。この山伏が、食事の用意などしてくれた、とある。ところで、この山伏は、もともとは都の人であったらしく、二条のような都人と会ったことをとても喜んでいるのが分かるのだが、この「艶なる住まひ」は、たとえ彼が都人であったとしてもいささか優雅すぎるように思われる。この〈住まひ〉は、あるいは、この江ノ島に参詣する人々のための宿泊所のようなところなのだろうか。

江ノ島は古くから龍神信仰の地として栄えたところである。また源平合戦のころ、源頼朝が戦勝祈願をしたことでも有名であり、古くから人々が参詣をした信仰の島であった。とすれば、この岩屋は参詣人たちのための宿泊所だったのかもしれない。

この江ノ島の、現在の岩屋へ行ってみると、岩屋はたしかに幾つもあるのだが、その中の二つだけが今のところ整備されていて入ることが出来る。入り口はかなり広いのだが、奥の方は少し狭く床も平らで、ちょっとした部屋のようになっている。その部屋のようなところがなかなか居心地が良さそうで、ここなら畳などのしつらいをすれば確かに宿泊所としても可能である。また、岩屋の受け付けをされていた人の話によれば、真冬でも中の温度は十五・六度はあって暖かく、夏は反対にとても涼しいとのことである。

二条は、夜、他の人々が寝静まると、一人岩屋の外へ出て、はるかに海を見やりながら物思いに耽る、というのが、その後の記事なのだが、その中に「言葉何となく、皆人も静まりぬ」という言葉がある。特に話すこともなく、その場の人々は皆寝静まってしまった、というのだが、「皆人」というのであるから、その日の宿泊客は大勢居たことが分かる。この人々を二条と同じような参詣の客たちと捉えることが出来るだろうが、それよりもこれは二条も含めた一つの団体だった可能性もある。二条が一人旅ではなかったことは、先の引用文のなかに「供とする人」という言葉があるので明らかだが、むしろ、京から鎌倉までは何らかの集団に交じって旅をしたのではないか、と考える方が自然だと思える。現在で言えば、旅行会社が企画したパック・ツアーのようなものがあって、鎌倉まで行きたい人がそこに参加する、という形が想像される。鎌倉時代のことであるから、道程や宿泊や食事の手配などは個人の旅ではなかなか難しかろうと思われるし、まして女の人が少しの供人を従えて旅をするのも難儀に違いない。

二条の旅をドラマティックなものとして想像すれば、彼女が供も従えずに〈ひとりで〉流離うように旅をするほうが確かに〈さすらいの女〉としては絵になるのだが、それはかなり非現実的なことのように思える。女が一人でさすらう、とは、それは乞食になることに他ならない。宿泊するところもなく、野宿をしたりする可能性もあるだろうし、また盗賊や人買いが横行している時代である。また、想像を逞しくすれば、二条の供人も一人ではなく、男の従者も含めて数人はいたのではないか。二条はこの『とはずがたり』のなかでは旅の途中でいろいろの人と手紙や歌のやりとりをしているのだが、その折り、従者に文を持たせて遣わしたと推測される箇所がいくつもある。二条の意向に沿って動く人々が二条の傍らにはいたようなのだ。しかし、その人々の姿が具体的に書き記されることはなく、その人々はあたかも影であるかのようだ。

二条の旅がこのように〈団体旅行〉であり、数人の供人を従えての旅であったとしても、それは大した問題ではない。むしろ、問題としたいのは、二条自身が、〈ひとり〉であるという意識のもとで旅に出ていることである。二条の意識としては、一人旅なのである。しかも、それは乞食のようにさすらう女としての一人の旅である。彼女は、乞食のように落魄して流離う女のイメージをこの『とはずがたり』の中で浮き上がらせようとする。そして、そのイメージを浮上させるための操作として、いくつかの工夫が設定されているのである。その一つが、『とはずがたり』の語りの中で頻出する「ひとり」という言葉と、それから小野小町伝説の引用である。

江ノ島の海を眺めながら、二条は次のような思いに耽った。

まことに二千里の外まで尋ね来にけりとおぼゆるに、後ろの山にや、猿の声の聞こゆるも腸を断つ心地して、心の内の物悲しさも、ただ今始めたるやうに思ひつづけられて、一人思ひ、一人嘆く涙をも乾す便りにやと、都の外まで尋ね来しに、世の憂きことは忍び来にけりと悲しくて、
杉の庵松の柱にしの簾憂き世の中をかけ離ればや

二条は京の都にあって「一人思ひ、一人嘆く」という有様であった、という。その嘆きの涙を乾かす切っ掛けになろうか、という思いで、このように旅に出て、都をはるかに離れたところまでやってきた。それに

も関わらず、憂き世の悲しみは私の所に忍ぶようにしてやってくる、というのである。その「一人思ひ、一人嘆く」という物思いは、他の人と共有することが出来ないものであろうと思われる。だからこそ、一人という孤の世界で抱えていかなければならないものだった。その孤の思いを抱いて旅立った二条の旅は、他の人と共有できない世界を一人でさ迷うことに他ならない。二条の旅が集団に交じってのものであったとしても、また、従者たちがいたとしても、その人々は心を共有できる同行の人ではない。いわば、二条は誰とも連帯しない世界を生きようとしていると言えるのである。それは、誰かと連帯することや、一つの共同体で連帯して生きていくことを否定していることであり、またそのような共同体から逸脱したのが私なのだということでもある。この一人であるということの意識、それは漂泊意識に繫がるものなのである。

一人の旅

二条のこのような〈一人という意識〉を、具体的に〈一人〉という語彙の使用例から見ていくことにする。

鎌倉にかなり長い間滞在した彼女は、かねてからの念願であったという善光寺参詣へと出立する。これも、大勢の人たちとの同行の旅であった。『とはずがたり』の記述によれば、鎌倉滞在中に、善光寺へ行きたいという思いがあったのになかなか叶わず、それが川越入道の未亡人の尼という者が善光寺へ行く、というのを良い機会としてそれに同行した、というのだが、それから察すれば、やはり単独の旅は難しかったと考えるべきだろう。その一行は「大勢に引き具せられて事しげかりしかば」、つまり、大勢と一緒でいろいろと忙しかったので、名所などはゆっくりと見られなかった、ということだった。

ところで、この一行が鎌倉へと戻るときに二条はこの善光寺の地にしばらく残ることにした。その時、その人々が二条を「一人」残して帰ることを案じたのに対して、二条は次のように語っている。

中有の旅の空には、誰か伴ふべき。生ぜし折も一人来たりき。去りてゆかむ折もまたしかりなり。相会ふ者はかならず別れ、生ずる者は死にかならず至る。桃花粧ひいみじといへども、つひには根に帰る。紅葉は千入の色を尽くして盛りありといへども、風を待ちて秋の色久しからず。なごりを慕ふは一旦の情けなり」など言ひて、一人留まりぬ。（傍線、小林）

二条の〈一人意識〉は、この語りからすれば、哲学的・仏教的認識から来ているようだ。人生を生きることや、この世を旅することは、「中有の旅の空」なのであり、その仏教的世界観のなかでは、人というのは一人生まれて一人死んでゆくものだ、花も紅葉も人の情けもすべてこの世の一時的現象にすぎない、だから私は一人でいる。というような内容だろうか。二条の〈一人意識〉が流露されているところである。しかし、現実の会話としてこのような言葉で彼女が語ったのかどうか、いささか疑わしい。いささか美辞麗句を連ねたようであるし、観念的でもあり、会話の言葉としてはかなり大仰にも受け取れるのだが、二条のこの大仰な（と思われる）会話、というよりは演説は後の後深草院との対面の折りにも見られるもので、この『とはずがたり』を執筆するに際しての虚構性が見られるところであろう。これは、むしろ『とはずがたり』の読者に対する語り手（二条）の心内語と捉えるべきだろうか。ここで、二条は心のなかの思いを思い存分吐露するのである。

これは、二条の特質というよりは、中世の〈語り物〉の女主人公に共通する特質であるように思われる。たとえば、説経節『をぐり』の照手姫、『しんとく』の乙姫たちは、聞き手を相手に長々と理論的に語る場面がかなりある。また、江戸時代に入れば、浄瑠璃の世界の女たちが〈口説き〉としていかにくどくどと思いを語り尽くすか。このような〈女の語り〉のスタイルが芸能として有ったことが想像される。

物語の女たちの、この〈語る〉という行為には、聞き手である聴衆たちの思いを晴らすという効果、つまりカタルシスがあるように思える。それまで忍耐して、黙して語らずにいた思い、有り余る思いをこのように語ることで、聴衆たちはようやく安堵し、屈託した思いを晴らすことが出来るのである。

語り物の女たちのこの〈語る〉スタイルを、この『とはずがたり』で取り入れているように思われる。二条が現実にはどのように話したのかは不明だが、『とはずがたり』のなかで〈語る〉時には、このような〈語る女〉の姿を取ったように思えるのである。

二条は、たとえ従者がいたにせよ、〈一人で〉諸国行脚するスタイルを意志して取ったように思える。であるから、逆に〈一人〉ではない時、つまり連れがいる時は、わざわざそのことはきちんと明記している。

巻四で、二条が伊勢の二見浦を訪ねる記事がある。この時は、伊勢内宮の禰宜の荒木田家の館に世話になったようだが、二見浦に行くという二条の為に「(荒木田) 宗信神主といふ者を付けたり。具して行くに、

――」というように、荒木田宗信が案内役についてくれたこと、彼と同行したことが分かる。さらに、その後、二条は大宮司という者の家に泊まるが、その家に滞在中、二見浦の月見がすばらしい、ということで、「女房ざまも引き具してまかりぬ」というように、その家の女房たちを引き連れて月見にいったという。この宗信神主も女房たちも、二条の名所見物の為の案内役であり、また、お世話係りであったかのように思える。少なくとも、ここでは二条は〈一人〉ではなかった。

この二ヶ所以外の所では、二条は単独であちらこちらを見物しているように記述しているのだが、実際に一人であったか否か、よりは、二条が自分が主体となって旅をしていることが重要だと思われる。自分の意志で行く先を決め、自分の意の赴くままに動いているのであり、そこには他者の意志が入ることはなかった。自ら行動する主人公の像が浮かび上がるのである。

この二条が、さらに徹底して〈一人〉であることを強調するのは、巻五で語られる後深草院崩御の折の記事であった。

嘉元二年（一三〇四年）七月十六日の昼つ方、院が亡くなったという情報を得た二条は御所へと参上する。御所の庭で、彼女は院崩御後の御所の有様を長い時間眺めていたらしい。

夜もやうやう更けゆけども、帰らむ空もおぼえねば、空しき庭に一人居て、昔を思ひつづくれば、折々の御面影、ただ今の心地して、何と申し尽くすべき言の葉もなく、悲しくて、月を見れば、さやかに澄み

昇りて見えしかば、
　　隈もなき月さへつらき今宵かな曇らばいかにうれしからまし

夜も更けたけれども二条はなおも庭に〈一人〉居る。ここでは供の者がいたのかどうかは不明だが、その後の記述を読めば、ここは二条は本当に供もなく単独であると解釈せざるをえない。二条は、院の死に臨んでは徹底的に〈一人〉であることを全うするのであるし、友や、あるいは供の者がいてはならないのだった。

院の御所でそのまま夜を明かした二条は、何とか院の棺を拝めないものかと一日中うろうろとしたらしいが、それは叶わず、結局のところ院の葬送の車の後ろを追い掛けていく、という場面になる。始めのうちは、葬送の車の後を歩く人は大勢居たらしい。ずっと歩き続けていくうちに「物は履かず、足は痛くて、やはらづつ行くほどに、皆人には追ひ遅れぬ」とあるように、「皆人」に遅れて一人になってしまったらしい。その途中で会った人に「いづくへ行きたまふ人ぞ。過ちすな。送らん」と言われている。いったいどこへ行こうとしているのか。危ないから、送っていってあげましょう、というのである。ここからすると、二条は供の者もなく、単独で、裸足で、痛んだ足を引きずって歩いていたものらしい。二条は、全く単独の〈一人〉で院の死と向き合っているのである。年譜によれば、この時の二条は四十七歳。当時の概念で言えばすでに老年であろう。その老年の、尼姿の、しかし、身分卑しからぬ（と思われる）一人の女が〈一人〉でよろよろと歩いている。それを見た人が「危ないから、送る」というのは、その〈一人〉であることがいかにも異常であったことを思わせる。しかし、二条が一人で歩いているその姿は、この『とはずがたり』という〈語り〉

の物語の中では一貫して二条の姿であったのだ。つまり、〈一人〉で諸国行脚の旅をする二条の姿とも重なるのである。

二条が〈一人〉で、あるいは〈一人という意識〉で諸国行脚し、そして、〈一人〉で後深草院の死に向き合う。この〈一人〉という語を追っていけば、二条の〈一人意識〉は、そして、その一人の旅は、すべて後深草院の死へと収斂されていくように思えるのである。後深草院の世界を生きていた一人の女は、一人でその世界を背負わなければならなかったからである。その世界の、醜さ、影の部分、そして、穢れまでも引き受けなければならず、院の死も〈一人〉で負わねばならない。一人で院の世界とその死に向き合おうとする二条は、いわばこの世の中に単独で屹立した存在である。そして、どこの世界にも、共同体にも属さない。これは、いわば、二条が逸脱者であり、漂泊者であることを物語るものであろう。そして、〈一人で〉さまよう女とは、この時代にあっては乞食か、あるいは、物狂いの女である。二条は、乞食のような、物狂いのような女としての自己イメージを、この『とはずがたり』のなかで構築しようとした。そのイメージとは小野小町の落魄の姿を彷彿とさせるものでもあった。また、二条は、乞食の、物狂いの女の姿を浮かび上がらせるために、落魄の小町のイメージを援用するのである。

小野小町の落魄のイメージ

前述のように江ノ島に泊まった二条は、その後鎌倉入りをする。そこで、二条はまず鶴岡八幡宮に詣でる。

その折りのことを次のように書き記している。

由比の浜といふ所へ出でて見れば、大きなる鳥居あり。若宮の御社遥かに見えたまへば、「他の氏よりは」とかや誓ひたまふなるに、契りありてこそさるべき家に生れけめに、いかなる報いならむと思ふほどに、まことや、父の生所を祈誓申したりし折、「今生の果報に代ゆる」とうけたまはりしかば、恨み申すにてはなけれども、袖を広げむをも嘆くべからず。また小野小町も衣通姫が流れといへども、簣を肘にかけ、蓑を腰に巻きても身の果てはありしかども、我ばかり物思ふとや書き置きしなど思ひつづけても、まづ御社へ参りぬ。

二条は鶴岡八幡宮に詣でるに際しても、実にさまざまな思いが交錯しており、自身の身の上を思い続けている。鶴岡八幡宮の神は、源氏守護の神であるという。村上源氏出身の二条であれば、この神は頼りになるはずの神であったらしいのだが、しかし、二条は、「そのような家に生まれたというのに、私の今の身の上はいったい何としたことか」と思わずにはいられない。しかし、亡父の後生が極楽であるようにと祈誓申し上げたとき、「今生のあなたの（二条の）果報に代える」という答えを賜ったというのであるから、現在の身の不幸・不運は恨み申すわけではない、袖を広げること＝物乞いをすることもなげくべきではない、という。そして、その身の不運・不幸を二条は具体的に小野小町に準えている。この小野小町のイメージは、落魄の女として形象化されているのである。引用文にある「簣を肘にかけ、蓑を腰に巻き」とは落魄の乞食のスタイルであったろうが、これは『玉造小町子壮衰書』の序文にある「左の臂には破れたる筐を懸け、右の手には壊れたる笠を提ぐ、――肩破れたる衣は胸に懸り、蓑は腰に纏えり」の落魄の女のイメージからの引用である。この『玉造小町子壮衰書』は中世においては小野小町の物語として読まれていたものである。

この落ちぶれた小町伝承からの引用は、小町が二条の身の上に重ねられることで、二条自身が物語化されることになる。すなわち、栄華から落魄への道をたどった女が、自らの人生を語りながら、仏の救済にいたる、というストーリーがそこに浮かびあがる。さらに「后になるはずの女として内裏に召されながらも、ついには后にはなれなかった女」としての自身の位置付けがなされ、さらには、現在の二条が、落魄の、さすらいの、女乞食のようなものだ、というイメージが浮かび上がる。ここでは、二条は落魄の女として、自分を位置付けたことになるのである。これは、前述のように「遊女にすぎなかった私」という自己認知とつながるものであろう。

しかし、二条は、私は小町のようだ、と言って、小町に準えているだけではなく、その小町を超越するものが私にはあるのだ、とも記しているのである。「（小町は）我ばかり物思ふとや書き置きし」（私ほど物思うと書き置いたであろうか）という言葉には、小町を越える〈思い〉が私にはあるのだ、その思いを私は書き置くのだ、という宣言である。その思いとは何か。それをこの『とはずがたり』から読み取っていかなければならないのだろうと思う。その思いとは、二条の、落魄（あくまでイメージにすぎないと思えるのだが）の根本原因となった後深草院その人へと収斂されるものだと思えるのである。

熊野の霊夢――怨霊となった後深草院

嘉元三年（一三〇五年）九月、二条は那智山へと出掛ける。宿願の般若経写経をするためであった。この時、二条はすでに四十八歳。後深草院は前年の七月十六日に崩御している。

この那智での籠もりのなかで、二条は後深草院の夢を見るのだが、この夢は二条にとっては霊的な威力を放つものであった。また、熊野という古来からの霊地の威力が、この夢に及んでいると言えるだろう。熊野とは、霊夢を賜るところでもあったのだ。

二条の夢にまず現われたのは、亡父「故大納言」であった。亡父が二条の傍にいて、御所様（後深草院）の出御を告げる。そして院は、次のような様子で夢のなかに現われた。

見まゐらすれば、鳥襷を浮織物に織りたる柿の御衣を召して、右の方へとちと傾かせおはしましたるさまにて、我は左の方なる御簾より出でて向かひまゐらせたる、証誠殿の御社に入りたまひて、御簾をすこし上げさせおはしまして、うち笑みて、よに御快げなる御様なり。

夢のなかで二条が見ていると、院が鳥襷の模様を浮かび上がらせた柿色のお召物で現われた、とある。随分と具体的でこまやかな映像であるようだが、宮廷や公家社会では装束の知識がいかに不可欠なものであったかがうかがわれる記述ではある。ここで気になるのは、院が「柿の御衣」を着ていたという記述なのだが、この〈柿色〉という特殊性に注目したいところである。柿色の衣とは、中世を通して賤民の着用するものであった。もしくは、天魔や鬼神、怨霊というこの世ならぬもの、さらには冥界に通じる神秘の着衣でもあった。また、仏典では金剛童子や毘沙門天が着る色であり、さらに、『保元物語』では怨霊と化した崇徳院も柿色の装束で現われる。つまり、畏怖すべきものであるがゆえに、同時に忌避すべきものを象徴的に表すものが、この〈柿色〉の衣裳なのであった。この象徴的な柿色を着て顕れた後深草院は、怨霊となっているのだろうか。あるいは、天魔や鬼神のごときものになっているのだろうか。

次に、二条の記述は、院の怨霊化に加えて、さらに院の穢れをもあらわにしていく。先の引用文にも「右の方へちと傾かせおはしましたるさまにて」（お体は右の方へ少し傾いていらっしゃる様で）とあるのだが、その身体のことだろうか、二条は父の大納言に次のように夢のなかで尋ねる。

十善の床を踏みましましながら、いかなる御宿縁にて御片端はわたらせおはしますぞ。

天皇という位にいらっしゃるという果報がありながら、どのような宿縁で院は身体の障害がおありなさるのか、という質問である。それに対して、大納言は次のように答える。

あの御片端は、いませおはしましたる下に、御腫物あり。この腫物といふは、我らがやうなる無知の衆生を多く後へ持たせたまひて、これを憐れみはぐくみおぼしめすゆゑなり。全くわが御過りなし。

あの障害は、座っている下に腫物があるからだ、この腫物は我らのような無知の衆生を憐れみ、育むがゆえのものであるのだから、院自身の過ちからではないのだ、という内容である。後深草院のそのような身体の障害が生前の彼に現実にあったものなのか、それともこの夢のなかでの現象なのかは分からないことである。ただ、言えることは、二条が、腫物というような病的な一種の穢れを、夢のなかとはいえ後深草院に背負わせたことであり、穢れを負った院の姿をここに浮き上がらせたことである。しかし、その腫物による穢れは、人々の罪や穢れをその身に引き受けているからである、という解釈は、後深草院こそが、不浄をも何もかも引き受ける聖なる神なのだ、ということに繋がる。穢れを引き受けてこそ、聖なる神なのだという位置付けがなされたのである。

しかし、二条がこのように後深草院に柿色の衣裳を着せて怨霊化したこと、そして、腫物という穢れを背負わせたこと、そのような〈王〉として形象化したことは、この『とはずがたり』という物語の基底となるテーマに繋がるものである。院の世界を生きた二条こそが、院とともにこの怨霊化と穢れを引き受けた存在ではなかったろうか。〈後深草院二条〉として生きてきた二条は、この王の世界を自分の世界として生きた女であった。

熊野の神というのは、もともとが不浄を受け入れる神として知られる。『風雅和歌集』巻二十、神祇歌のなかに次のような和歌がある。

もとよりも塵にまじはる神なれば月のさわりも何かはくるしき

「月の障り」という、神道では穢れとされた女性の月経も、熊野の神は受け入れるのだという。また、熊野の神とは「もとよりも塵にまじはる神」であると認知されている。女人禁制をとる寺社の多いなかで、熊野はめずらしく女性の〈穢れ〉を問題にしない聖地であった。

そして、この、穢れを引き受けるという神のイメージは、二条の夢における後深草院の姿と重なるものであるように思える。怨霊となり穢れを背負いながらも、だからこそ、院は聖なるものへと転化するという構造がうかがわれる。後深草院は、このような不浄を受け入れる神の姿と重ねあわせられることによって、院を〈聖なるもの〉と見るまなざしが生れることになった。聖なるものと穢れあるものとがここでは交錯しているのである。

ところで、怨霊としてのイメージには、古来からの政治的敗北者の姿がある。怨霊となった崇徳院や藤原頼長は、後白河法皇という王権からの疎外者であったし、軍記物や語り物の世界では、敗北する英雄たちが悪霊となって中央の王権の世界を脅かす存在となっている。これらの敗北者たちのイメージがこの後深草院の姿に重ねあわせられたのだろうか。熊野の霊夢に現われた後深草院は、これらの疎外者たちの仲間なのだと言えるかもしれない。もっとも、これは二条がこのように院のイメージを構築しただけなのではあるが、二条が〈王〉としての後深草院をこのように把握していたということは言えよう。

別の章でも述べたように、後深草院は、二条が宮廷にいたその時間、上皇ではあったが、上皇としての院政を担うことはなく、いわば治天の君ではなかった。つまり、王権は後深草院のものではなかったのであり、彼は王権からの疎外者であった。そして、〈王権〉をめぐる政治闘争や人間関係のかけひきや葛藤が、彼の世界に渦巻いていたはずである。

二条は、その疎外者たる後深草院が主宰する世界を、自分の生きる世界としていたことになる。持明院統と大覚寺統が、それぞれが自分の系統をこそ王統を継承するものとするべく争っていた時間が、二条の生きた時間だったのだが、『とはずがたり』前半の巻一から三の宮廷編は、時には愛欲編とも呼ばれることがあるように、二条の赤裸々な性の体験が描かれているところである。これは、二条の性体験告白というよりは、後深草院をめぐる人間関係の葛藤が描かれていると言うべきもので、二条が、皇妃としてではなく、まるで院直属の遊女のように扱われてしまうその世界が、二条という〈遊女のまなざし〉を通すことで、はじめてあらわにされてしまうのである。

後深草院をめぐる人間たちの闘争が、二条が引き受けざるを得なかった性を通してその実態が見えてくるのである。二条は、その世界を〈穢れ〉として表出した、と思う。敗北の〈王〉であった後深草院は、その死後、怨霊となり、そして、「腫物」という穢れを引き受ける。それは、院の主宰していた世界のひとつの帰結として捉えられるのである。

一方、二条は、後深草院のその穢れ、政治的敗北者としての葛藤を、性によって引き受けた女性であった。院の穢れというものが、宮廷社会の陰の部分であり、貴族社会の裏面であるとすると、その陰と裏面を引き受けさせられたのが二条であった。院の穢れは、二条の穢れでもある。

この二条の性に対する認識には、当時、性というものが一種の穢れとして見られ始めていたという事情が関わっているように思える。同時に、それは、遊女が抱える性の問題とも関わっているものであり、遊女と同じく、女というものへの賤視も、これも同じく性の問題と関わっている。性というものは、女だけの問題ではなく、男も抱える問題であるのは当然だが、男の発する性＝不浄を受け入れるのが女であるという構造上、女が不浄とされていった、という事情があるように思える。また、逆説的だが、不浄を受け入れるからこそ、女を聖なるものとして見るまなざしもそこに生れるのである。穢れを引き受けることによる聖なるものへの転換、この仕組みは男性たちにとって非常に都合がよかったと言わざるを得ないが、娼婦や遊女に聖性を見ようとするまなざしも、一方では生れているのである。

4　鎮魂する女

女の聖性と穢れ

　中世の街道筋をどのような人々が往来していたのだろうかと想像することがある。京都・鎌倉を往来する公務を帯びた人々や、武士たち、また商人たちの集団もあったろうし、漂泊に生きる宗教者や芸能の人々も歩いていただろう。その中で、高野聖や善光寺の聖、また四天王寺の聖と呼ばれるような念仏衆の人々、一遍上人の時衆の人々もその中にいる。また、女性の語り芸の人々もいた。遊行者たちが行き交う世界がそこにあったかと思われる。

　二条が巻四と五の〈漂泊編〉のなかでたずね歩いた神社・仏閣、その他の土地は、これらの漂泊の、つまり遊行の宗教者たちのめぐり歩く場所と必然的に重なるものである。鎌倉を立った二条がまずめざしたのは信濃の善光寺だが、この善光寺参りが二条の旅の第一の目的だったのではないかと想像されるし、また、ずっと後のことになるが、大和の当麻寺をたずねている。これも善光寺信仰と密接につながるとされる聖徳太子信仰が背景にある寺である。また、ここも、当時の遊行の人々の信仰の場所であった。二条の旅の行程が、一遍上人の遊行のコースと重なるところが多いので、二条と時衆の人々との関連が問われるべきところである。しかし、二条は『とはずがたり』においては、一遍その他の遊行者たちに言及することはないし、また漂泊の女性たちについても、その姿は旅の途中で見ているはずだと思われるのだが、書き記すことはない。書き記しているのは、遊女や神社で奉仕している巫女たちのことだけだが、その人たちは『とはずがたり』の記事では、漂泊の民ではなかった。巻三の冒頭に記された赤坂の宿の遊女にしても、巻四冒頭の鞆ノ浦の遊女にしても、遊女長者というべき、その土地に根付いた共同体に所属する女たちであった。

しかし、『とはずがたり』のなかに、放浪・漂泊の人々が現われないからといって、二条がその人々に目を注がなかったというのではないと思う。というのも、この『とはずがたり』巻四と五に記された旅そのものが、遊行なのであり、二条はここでは漂泊者として、遊行者として、あるいは、語りの芸能者として歩き、そして語っているのである。二条自身が、漂泊者になりきる、というコンセプトでこの『とはずがたり』を語っているのだ。そのために、二条は、歩いて、さすらって、そして語り続けるのである。二条のその意志をよく表していると思われるのが、二条が大和の法華寺に滞在した折りの記事である。

法華寺は当時、尼となった女性たちの学問や修行の寺として有名であった。都の公家社会の女たちが数多くこの寺で修行に励んでいたという。この寺にしばらく滞在した二条は次のように考えて、この寺を出ていくことにした。

しばしかやうの寺にも住まひぬべきかと思へども、心のどかに学問などしてありぬべき身の思ひとも、我ながらおぼえねば、ただいつとなき心の闇にさそはれ出でて、また奈良の寺へ行くほどに——後略——

しばらくはこのような寺に住もうかとも思ったけれども、二条には、「心の闇」があるのだという。その「闇」に誘われて、またふらふらと二条は旅を続けることになったのだという。そして、心もゆっくりと学問などしていられるはずの身の思いとは自分でも思えないので、私は旅をするのだ、という気持ちであろうか。二条は別に学問が嫌いなわけでも、落ち着いて修行するのも嫌ったわけでもなかろうと想像する。二条は、漂泊すること、さすらうこと、遊行者の心で生きることを意志したということだろうか。しかし、二条は遊行者に自分をなぞらえてはいるが、遊行の心はあくまでも比喩的なものではなかったか。遊行の心とは、たとえば、一遍の言うような「すべてを捨てる心」だと思うのだが、すべてを捨て切ったところで念仏による救済を頼む、というような心を、はたして二条が求めていたかどうか、疑わしい。二条の言う「心の闇」こそが、二条の抱える問題であり、それを解決することが重要だったのだと思われる。それが、前章で述べたような、後深草院に関わるものであり、院と二条が抱え込んだ〈穢れ〉の問題ではないかと想像されるのである。後深草院の主宰した宮廷の世界、それは、つまりは〈あらぬ世〉の世界であり、〈あらぬ世〉とは、つまりは穢れを孕んだ世界であったろう。その世界に生きていた二条も、つまりは〈あらぬ世〉、つまりは穢れを生きていたことになるのであり、だからこそ、二条のさすらいが生れた。「わたしはさすらわなければならないのだ」という二条の意志は、〈あらぬ世〉に生きるものの覚悟であったと思える。

二条の旅は、〈あらぬ世〉を生きた後深草院の怨霊を鎮めるための旅、つまりは鎮魂の旅とも言えるし、また、それは、二条自身の、彼女が抱え込んだ〈あらぬ世〉の穢れを問う意味もあったと思える。

語り物の世界では、〈平家の語り〉においても、〈曽我の語り〉においても、女たちは戦いの果てに非業の死を遂げた男たちを鎮魂するために、さすらいの旅をしなければならなかった。また、伝承の世界では、なんと女たちは〈穢れ〉にまみれていることか。〈穢れ〉にまみれることによって〈聖なるもの〉へと転換する、というような思想が何故生れたのか。ケガレからハレへの転換という民俗的発想がそこに見られるのかもしれないが、女のセクシュアリティに対する重視と、それと同時に起こる忌避、畏怖がそこにあるのかもしれないし、また、女の〈性〉に対する賤視・蔑視がこの時代に強まっていくことが関連しているのではないか。

〈平家の語り〉のなかでは、平家の女人たちの性的な穢れが語られている。古い語り本系の『源平盛衰記』では、建礼門院は、後白河法皇との対面の場において、兄の宗盛との間の近親相姦が噂されたことや、敵の大将の義経との間で噂を立てられたことなど、女人の身の悲しさを語りつづける。さらに、畜生道の体験が語られる。この〈語り〉では、建礼門院の、女人であるがゆえの性による穢れを帯びさせられてしまうという状況が描かれているのである。

また、伝承の世界では、平安時代の歌人、和泉式部も性による穢れを帯びさせられている。お伽草子の『和泉式部』ではわが子との近親相姦が描かれているし、また、落ちぶれた放浪の乞食となった小野小町も、遊女の成れの果てとして描かれている。このような例は、女が性による穢れを通過して、聖なるものへと転化する物語として成立しているのだが、そこに、性の放縦さを穢れとして見るまなざしが必然の前提としてなければならない。穢れから聖性への転換は、穢れあるとされた女のセクシュアリティが条件になっているのである。

女が聖なるものへと転換するためには、倒錯的な穢れ、性に身を捨てるという行為が必要となってくるのだが、娼婦や遊女を穢れたものと見る反面、そこに観音の化身のような聖性を見ようとする方向が生れているのだと思える。

〈平家の語り〉における建礼門院は、穢れにまみれることによって、聖なるものへと転化し、それによって戦闘の果てに死を遂げた一門の男たちの鎮魂を成し遂げることが出来るという仕組みが見られるのである。

『平家物語』の前半は、栄華へとのぼりつめる平清盛とその一門の政争と闘争の物語である。その中で建礼門院徳子は、皇妃として宮廷社会で華麗に生きている。しかし、それは平家一門の政争の為の政治的道具として扱われたことを表しているにすぎない。そして、物語の終焉としての「灌頂巻」では、建礼門院の、大原の山里での、前半生とは打って変わった質素な、世捨て人としての修行生活が描かれているが、その大原での建礼門院の生活は一門の死者たちのための供養と鎮魂の日々であった。その建礼門院が、ある意味で遊女に等しいような性の穢れを帯せられるという構造には、鎮魂者とはどのようなものであるべきか、という問題が込められているように思える。鎮魂とは、死者とその敗北をともに生きた、また〈あらぬ世〉の醜さを身を以て知り抜いた人間にしてはじめてできうることではなかったろうか。

「灌頂巻」における、後白河法皇に対する建礼門院の滔々たる語りは、その誇り高き敗北者にしてはじめてなしうることだったに違いないのである。前半の華麗な宮廷生活。しかし、その裏面には、当時の政治的な暗さも込められているのであり、その裏面を体現させられたのが女としての性をもつ建礼門院であった。物語の終焉である建礼門院の鎮魂の日々は、その前半生からの当然の帰結として把握できる。

この〈平家の語り〉における仕組みは、『とはずがたり』のなかにも見られるものである。『とはずがたり』前半の巻一から三にかけての〈宮廷編〉では、男たちの葛藤や闘争がかなり陰湿な感じで描かれ、その世界で道具として翻弄される二条の姿があった。彼女は道具として、あたかも遊女であるかのような扱いを受けた結果、性の放縦さにまみれざるをえなかったのである。二条は『とはずがたり』の語りにおいては、自己の男性遍歴や遊女性を決して美化することなく暴きたてているのだが、それは、自己の穢れを自覚してのことであろう。それが、〈あらぬ世〉に生きる自分の姿であるという認識があったかと思える。また、この時代は王朝時代のような美学の時代ではない。人間や自分の醜さを赤裸々に凝視する時代であった。そのことは、自己評価の低さとして表われていると思えるのだが、神仏の前では人間は卑小なるものでしかない、という思いが込められているのだろうか。

〈平家の語り〉における建礼門院の、穢れにまみれたがゆえに鎮魂者としての資格を有つのだという位置付けは、そのまま後深草院二条にも当てはまる。当時の、鎮魂者としての女はどのようなものであるべきか、その姿が見られるのである。

このような、建礼門院に見られる鎮魂する女や、あるいは前述のような漂泊してさすらう小野小町の物語、そして〈曽我の語り〉の虎御前のような、これもまた鎮魂の為に漂泊の旅に出る遊女の物語が、二条の〈物語〉と重なり合うのである。いずれの女たちも、その前半に華やかな宮廷の暮らし、男たちの闘争と死、そしてその男たちによって翻弄された人生があった。女たちの後半生の修行や漂泊は、その男たちの闘争と死の有様をまざまざと浮かび上がらせる。その闘争に巻き込まれることで帯ざるを得なかった女たちの穢れは、鎮魂という行為を通すことで、怨霊と化した死者たちをも浄化し、さらには、女たち自身も浄化されるという構造が考えられるのである。『とはずがたり』は王朝女流日記文学の系譜につらなる自照文学だと言えるが、この作品を、二条の生きた時代のサブカルチャーとしての〈語り物〉を背景に置いてみると、『とはずがたり』が〈平家の語り〉や〈曽我の語り〉のなかの建礼門院や虎御前という鎮魂者としての女を取り込んでいることが推測される。しかし、〈語り物〉に見られる女たちの物語という一つの型に則りながら、『とはずがたり』には、私とは何か、という私個人の問題を問い詰めるという自照性がある。私とは何か、というテーマ、それは語り物の世界にはないのである。

『とはずがたり』で検証された二条の人生とは、本来ならば皇妃であるべきなのにそうはなれなかった女、御所を追放された敗北者、遊女でしかなかった女、後深草院の不遇の時代を生き、それによって貴族社会の裏面とその穢れを身に帯びてしまった女、というように言えるだろうか。そういう女は、位置付けも定義付けも難しい。この定義付けできない曖昧な存在としての自己を、二条は検証し、問直しをしようとしている。曖昧な存在とは、基底の秩序からはみだして分類できないもの、といえるだろうが、これは既成の世界から見れば、不気味であり、安定した体制を撹乱するものと見做される。二条の『とはずがたり』における語りはその〈はみだし者〉のまなざしによる、自分の、そして、後深草院の世界の検証と言えるのである。

さらに、それは、男たちの陰湿な権力闘争の世界を浮かび上がらせるだけではなく、その世界を敗北者である女としての二条の側からの切り返しとして把握出来るのである。その切り返しのまなざしは、権力に対するしたたかな弱者としてのまなざしでもある。

二条の〈さすらい〉

『とはずがたり』を読んでいると、書き手である二条という人の人間性が彷彿と浮かび上がってくるかのようだが、作品から受ける印象は、意外に明朗な明るさに満ちている。書き手である二条はいかにも健全な、そして健康的な利発な人であるように思えるし、思索的であるよりは、現実的、合理的な思考をする人であるように思える。しかし、これは私の個人的感想なのだが、無口であまりはきはきとは物が言えない人ほど、文章が勢いよく、明晰で闊達であるという例が多いように思えるので、二条が実際に積極果敢な強気の人だったとは断定できない。また、この作品の執筆時は、二条はすでに五十歳を過ぎていると思われるし、さらに脱俗の尼であった。この時点での二条の精神のあり方を考えれば、むしろさばさばとした気持で書き綴ったのだ、とも考えられる。

尼というのは、簡単に言えば女であることを止めた人、と定義付けられるだろうが、ここで言う〈女〉とは、つまり文化としての女という意味である。文化としての女とは、時代の社会的役割を担ったジェンダーとして捉えられるのだが、この〈女〉というものを止めて尼になってしまうと自由に行動できるという考え方が当時あったものらしい。このことは、文化としての女というものが　規範のなかで閉じこめられて、いかに不自由であったかを物語るものであるだろう。

規範としての女を止めたとき、その向かうところには二つの道があったと思う。一つは〈鬼〉になること、だろうか。〈鬼〉になるとは、妄執にとらわれて、心のなかの情念が規範を突き破っていくことで〈鬼〉と化していくわけだが、これは破滅の方向へと向かうことで、女であるがゆえに抱え込まざるをえない枠を超越していくものだと言える。もう一つは〈山姥〉になること、だろうか。〈山姥〉には頑健な肉体と不屈の魂をもった意志の力があるように思える。〈山姥〉は、強力な威力の持ち主であるがゆえに、世の中の体制から排除されて山へと追いやられた〈山の神〉の末裔であり、そして、女神にも巫女にもつながる女の威力の持ち主でもある。

二条には、この〈山姥〉につながるような強さと意志の力が見られるのである。とはいうものの、二条はなんと言っても元姫君なのであるから、長旅は苛酷だったのか、たえず身体を壊して寝付いているようなのだが。

〈語り物〉の女たちの出家や漂泊が、ヒーローである男たちの運命に付随してなされたものであることを思うと、二条の漂泊はそれに比べて自発的である。この自発的な出家・漂泊というのは、二条が九歳の時に西行の絵巻を見て以来憧れたという西行の出家・漂泊が大きなモデルになっているのかもしれないが、運命に流されてさすらう、というのではなく、自らの意志の力によって、あえてさすらいの運命に身を置く、という精神がそこに見られるのである。西行の出家・遁世のきっかけとなったものが何であるかは諸説があって判然としないが、二条は、西行の自発性に憧れたのではないか。二条の場合は、この自発性に、漂泊の遊女の身になずらえるという方法を加えて、女であるがゆえのさすらいとは何かを表していった。また、自分の生を、さすらいに生きる生なのだと規定して、そこに西行に繋がる文学的な生き方を作り上げようとしたのかもしれない。

二条は二十六歳の時、後深草院の御所から退出する。その退出とは、ある意味で、追放でもあった。二条は四歳の時に宮仕えに入り、十四歳で院の愛妾の一人となって以来、後深草院の世界が二条の生きる世界であったのだから、その世界からの追放は、二条の生きる拠点の喪失でもあった。その喪失は、敗北者意識、無用者意識、自分は数ならぬ身であるという意識を生み出すものであったろうと思える。しかし、追放された自分というものを、次に自発的な出家へと、自分の意志による漂泊へと切り替えた時、さらに、わたしはこちらの方向へと行くのだ、と積極的に自分の位置付けを行なった時、敗北者のまなざしによる切り返しが、そこに生れる。

また、語り物の女たちのさすらいのイメージをそこに浮き上がらせることによって、女のさすらいとは何なのか、を問い続けている。

〈語り物〉の世界から

『曽我物語』は、〈女語り〉とも呼ばれた。曽我の五郎・十郎ら武士たちの葛藤・闘争のドラマではあるものの、物語の基底にあるものは、彼ら兄弟の母や身内の女たち、愛人の虎御前たちの哀切な悲しみの心である。読んでいると、この物語は、全編、涙々の女たちの声に満ち満ちているのである。この〈曽我の語り〉が、盲目の放浪の女性芸能者によって語られた、というのも、なるほどと思える。

物語は、一人の男の、一人の継娘に対するやみくもな偏愛から始まる。そこから、男たちの殺しあいが始まり、またそこから仇討ちが起こる。仇討ち決行にあたっての、母との別れや、愛する女との別れが語られていく。この物語のなかでは、女たちは男たちの欲望に振り回され、その運命に涙するしかない。

曽我五郎・十郎の兄弟は、その仇討ちの結果死に至るのだが、兄弟はかなり早い時期に御霊化するという現象が起こっている。『曽我物語』巻十が、残された女たちの物語となっているのだが、そこで語られるものは、女たちの嘆きと出家である。（新編日本古典文学全集『曽我物語』による）

「巻十」のおおよその概要は、次のようなものである。

五月二十八日深夜、曽我兄弟の二人は仇の工藤祐経を討ち果たした。しかし、十郎は討ち死にをし、五郎は捕らえられて、翌日、斬首される。その日、曽我兄弟の従者二人が曽我へと走り、一族の者に遺書と形見を届けた。兄弟の母、二宮の姉御前、早川の伯母御前、三浦の伯母御前の嘆きがそこで語られる。

さらに、その後、兄弟の乳母二人、伊予の局と讃岐の局が出家をする。

次には、事件の関係者たちの死や出家の話が続く。

九月になると、曽我十郎の愛人であった大磯の遊女の虎が、曽我へと赴き、兄弟の母に対面し、百か日の供養がなされた事が語られた後、虎は出家をする。これは、建久四年九月八日（『吾妻鑑』では九月十八日とされる）のこととされる。その後、尼となった虎御前の旅が始まるのだが、この旅のスケールははなはだ大きく、一年かけての大漂泊と言ってもいい。三島の大明神を出発すると、京へ向かい、さらに熊野、太子、当麻、笠置の岩屋、吉野、粉河、天王寺と続く。年明けて、東海道を東上しながら、曽我の里へと戻ってきたのは、五月十八日。そして、五月二十八日、曽我兄弟の一周忌の供養が行なわれた。その後、虎は、兄弟二人の骨を頸にかけて善光寺へと参り、曼陀羅堂に二人の遺骨を収めた、とのことである。

その後、三回忌の法要が営まれた日、兄弟の母は出家。さらに、兄弟に縁のある人々の出家や往生が次々と語られたのちに、虎の往生によって、『曽我物語』の語りは終わりを遂げる。虎の往生は、暦仁元年（一二三八年）のこととされる。

この物語のなかで気になるのは、虎御前が愛人の曽我十郎を哀悼するために出家するのはともかくとして、なぜ彼女が鎮魂の旅をしなければならなかったか、ということだ。鎮魂の旅という役割がなぜ彼女に課せられるのか。曽我兄弟の母や乳母や、身内の女たちは、出家はするものの、鎮魂の旅には出ていない。考えられることは、虎が曽我十郎の正式な妻ではなく、あくまで遊女であり、愛人にすぎなかった、ということである。さらに、虎の漂泊の旅の姿は、当時の歩き巫女や放浪の芸能者たちのイメージと重なる。非業の死を遂げて、怒りと祟りの込められた御霊となった男たちの魂しずめができるのは、このような巫女としてのパワーを持つとされた女でなければならなかったのではないか。遊女であった虎は、当然、遊女としての芸能の力や、魂しずめの巫女としての力をもつ女として捉えられた。この、虎の巫女性というものが、遊女としての虎と重なることで、鎮魂という漂泊の旅を生み出していったものであろうか。

この遊女の役割は、『平家物語』にも見られるもので、平重衡が殺された後、尼となって善光寺へと向かったのは、重衡を芸能によって慰めたという千手御前であった。もっとも、これは『平家物語』の虚構であるらしく、『吾妻鑑』によれば、千手御前は、実際には善光寺へ向かうことはなく、重衡の死を嘆き悲しみつつ、早くに亡くなったということらしい。一方、重衡の正式な妻である北の方はと言えば、北の方の出家譚は語られているが、北の方が善光寺へ行くとか諸国行脚するとかいうような物語はないのである。

この〈曽我〉と〈平家〉の二つの〈語り〉の構造を見れば、非業の死を遂げた男を弔うには、まず一つには、北の方や身内の女たち、そして家臣たちの出家、そして、二つ目には、一人の遊女の出家と諸国行脚、さらに善光寺参り、というこの二つの要素が見られるのである。

この遊女の姿を『とはずがたり』における二条の立場に置いてみると、二条がなぜ諸国行脚の旅に出なければならなかったのか、そして、なぜ彼女が善光寺へ参ったかが分かる。二条は、北の方ではなく、千手御前や虎御前の立場を取るのである。

もっとも、『とはずがたり』では、二条が旅をしている間、後深草院はまだ元気で生きており、非業の死を遂げたわけではない。二条が〈鎮魂〉しなければならなかったのは、彼女が十四歳から二十六歳まで生きた〈あらぬ世〉に対してであった。そして、その〈あらぬ世〉の〈王〉であった、これも〈王〉としていかにも曖昧で定義付けできない存在であった後深草院に対してであった。また、この『とはずがたり』執筆時には、後深草院はすでに亡くなっているのであるから、この『とはずがたり』の〈語り〉を書き記すことが、後深草院に対する鎮魂となったとも言えようか。この〈語り〉をなすためには、〈わたしは〉後深草院の正当な妻、北の方ではなく、愛妾であり、遊女のようなものでなければならなかった。

後深草院の妻と娘

〈語り物〉の世界では、一人の男を弔うには、その男の正当な身内の女たちの出家、さらに、その男の愛人であった遊女の出家と諸国行脚、という二種の女が存在した、ということを先に述べた。では、後深草院にとっての正当な身内の女として『とはずがたり』のなかで位置付けられるのは誰か、と言えば、それは、後深草院の中宮である東二条院と、その娘である遊義門院であろう。この二人の女を、『とはずがたり』では、二条自身と対比させるように描き出しているのである。

『とはずがたり』は、文永八年（一二七一年）正月、十四歳の二条が後深草院の愛寵を受けるところから始まる。そして、それに続く記事は、同じ年の八月、東二条院の御産の記事である。そこで姫宮である遊義門院が誕生した。『とはずがたり』というのは、事実を糊塗するためなのか、かなり事実や年月日の操作がなされた形跡があるのだが、この東二条院の御産も、文永八年のことではなく、実際は、その前年の文永七年九月のことである。これを二条の記憶間違いと見ることも可能なのだが、私は、二条があえてこの文永八年のこの時期に、東二条院の御産と姫宮の遊義門院の誕生を置いたのだと思えてならない。この『とはずがたり』は、二条が十四歳で（これは『源氏物語』では、若紫が光源氏と新枕を交わした年齢であり、ここでは源氏取りがなされているところである）、後深草院の愛人の一人となった時点から始まる物語世界であるから、従って、それ以前の出来事は、取り上げるべきではないのだろうが、二条は、東二条院と遊義門院という母と娘を、この物語世界の時間の中に位置付けたかったのだと思う。そうすることで、『とはずがたり』巻一の冒頭で、愛人としての二条、正式な妻としての東二条院、父後深草院の魂の継承者とも言うべき姫としての遊義門院、この三者がセットとなって揃うことになる。後深草院という男を鎮魂するためには、この三人の女が揃っていなければいけなかった。

東二条院の崩御は、嘉元二年（一三〇四年）一月二十一日のことである。巻五にその折りのことが記されているが、二条は、東二条院の亡くなった伏見の御所まで様子を見に行っている。そこで、娘の遊義門院がやってくるところなども、門前でだろうか、見ているのである。そこでの二条の思いは、かつての宮廷では東二条院は二条をいじめているとしか思えないのだが、そのようなことは忘れたかのように、しみじみとした哀悼の思いであったらしい。それは、中宮という、皇妃としても女としても至高の地位にあって、夫の後深草院とともに生きた、そういう女に対する哀悼であったと思う。その哀悼は、一方では、後深草院に対する讃美と哀悼につながるものであろう。

さらに、院の娘である遊義門院に対しては、二条は積極的に交流をし、そして、遊義門院の姿をなつかし

み と愛情をこめて書き記していく。このような遊義門院の記述がなぜなされたかを考えれば、そこに父の後深草院という〈王〉の魂を継承するものが、娘としての、姫宮としての遊義門院にあったのだ、ということになるだろうか。一族の〈王〉を、一族を代表する古代的な祭祀者たるヒメミコが鎮魂するという仕組みがここに反映していることが考えられる。

ところで、遊義門院は、徳治二年（一三〇七年）七月二十四日、三十八歳で死去する。『とはずがたり』の最後の記事は、その前年の後深草院三回忌法要に関してであるから、遊義門院の死は、『とはずがたり』という物語の後の出来事ということになり、従って、その死の記述はない。

しかし、二条がこの『とはずがたり』をいつの段階で執筆したかは推測するしかないのだが、二条の執筆時、遊義門院は亡くなっていたのではないかと思えてならないのである。つまり、少なくとも巻五を執筆している時期には、遊戯門院は亡くなっていたのではないか。従って、巻五は、徳治二年以後に執筆されたということになる。

そのように思う根拠は、先に述べた、巻五に記された熊野の那智における夢のなかに、後深草院とともにこの遊義門院が顕れていることである。この那智で二条が夢想を得たのは、嘉元三年（一三〇五年）九月二十余日のことで、この時点では遊義門院はまだ生存中である。

この夢には、後深草院とともに、二条の亡父である故大納言も現れる。この二人の死者とともに遊戯門院も顕れるのだが、まだ生者であるはずの遊戯門院が、なぜ霊夢のなかに二人の死者とともに顕れるのか、不思議である。

夢のなかで、父の大納言が、「遊義門院の御方も出でさせおはしましたるぞ」と二条に告げる。顕れた遊義門院は、次のような姿である。

白き御袴に御小袖ばかりにて、西の御前と申す社のなかに、御簾、それも半に上げて、白き衣二つ、裏表より取り出でさせおはしまして、「二人の親の形見を裏表へやりし心ざし、忍びがたくおぼしめす。取り合せて賜ぶぞ」と仰せあるを賜はりて――(後略)――

この夢のなかで、遊義門院は白い袴をつけて現れる。また、小袖の色も白かもしれない。この白装束は、後深草院が柿色の衣裳で顕れたことと同じく、いかにも尋常ではない。女性の袴の色は紅であるのが普通であることを考えれば、この場面での遊義門院は、この世ならぬ人として夢に顕れている。もっとも、この時代、女性の出産の折りなどには、産婦もふくめて周りの女性たちが白い衣裳を着ていたことは、たとえば、『紫式部日記』の彰子中宮の出産記事などでもうかがえることなのだが、白い衣裳は、清浄かつ聖性を示すものだったと言える。しかし、この白装束で現れる遊義門院は、二条の意識のなかでは、あたかも死者であり、また神でもあるかのようである。

この夢想が、現実にあったものかどうかはともかく、この夢想の記事を書いているその時、執筆時点での〈遊義門院の死〉を悼む思いが、このような記述として表われたのではないかと想像されるのである。

『とはずがたり』の物語の〈始め〉に、二条という愛人にして遊女という女と、東二条院・遊義門院という妻と娘のことを語り、そして、物語の〈終わり〉に、後深草院を鎮魂し、さすらう二条と、そして東二条院の死と、遊義門院の神格化が語られる、という構造が捉えられる。後深草院という〈王〉を鎮魂するという〈語り物〉的なスタイルがここで取られたのだと言えようか。

このことは、この『とはずがたり』が後深草院という男が〈王〉として生きた時間を、語り物のスタイルに則って鎮魂するものであったことを物語るものであろう。後深草院の〈王〉として生きた時間が、たとえ非正統な、敗北の、まさに〈あらぬ世〉であるかのような時間であったとしても、である。むしろ、〈あらぬ世〉であったからこそ、その時間を生きた二条が語らねばならなかったのである。

5　二条の諸国行脚(2)

二条は善光寺へ行ったのか

二条の漂泊の旅に対する〈疑惑〉のなかに、二条は本当に善光寺へ行ったのか、という問題がある。これは、『とはずがたり』が論じられるとき、しばしば出される問題で、これも二条の虚構と操作の一つではないかというのである。この〈疑惑〉がなぜ起こるのか、と言えば、まず一つに、川口から善光寺への旅程の記述に間違いがあることが挙げられる。

　如月の十日余りのほどにや、善光寺へと思ひ立つ。碓氷坂、木曽の懸路の丸木橋、げに踏みみるからに危ふげなる渡りなり。道のほどの名所なども、やすらひ見たかりしかども、大勢に引き具せられて事しげかりしかば、何となく過ぎにしを、思ひのほかにむつかりしかば、宿願の心ざしありて、しばし籠るべきよしを言ひつつ、帰さには留まりぬ。

前年の年の暮、川口に着いた二条は、そこで年を越した。そして、二月、いよいよ善光寺へと出立する。

碓氷坂から木曽の懸路を通って信濃へと行ったと記しているのだが、木曽の懸路は関東から信濃へと行く場合には通らない。この記述の間違いから、二条の善光寺参りは虚構ではないのか、と疑われているのだが、実際のところは、やはり不明としか言いようがないだろう。あるいは、二条がこの時の記録をまめにつけていなかったのかもしれないし、二十年も昔の事を思い出しながら書いていく場合には、当然間違いもありうる。また、現在のようなガイドブックもなかったであろうから、この間違いをもって、これが虚構だと疑うのは、二条に対していささか気の毒ではある。

二条の善光寺参りが虚構ではないか、という〈疑惑〉のもう一つの理由は、善光寺に関する見聞がほとんど記されていないことである。二条は、〈宿願の心ざし〉があるので、同行の人々が鎌倉へと帰るときにも、一人善光寺に残った。善光寺については、次のように記しているだけである。

所のさまは、眺望などはなけれども、生身の如来と聞きまゐらすれば、頼もしくおぼえて、百万遍の念仏など申して明かし暮らすほどに、――（後略）――

二条は、善光寺で念仏などをして暮らしていたようだ。その内、高岡の石見の入道という人と知合って、「かたへなる修行者、尼にさそはれて」その人の家で、歌会や管弦の会などに参加しながら秋まで滞在した、とのことである。善光寺に関する詳しい記述はないけれども、善光寺が念仏修行の寺であることや、多くの修行者や尼たちがいたことが分かる。

確かに、善光寺という寺の様子はまったく、と言っていいほど書かれていない。二条が後に訪ねる伊勢神宮や春日社、石清水八幡宮のことは、かなり詳細に書き記しているのと比べれば、その記述はそっけないと言ってもいい。

このことは、二条が『とはずがたり』で表現しようとした世界が、善光寺が象徴する世界とは違うのだ、ということと関わるように思われる。善光寺へ二条が行った、ということは大事ではあったけれども、二条は善光寺的世界は捨象したのだと思う。二条が善光寺へ本当に行ったかどうかは、やはり証拠がないので何とも言えないのだが、それはどちらでもいいことなのかもしれない。二条が、〈語り物〉のヒロインに自分をなぞらえる形で、虎御前や千手御前のように〈善光寺参り〉をした、ということが大事だった。少なくとも、『とはずがたり』でそのように設定する必要があった。

二条が善光寺に参って、その寺の様子を詳しく描こうとすれば、そこに参集する念仏集団の人々、時衆の人々、大勢の聖たち、歩き巫女や宗教的な遊行の人々の姿がそこに浮き上がってくるのは必然である。善光寺とは、どの教団にも、どの権威にも権力にも属さない、庶民たちの信仰の寺であった。田舎の土俗的な信仰世界もそこにあった。それは、二条の生きた都の貴族文化とはまったく対照的な世界である。

仏教や神道の寺社には、国家や貴顕によって護られた寺社が、たとえば、春日大社、東大寺、興福寺、石清水八幡宮、熱田神宮、伊勢神宮などがある。それらは、国家や貴族たちの生きる上部世界だと言える。そして、それらは王権を支える形で成立している。

一方、仏教の下部世界を占めるのが、多くの民衆たちに接していた遊行、唱導、勧進の聖たちの世界であった。その聖たちが活動しているのが、庶民の寺、善光寺なのである。

二条が『とはずがたり』のなかで訪ねた寺社の多くは、この〈王権〉を支える上部の世界である。そこには、二条の生きる世界が都の公家社会であったことや、彼女の村上源氏としての家門意識が強烈に働いているものと思われるが、この『とはずがたり』が表出しようとするものが、〈王権〉に関わるものであったことを示している。

『とはずがたり』の二条は、まさにさすらいの遊行の女、なのではあるが、しかし、現実のさすらいの人々はこの『とはずがたり』の世界からは排除されている。後述するところだが、二条と関わりがあったに違いない、と推測される時衆の人々のことも、『とはずがたり』の中には出てこない。二条が描く世界は、さすらいの世界なのではあるが、それはあくまで都の貴族的な世界が基底となったさすらいなのである。そのように考えると、二条がなぜ善光寺に関して詳しくは語らなかったかが納得がいくのである。

二条が訪ねた寺社

平安時代、貴族女性たちが物詣での旅をよくしたことは、『蜻蛉日記』や『更級日記』からもよくうかがわれるところである。あちらこちらの寺社に参って御籠りをする、という記事が多く見られる。物詣での旅は、物見遊山的でもあって、そこに気晴らしと楽しみもあったものらしい。しかし、彼女たちは、自分の氏族の寺には参っていないらしい。少なくとも、『日記』には記されてはいない。

『蜻蛉日記』の著者である藤原倫寧女（藤原道綱母）は、藤原氏の氏社である春日大社に参ってもよさそうなのだが、これは出掛けてはいないらしい。さらに『更級日記』の著者、菅原孝標女は、菅原家の氏社である北野天満宮に、これも参ってはいないらしい。

氏社や氏神とは、藤原氏や菅原氏という家門意識に関わるものだからだろうが、このような家門意識とは、官人社会、つまり男たちのものであろうから、女は関わらないとされたのではないか。また、家門意識とは、男系のものであった。

ところで、十三世紀後半を生きた二条は、この家門意識が強烈で、この意識に基づく寺社詣でをしているのが、特徴的である。ここに、男系の強化が見られるところである。


二条が旅に出て、最初に参詣したのは、尾張国熱田神宮。尾張国は二条の亡き父の知行国であった。熱田神宮と亡き父の関わりの深さを述べながら、しみじみとした感慨に二条はふけっている。そして、境内の桜を眺めながら、後深草院を偲んで、和歌を詠み、さらに、七日間籠もった、とのことである。

次に、伊豆国三島社に参って、ここでは巫女たちの神楽を興味深く堪能しながら、夜明しをしている。

鎌倉に入ると、鶴岡八幡宮に参る。八幡宮は源氏を守護する神であるというところから、二条がまた感慨に耽って我が身を小野小町に準えているのは、前述のとおりである。

その後、善光寺参りの記事があり、その後、彼女はまた鎌倉を出て、京へともどっていく。その途中の浅草観音の記事はとても詳しい。

熱田神宮に再び詣でた後、二条は京に帰ったのだが、その年の十月、奈良へ行く。奈良では、まず春日大社に参詣している。その春日大社については、「奈良の方は藤の末葉にあらねばとて、いたく参らざりしかども、『都遠からぬも、遠き道にくたびれたる折からはよし』なと思ひて参りぬ」という理由で参ったとある。「奈良の方」とは、春日大社・興福寺のことを指すらしいが、この二つはともに藤原氏の氏社であり、また氏寺でもあったのだから、私は藤原氏ではないから長い間参詣しなかった、奈良は、都からも近く、長い旅の疲れがある身には程よい距離だから、出掛けてきた、ということらしい。

ところで、二条は、父方は村上源氏だが、母方は藤原氏である。母の大納言典侍は、四条隆親の娘であり、四条家は藤原氏の北家末茂の流れである。しかし、「私は藤の末葉ではないから」という二条の心には、母方に対する帰属感は全くないようである。二条の心にあるのは、父方の村上源氏という家門の誇りである。ここには、父系性が強まった時代の影響がうかがわれるところだが、平安時代の貴族女性には見られなかった家門意識がこの二条には見られるのである。

春日大社へ参った後、二条は法華寺へとゆくが、東大寺と興福寺については何も記していない。しかし、正式な参拝ではなくとも、当然、この二つの寺は通っていると思う。というのも、東大寺・興福寺・春日大社は奈良のあるひとつの区域に、あたかも渾然一体となっているかのように存在しているからである。

京都から奈良へと入るには、この当時、山越えのコースが三つあった。一つは、最も東側の山寄りのコースで、山もいちばん険しいが、東大寺・春日大社へゆくには最短距離である。奈良坂を上っていくと、般若寺の辺りが峠で、そこをずっと下りつつ奈良の町へと降りて行く。二条はこのコースを辿ったのではないかと想像される。というのは、この道を辿っていくと眼下に東大寺の大仏殿や興福寺の五重の塔などが一望できるし、またその道はおのずと東大寺から春日大社へとつながっていく道である。この道を東大寺を左に見ながら右に折れれば、法華寺へと続く。般若寺の辺りからは、当時は大伽藍であったという法華寺の建物も右手の方に見えたに違いない。

二条は、春日大社での参籠を終えて、翌朝、法華寺へと向かうのだが、この山寄りのコースを行けば、自ずとそうなるだろうと思える。

奈良へ入るあとの二つのコースは、一つは佐保山の辺りを越えてくるもの、あと一つは、さらに西側の丘陵地帯を越えるというコースである。道はなだらかであるから山越えといっても大したことはないが、距離は長くなる。ただ、この二つのコースを辿れば、春日大社に着く前に、先に法華寺に着いてしまうのである。

法華寺にしばらく滞在した後、二条は、中宮寺、法隆寺、当麻寺と辿っていく。この三つとも聖徳太子に由来する寺だが、法隆寺については何も記していない。中宮寺の門主は、昔、御所で関わりのあった人だったという。法華寺も中宮寺も、都の貴族女性たちが数多く尼としての修行をしているという点で、この寺は、都の文化と直結していると思われる。

当麻寺での記事では、中将姫伝説についてかなり詳細に紹介されている。その内容は、『当麻曼陀羅縁起』に拠るものではないかと推測されているのだが、この『当麻曼陀羅縁起』に関して、その創作者は証空上人ではないか、という可能性が小松茂美氏によって提示されている（『当麻曼陀羅縁起　稚児観音縁起』解説　続日本の絵巻20　中央公論社　一九九二年)。その証空とは、村上源氏の一門の人間であった。証空は鎌倉時代初期の人、法然の弟子となって、後、西山派の開祖となった人である。系図によれば、二条の曾祖父土御門内大臣通親の子であるから、二条からすれば、祖父通光の兄弟の一人ということになる。もっとも、証空は、実は加賀権守源親季の長男として生まれ、後に通親の猶子となった人物であり、そして、十三歳の折りに法然のもとへ入門、出家している。証空は、大和の当麻寺へと参詣し、当麻寺に伝わる曼陀羅の普及に尽力した、とのことであるから、家門意識の強い二条にしてみれば、同じ一門として証空に関心と親近感があったことも考えられよう。

奈良を出立した二条は、京へ戻るついでに石清水八幡宮に詣でる。そこで、はからずも二条は後深草院と再会することになるのだが、石清水八幡宮は古来、源氏の氏神として崇拝され、さらに朝廷の宗祀として信仰されてきた関係で、天皇・上皇の行幸・御幸の多いところである。ここも、いわば、天皇、上皇、貴族社会の寺社なのであり、〈王権〉を支える機能を持っていると言えよう。

巻四では、その後、二条は伊勢神宮に行く。後深草院との邂逅によって長年の蓄積された思いがいささか晴れたのだろうか、伊勢神宮での二条はいかにも楽しそうに人々と交流しているように思える。また、伊勢神宮での記述がもっとも具体的で詳しい。

巻五では、二条は、西国へと旅をする。訪れたのは、厳島神社、安芸佐東社、讃岐白峰、松山、そして、吉備津宮である。

厳島神社では、内侍（巫女）たちの舞楽を見ているが、それも含めてかなり詳しい記述がなされている。この厳島神社については、二条の曾祖父、源通親の著述による『高倉院厳島御幸記』がある。この『御幸記』は、治承四年（一一八〇年）、安徳天皇に譲位して上皇となった高倉院が厳島神社に参詣した折りの、その近臣であった源通親によって記されたものである。二条はこの曾祖父――文人・歌人としても著名であり、また後には土御門内大臣となり、政治権力をふるった人物である――の『御幸記』は読んでいたに違いないが、二条の厳島詣でにも、どこかにこの曾祖父の事跡を意識したものがあったのだろうか。また、源通親にはさらに高倉院の死を哀悼する『高倉院升遐記』があるのだが、それと『御幸記』を合わせて読むと、源通親の高倉院に対する哀悼の思い――それは、一種のパッションと言ってもいいのだが――が読み取れるのだが、それは、二条の、後深草院に対する思いと通じるものがあるように思える。そこにあるものは、近臣の、主君に対する忠義などというものではなく、院の世界をともに生きたものとしての思いである。自分こそが、院を哀悼することが出来るのだ、という思いである。

高倉院は、平清盛と父の後白河法皇の葛藤のなかで苦境の立場にあり、さらに二十一歳の若さで亡くなった。源通親は、高倉天皇が七歳で即位したときから側近として仕えている。源通親は、十九歳から三十二歳までを高倉院の世界を近臣として生きたことになる。高倉院との連帯に生きた、と言ってもいいだろう。また、高倉院と源通親との紐帯も強いものであったらしい。

『御幸記』のなかに、「『近く候へ』などたのもしくおぼしめしたる、いとかたじけなし」という記述がある。船が出航するとき、高倉院は心細く思ったのか、「傍にいてくれ」と通親に言ったものらしい。私を頼もしいものと思ってくださったらしい、それが大層かたじけなく嬉しかった、ということだろうか。高倉院と自分との間に確かに一体感と連帯があったのだという思い、それが若くして亡くなった悲運の院に対するパッションを生み出すのであろうと想像する。

二条の『とはずがたり』にも、この、主君に対するパッションはありありと見られるのだ。それは、後深草院に対しての、「私はあなたにとって何だったのか、あなたと私の間に連帯はあったのか、私はあなたの世界でどのように生きたのか」という問い掛けと訴えであったに違いないのである。

また、二条は厳島参詣の後、讃岐の白峰へと赴くが、そこは、保元の乱の敗北によって讃岐へと流された敗北の〈王〉、崇徳院の地である。史上、配流の憂き目にあった天皇・上皇は、崇徳院が第一号だが、この事は、保元の乱によって〈王権〉というものが武力によって損なわれ、衰弱させられていったことを表しているだろう。

崇徳院は、『保元物語』によれば、讃岐に流されてからは望郷の思いにとらわれていたが、仏道に専心して、後生菩提の為に「御指のさきより血をあやし」三年が間に五部の大乗経の書写を行なったという。そして、書写し終えた経を「鳥羽の八幡辺りに」納めたいと望んだというが、その望みは信西のために叶えられなかった。絶望の崇徳院は、その後、「生きながら天狗の姿」になった。「柿の御衣」を着た崇徳院は「日本国の大魔縁となり」というように怨霊と化したのだった。

ところで、崇徳院は讃岐に流された時、御座所が間に合わなかったということで、松山の御堂で日々を過ごしている。その後、四度郡直嶋に移り、さらに、四度の鼓の岡というところに作られた御所に移った。松山という地は崇徳院ゆかりとして西行法師も後に尋ねて歌を詠んでいる。

二条は、その松山の地に滞在して、五部の大乗経書写を行なった。

さても、五部の大乗経の宿願、残り多くはべるを、この国にてまたすこし書きまゐらせたくて、とかく思ひめぐらして、松山いたく遠からぬほどに小さな庵室を尋ね出だして、道場に定め、懺法、正懺悔など始む。

二条は、旅の合間合間にこの大乗経の書写を続けているのだが、ある〈宿願〉のために行なっているのだという。しかし、この〈宿願〉が、具体的にどのような内容であるかは、明らかにしていない。亡き父母の供養のためのようでもあるし、また、二条に愛執の念を残しつつ亡くなった〈有明けの月〉を弔うためのようでもある。事実、巻三で亡くなった〈有明けの月〉は、二条への愛を全うするための〈五部の大乗経〉の書写を亡くなる寸前に行なっている。

しかし、崇徳院と関連のある松山での書写という点から、また別の見方も可能になってくるように思える。崇徳院は、後生菩提の為に〈五部の大乗経〉の書写を行なったのだが、それが日の目を見ず、その結果、彼は怨霊となった。敗北の流され王としての怒りと恨みである。この崇徳院に、二条は自分の姿を見るような思いがしたのではなかろうか。父母の為に、あるいは〈有明けの月〉の菩提を弔うために、あるいは不運の

〈王〉でしかなかった後深草院とその世界の鎮魂の為に、という思いで成し遂げようとする〈五部の大乗経〉書写であるのかもしれないが、二条自身が〈王権〉の世界から追放された人間だったのだ。崇徳院と同じように、追放され、流された敗北者だという思いがあったのではないか。

二条の〈さすらい〉は、怨霊になるやもしれない、もしくは、なっても不思議ではない自分のための鎮魂・浄化の〈さすらい〉であったのかもしれない。そこには、〈王権〉と戦い、葛藤しなければならなかった人間の姿がある。ところで、憤死した崇徳院は、その後、京の都で怨霊として怖れられた。崇徳院の恨みと怒りは、いわば〈王権〉に対する挑戦として躍動した。同じく、二条の挑戦も『とはずがたり』という〈語り〉のなかで躍動している。二条の『とはずがたり』前半の宮廷編でのなまなましいまでの〈王権〉の裏面、あるいは恥部の描写は、そこから排除された人間のまなざしによる切り返しであり、翻弄された弱者としての女による〈王権〉に対する挑戦とも受け取れるものだ。松山における〈五部の大乗経〉書写、というものを深読みすれば、このような読みも可能ではないか。

二条の旅は、最後に吉備津神社を参拝し、そのまま京へと戻って終わりになった。その後は、都と奈良とを行き来しながら過ごした、とのことである。

以上、かなり大雑把に二条の尋ねた寺社を辿ってきたが、その旅程は、当時の遊行の人々、時衆集団の旅と重なるものの、おおよそは、都の貴族世界の範囲内として捉えることができる。たとえば、『一遍聖絵』

によって一遍のたどった寺社を見ていくと、逆に一遍が参らなかった寺社が気になってくるのだが、その寺社とは、伊勢神宮、賀茂社、鶴岡八幡宮、春日大社、日吉神社、などである。いずれも、国家や朝廷の鎮護を祈る機能を担った大社と言えようか。一遍などの遊行集団の旅は、このような国家・朝廷の鎮護の大社とは無縁のものであったことが分かる。

この中で、二条が参詣し、さらに、詳細に描写しているのは、伊勢神宮、鶴岡八幡宮、春日大社であった。このことは、二条が、尼とはなっていても、国家・朝廷の世界、つまり王権に生きる人間であったことを表しているように思う。さらに、村上源氏の人々ゆかりの寺社も多い。二条自身の家門意識に基づく旅だとも言える。もっとも、二条ほどの名門であれば、いたるところにゆかりの寺社があるのは当然とも言える。

二条の〈さすらい〉は、当時の語り物の世界の女のようなスタイルをとりながらも、浮き上がらせているのは、京の宮廷の世界、貴族の世界、〈王権〉の世界であった。

語り物の世界、たとえば、〈曽我の語り〉〈平家の語り〉では、鎮魂の旅をする虎御前も千手御前も東国の女であった。土地の長者の娘であったり、遊女であったりする。その女たちが尼となり、諸国遍歴しつつ、戦いの果てに非業の死を遂げた男たちを鎮魂する、というものである。それは、男たちの武力による戦いの世界を浮き上がらせる。

平安末期の保元の乱あたりから始まるとされる武力闘争の時代は、このような〈鎮魂する女〉というものを生み出していった。戦いの世界は、次々と死者たちを生み出す世界でもある。この死者たちを誰が弔い、鎮魂するのか、という問題が起こる。その役割が女たちに課せられていったのだと言えるだろう。

その〈語り物〉の東国の女に対して、二条は、〈王権〉の世界を生きた都の名門の姫君である。その女が、虎御前や千手御前と同じく〈遊女でしかなかった〉ことによって、尼となり、諸国遍歴の旅をする。そこから浮かび上がるのは、やはり、男たちの戦いの世界だが、それは、武者たちの戦いの世界ではなく、〈王権〉を生きる女だからこそ把握できた宮廷の政治世界での戦いである。〈語り物〉という新しいサブカルチャー的な文化に対して、『とはずがたり』は、宮廷のドキュメント的な貴族の世界を描きだしている。それは、宮廷の女房であった二条による、語りの世界へのアプローチであったと捉えられるのである。そのことによって、二条は、語りの世界の女たちと同じく、さすらい歩く巫女のような〈鎮魂する女〉のスタイルを取った。しかし、二条のこの〈鎮魂する女〉のスタイルは、この『とはずがたり』という文学作品を書く上での一つの方法といえるものであり、〈鎮魂する女〉、さすらいの女の姿、それは、二条にとっては、いわゆる〈やつし〉の方法ではなかったか。その方法によって、落魄した女のまなざしから見えてくるもの、〈王権〉の赤裸々な実態が浮かび上がるのである。

6　物語の終りに

後深草院との対話

物語には、どこかに語り手の〈思い〉というものがあって、その〈思い〉が次第に蓄積していき、やがてそれが耐え切れなくなったときに発散される、つまりカタルシスという浄化作用が行なわれる。その〈思い〉とは、語り手の思いであるとともに、読者の思いでもあるのだが、カタルシスが行なわれることによって、物語はようやく閉じることが出来るのであろう。

『とはずがたり』にも、その〈思い〉の蓄積と、そしてカタルシスは確かに見られる。巻四の漂泊編に入ると、二条が語るに語れない〈一人の思い〉を抱きながら旅を続けていくことが述べられているのだが、それが後深草院への思いであることは仄めかされつつも、具体的にはどのようなものであるかはなかなか明らかにはされない。それが、思いっきり、という感じで滔々と述べられていくのが、巻四の巻末近くでの、後深草院との対面の場面である。二条の旅の底にあったものが何であったのかが露呈するところである。

巻四での旅の終わりに石清水八幡宮に立ち寄った二条は、そこではからずも後深草院と対面する機会を得た。さらに、翌年、院の意向によって、伏見御所で再び対面することになる。これは、後深草院からのアプローチであるから、院の方にこそ二条に対する一種のわりきれなさがわだかまっていたのだと言える。従って、対面の場では、始めは、院の方からの一方的な語りかけであった。それに対して、二条は黙って承っているだけであった。しかし、内心は、次のように思っていた、とある。

「かくて世に経る恨みのほかは、何事か思ひはべらむ。その嘆き、この思ひは、誰に憂へてか慰むべき」と思へども、申し表すべき言の葉ならねば、つくづくとうけたまはりゐたるに、――(後略)――

このように世に生き長らえているという恨みの他に何があろうか。この嘆きは、誰に語らえば慰むものか、院の他に誰がいようか、とは思うけれども、申し上げるべきことではないので、じっと黙って院の話を承っていた――という内容である。また、心のなかで歌を詠んでいるが、これも「心の内ばかりにてやみはべりぬ」という有様で、二条はやはり語らないで沈黙していた。

その二条がようやく語り始めるのは、院が、二条を庇護する誰か(男)がいるのではないか、と「ねんごろにお尋ねありしかば」というように、院の方からの質問があったからである。問われたからこそ答えるのだ、という形になっている。これは、二条という人間の性格にもよるのだろうが、後深草院という主上に対しては、臣下としては思うままにあけすけには語れないのだ、と考えたほうがいいように思える。二条はあくまで臣下なのだ。かつて寵愛を受けたとはいえ、それは〈恩寵を賜った〉ということであり、対等の男女関係ではなかった。

院の、おそらくは、しつこい質問を受けて、二条は語り始める。それは、申し述べる、というものであり、さらに（読みようによっては）大演説めいたものとなっている。非常に文飾されたものであるから二条がこの通り述べたはずはなかろうと思えるのだが、ただ、このような内容のことを精一杯申し述べたのだ、ということは言えそうである。ここが、言わば、クライマックスなのであり、二条の思いが思いっきり発散されるところである。語りの場面としては、一番の聞きどころとなるところだろう。『平家物語』『源平盛衰記』でも最後に置かれる建礼門院の「六道の語り」もまさにこのスタイルであって、後白河法皇の質問に対して、建礼門院は答えるという形になっているのだが、この〈語り〉が、物語全体の理念を総括するものとなっているのである。二条の語りは、まさに、この「六道の語り」に相当するものとして巻末に置かれている。

二条の、この非常に長い〈語り〉は、院の〈男がいるのでは？〉の質問に対する〈私には、旅の間も、京の都にいる間も、男はいない〉というその一点の証明であった。それが、後深草院一人の世界を私は守って一人で生きているのだ、という証しにもなったのである。

伏見御所での対面の後、後深草院のもとから「まことしきお訪ひ」があったことが記される。院から何か援助の品々があったということらしいが、具体的にはどのようなものであったかは記されてはいない。これは、想像でしかないのだが、その品々とは、二条の尼としての生活や修行に必要なものではなかったろうか。具体的には、尼の装束、仏具などが考えられる。もし、そうだとすれば、『伊勢物語』十六段にある紀有常の話が思い起されるところである。紀有常は、長年連れ添った妻が出家するに際して、夫としてその支度を色々としてやりたいところだが、経済的に不如意であるためにその支度が思うようにしてやれない。そこで、『伊勢物語』の主人公の在原業平らしき人物に援助を申し出る。業平らしき人物は、尼の装束はもちろんのこと、夜具までも誂えて贈った、という物語である。有常は「まことにむつまじきことこそなかりけれ、いまはとゆくをいとあはれと思ひけれど」（それほど特別に仲が良かったという夫婦ではなかったけれど、これでお別れというのがやはり胸が一杯になるので）と言って、妻の出家の支度をしてやりたいと思っているのである。これは、文字通りに有常とその妻が不仲であったと捉えるよりは、老紳士の嗜みとしての謙虚な言葉として捉えられる。長年連れ添った古女房を最愛の妻だとあからさまに言い立てるのは、何やら紳士としてのダンディズムに反するように思えるのである。

また、『源氏物語』においても、光源氏は妻である女三宮の出家に際して、その支度をする話が語られているが、どうもこれらの例から考えると、妻にあたる人物の出家に際しては、夫が責任をもってその支度をしてやるという習わしがあったらしいのである。

二条が、後深草院から頂戴した「まことしき」品々が尼としての生活用品であったとすれば、院は遅ればせながら〈夫〉としての役割を果たしたのだ、ということになろうか。それは、すなわち、二条を〈妻〉として待遇したことに他ならない。二条とすれば、院が遅ればせながらも、今になってようやく正当な〈妻〉として扱ってくれた、ということになる。〈私はあなたにとって何だったのか。玩具のような愛人や遊女に過ぎなかったのか〉という思いで生きてきた二条にすれば、それは自己回復につながるものであり、私は何だったのか、という答えを得たことにもつながるのである。このことは、続いて記されている次の文章——微妙に屈折した心理を表しているように受け取れる文章なのだが——に反映していると思う。

昔より、何事もうち絶えて、人目にも「こはいかに」などおぼゆる御もてなしもなく、「これこそ」など言ふべき思ひ出ははべらざりしかども、御心一つには、何とやらむ、あはれはかかる御気のせさせおはしましたりしぞかしなど、過ぎにし方も今さらにて、何となく忘れがたくぞはべる。

昔から「これはまぁ」と思われるような待遇は受けていなかったし、「これこそ誉れ」といえるようなこともなかったけれど、院はわたしのことは〈あはれ〉とは思っていて下さったらしい、というような内容だが、これまでの二条の誇り高さからすれば随分とトーンの落ちるところだ。皇妃ではなく、女房の一人にすぎなかったのだ、という実態を表しているのだろうか。先に述べた『伊勢物語』の有常の言葉——「まことにむつましきことこそなかりけれ」という、自分たちの夫婦仲を卑下したような言葉を踏まえているのかもしれない。しかし、二条はここに述べるように、恩寵は深かったとはいえ、皇妃として、妻として、晴れやかであるべき正統な扱いは受けてはいなかったのだ。二条は所詮、女房としてしか扱われていなかった。その思いが、このような言葉となって表れていると見るべきか。〈妻〉ではなかったのだけれども、院は私をここで〈妻〉として思って下さったというところだろうか。〈妻〉として大切に思うとは、〈妻〉として具体的に物質的に待遇することだからである。

後深草院の御所では、二条は定義不能な曖昧な存在であった。院は、私の〈夫〉なのか、〈夫〉ではないのか。同じ世界を生きたものとして、私と院は連帯しているのかどうか。私とはいったい何だったのか。このような二条の問い掛けに対する答えが、院からの「まことしき御訪ひ」だったのだと考えれば、二条はここでようやく自己を取り戻すことが出来たのだといえる。

この後、二条は再び旅に出る。伊勢をめざすというのだが、ところが、突如という感じで、途中で途切れてしまっている。「まづ笠置山と申すところを過ぎ行く」で終わっているのだが、それは何とも中途半端な終わり方で、その後の脱落が推定されるものだが、あるいは、これが本来の終わり方では、という気もする。終わり方が中途半端であるがゆえに、二条が歩いている映像が、ずっと歩き続けているその姿が、映像として残るのだ。院との対面の場面は、『とはずがたり』巻四のクライマックスであり、そこでの二条の語りによって、物語の内部に蓄積され続けた〈思い〉は、一気に吐き出された。その余韻として、二条の漂泊の姿がもう一度浮かび上がる。二条には、なおもさすらい続けなければならない〈思い〉があるのである。院と自分との連帯、紐帯は確認できたかもしれないが、院の生きる〈あらぬ世〉を背負う二条には、なおも鎮めなければならないものがあったということだろうか。

二条のその後――一遍との奇妙な一致

二条と後深草院の伏見御所での対面が巻四のクライマックスであったとすると、巻五のクライマックスは、前述のように院の葬送を裸足になって追い掛ける、という場面だろう。二条のさすらいの旅は、院をそのような形で哀悼しなければ終わらないものであったらしい。

巻四の、二条が三十二歳の折の旅の記事では、巻の冒頭にまだ若い遊女との交流の場面を置いて、院への思いを抱きながらの流離を描いていった。その思いの総括が、巻末の院との対面の場である。そして、巻五も同じ構成を取っている。巻五の冒頭で、備後国鞆ノ浦で、尼となっている遊女との語らいは、巻四の冒頭の遊女と対になっている。二条は、巻五ではすでに四十五歳、年を取って尼となった元遊女と二条自身が重ねあわせられているのである。その元遊女の流離が、巻五の旅であった。

ところで、二条がその後半生を諸国遍歴に生きたとはいえ、その旅の期間は正味の所、五年間程度である。これは、彼女の後半生のごく一部でしかない。さらに、巻四と巻五の間には九年間もの空白がある。その間、彼女が何をしていたかは分からない。静かに尼としての修行に明け暮れていたのか、あるいは、貴顕の女人として各方面の人と文化的交流をしながら暮らしていたか。巻四では、都と奈良を何度か往復しているので、奈良になんらかの拠点があったものらしい。私は、二条が、現代的に言えば、何かしらの文化事業に参画して活動していたのではないかと思えてならない。西行の出家遁世の暮らしが、ある時期には勧進聖としてのものであったように、二条にも高貴な女人であるがゆえの文化的、宗教的活動の場があったことが考えられる。

巻四・五の記事のなかでは、巻一〜三の宮廷編ではほとんど現れなかった父方の村上源氏一門の公卿たちとの交流がしばしば見られる。

『とはずがたり』の最終の章に、「久我の前の大臣」という人物との歌のやりとりが記されているが、『とはずがたり』はまさにこの人物との交流をもって閉じられている。この「久我の前の大臣」というのは、何を意味しているのか。この人物との交流が、二条のその時点での何らかの大きな意味を持っていたことが想像されるのである。「久我の前の大臣は同じ草葉のゆかりなるも忘れがたき心地して、時々申し通ひはべるに」とあるように、かねてから交流があったことが分かる。家門意識に生きる二条にとっては、心の拠点となる一族の人であったのかもしれないが、それ以上のものがあるのかもしれない。というのも、この「久我の前の大臣」に相当する人物は、『とはずがたり』執筆時点では、久我通基(二条の従兄にあたる)と、その子である通雄の二人がいて、どちらとも確定できない。しかし、もし、通基の方だとすれば、この人物は一遍上人と交流があったことが知れるので、この通基の記事を通して、二条の一遍に対する志向がここに仄めかされているのではないかという推測が成り立つ。『一遍聖絵』によれば、弘安八・九年ごろ、尼崎にいる一遍と通基との間で次のような歌のやりとりがある。

さて、天王寺をたちてはりまのかたへおはしけるに、尼崎にて土御門内府(千時大納言)おくり給ひける、

ながき夜のねぶりもすでにさめぬなり六字のみなのいまの一声

聖

ながき夜も夢もあとなしむつの字のなのるばかりぞいまの一声

この土御門内府なる人物が、土御門ではなく久我が正しいのだが、通基ではないかと推定されている。

さらに、『一遍聖絵』には、もう一人の村上源氏の人間が現れる。それは、弘安七年（一二八四年）一遍が鎌倉から京へ入ってきて、四条京極の釈迦堂において説法を始めたとき、そこへやってきて念仏結縁をした人物が「土御門入道前内大臣」であった。この人物は中院通成かと推定されているが、土御門の名は不審である。通成だとすれば、この人は二条の父の従兄弟に当たる。また、『一遍聖絵』の制作に関しては、奥付に「一の人」の支援によってなされたという記事があるのだが、この「一の人」が誰であるのかは諸説があって判然としない。『一遍聖』（大橋俊雄　講談社学術文庫　二〇〇一年）では土御門定実ではないかと推測されており、さらに『一遍上人全集』（梅谷繁樹　春秋社　二〇〇一年）では久我通基かとされている。誰であるかは判然とはしないが、いずれも村上源氏の人間であり、二条の親族であるのは確かである。

このようなことから、『一遍聖絵』の制作に関して、なんらかの形で村上源氏の一党が関わっており、また、一遍との精神的な交流がこの一族の人々には強くあったのではないかと思われるのだ。

一遍は伊予国の豪族河野氏の出身。河野水軍の嫡流であった。しかし、河野水軍は、承久の乱によって没落し、一遍の祖父や伯父たちは敗死、配流の憂き目にあった。一遍は諸国遍歴の間に、この祖父や伯父の墓を訪ねて供養などをしている。また、一遍の父は、証空上人の弟子であった。父は、まだ少年の一遍を、同じく証空の弟子であった聖達に入門させている。証空は先に述べたように、村上源氏の一門である。この証空の縁に繋がることによって、一遍に対する親炙の思いが村上源氏一門の人々にあったのではないかとも思える。村上源氏も河野水軍も、ともに、承久の乱において敗北の苦渋の思いをした一族である。

『一遍聖絵』の成立は、一遍没後ちょうど十年目にあたる正安元年（一二九九年）である。この年、二条は四十二歳。『とはずがたり』では空白の期間になっているが、この『一遍聖絵』の制作にあるいは関わっていたか、直接には関わらずとも、制作された『聖絵』を親しく見る機会はあったのではないか。というのも、『一遍聖絵』に描かれた一遍の生涯と、二条の『とはずがたり』における生涯との間に、奇妙な一致が見られるのである。単なる偶然の一致かもしれないが、二条の執筆動機の一つとして、この『聖絵』が及ぼしたものがあったのかもしれない。

一遍の生涯と、二条の生涯についての〈一致〉を、次に簡単に年表としてまとめてみる。（『一遍上人絵伝』日本の絵巻20、による）

一遍	（数え年）	
一二三九年		誕生
一二四八年	十歳	母、没す。それにより、出家
一二五一年	十三歳	聖達のもとへ。
一二六三年	二五歳	父、没す。帰国して、俗人とし

二条	（数え年）	
一二五八年		誕生
一二五九年	二歳	母、没す。それにより、後深草院の御所へ仕える。
一二七一年	十四歳	院の後宮入り。
一二八三年	二六歳	御所から退出。

て暮らす。

一二七一年　三三歳　再出家。

善光寺へ行く。

師の聖達と会う。

――遊行の旅――

一二八九年　五一歳　一遍、没す。

一二八九年　三二歳　出家して旅に出る。

善光寺へ行く。

院と対面

――諸国遍歴――

一三〇六年　四九歳　最終の記事

一三〇七年　五〇歳　執筆？

あまりに単純な比較なので気が引けるほどだが、おおよそは、前半が二人とも一つの世界で生きたことが取り上げられよう。一遍の場合は、十三歳から二十五歳までの十二年間を、学問修行、仏道修行を師である聖達のもとで過ごしたことである。二条の場合は、年齢が一年ずれるが、十四歳からの十二年間を院の御所における後宮世界の一人としての生活があった。

後半は、一遍の再出家と遊行の旅。これは、自分の前半生における修行とは何であったのか、その意味の問い掛けとも言えるものがあったのではないか。一遍は遊行の旅に出るに際して、師の聖達に会いに行き、二人で風呂に入りながら語り合ったという話が『一遍聖絵』には記されている。この事情は、二条にとっても同じであった。前半の御所での自分とは何であったのか、この問い掛けが後半の旅のなかでなされているのである。

二条がもしも『一遍聖絵』を閲覧することがあったとすれば、一遍の生涯と自分との間の奇妙な一致に気付いたかもしれない。私も同じだった、と思わずにはいられなかったのではないか。立場も、住む世界も、身分も違うし、また、二条は女ではあったけれども。自分の人生を顧みる切っ掛けとなったかもしれないし、自分の人生を物語の執筆という形で再構成してみようという動機になったかもしれない。『一遍聖絵』が、いわば『とはずがたり』執筆になんらかの影響力をもたらしたのではないかと想像してみたいのである。

終りに――女という現象

二条が一遍の世界にもし惹かれていたとしても、前述のように一遍や時衆の人々や、その他の遊行遍歴の人々の姿が『とはずがたり』に記されているわけではない。二条が『とはずがたり』の中で指標としているのは、歌聖としての漂泊の詩人、西行であり、西行につらなる文学の伝統であった。二条はあくまで都の貴族文化の中にいるのであり、『とはずがたり』での漂泊も鎮魂も都の貴族文化の範疇にある。二条の嘆きも怨みも宮廷世界のものであった。しかし、一遍の遊行の世界も、〈語り物〉の世界も、十三世紀後半のこの時代に、確として沸き起こってきた新しい思潮であり、文化としてのエネルギーであった。二条の感性と、この新しい時代のエネルギーがぶつかり合い、スパークしたとき、『とはずがたり』という〈語り物〉の文学が生まれ出たと言えないだろうか。〈語り物〉のスタイルを借りた、新しい自己追求のドラマである。

物語の始源には、一人の人間の理不尽とも言えるような欲望が存在する。『源氏物語』では、桐壺帝の、天皇としての規範から逸脱したような、一人の更衣への過剰すぎる愛情が物語の始まりだった。その逸脱性から生まれたのが光源氏という運命の子であり、『源氏物語』はその子の運命を物語るドラマなのである。また、『曽我物語』も、一人の男の、まま娘に対する過剰なまでの偏愛がすべての発端である。その結果、曽我十郎・五郎という二人の〈運命の子〉の悲劇が語られるのである。

後深草院二条という女性も、この〈運命の子〉だった。『とはずがたり』の中での、後深草院自らの言葉によれば、二条の母である大納言典侍に対する充たされなかった愛が、娘である二条を求める心となったのであり、二条がまだ幼い日々からその成長を心待ちにしていた、というものである。院の大納言典侍に対する過剰な愛が、二条を〈運命の子〉にしたのだと言えよう。その運命の子の物語が『とはずがたり』という物語なのである。ここで言えることは、後深草院二条という〈運命の子〉は、女でありながら、ヒロインではなく、運命によって物語を推進してゆくヒーローとして形成されていることである。

〈語り物〉の世界では、諸国遍歴する女たちは、重要な役割をもつ主人公たちだと言えるだろうが、しかし、自らの運命を背負って漂泊していたわけではなかった。むしろ、自らの運命を背負って放浪する主人公たち＝男性たち、を慰め、弔い、そして、魂鎮めをする役割の女性たちで、そこに〈鎮魂する女〉の型が出来上がっていたことが想像される。しかし、二条は、このようなタイプの女性たちとは違っている。確かに、諸国遍歴の女のスタイルをとり、また、〈鎮魂する女〉の姿をしているように見えるのだが、主人公の男性を鎮魂する、というよりは、二条自身が自分の運命を背負って漂泊する主人公なのである。〈運命の子〉であるからこそ、彼女のさすらいがあった。

『とはずがたり』の中には、鎌倉時代中期のさまざまな文化現象が交錯しており、それが織り込まれ、時には絡み合ったりしているかのようだが、作品としては、伝統的な〈女の語り〉を踏襲したものとなっている。〈女の語り〉を文芸化したものとして、『源氏物語』などさまざまな物語やさらに日記文学が平安時代に生まれているが、その王朝世界の〈語り〉の伝統を継承しつつ、さらに、鎌倉時代の芸能としての〈語り〉のスタイルを取り込みながら、自分のスタイルを作り上げたのだと言える。

後深草院二条が、なぜこのような諸国遍歴の旅をするのか、私はなぜさすらうのか、私とは何だったのか。これを追求して語り続けるとは、〈私という現象〉を捉えなおすという行為である。そして、この〈私という現象〉は、はからずも、〈女という現象〉を表している。〈私〉が女であるがゆえに引き起こってしまう現象が書き記されることになった。時代の規範によって求められる女性のあり方は、その時代によってさまざまであろうが、どのような時代であろうと、女であるがゆえに起こる現象というものがある。それを引き受けるか、拒絶するか、あるいは葛藤しつつ戦うか。これは、男性においても、〈男という現象〉を引き受けるか、葛藤するかは同じである。しかし、近代以前の社会において、〈男という現象〉が自己語りのテーマとして文学化されたことがあるだろうか（明治以降の近・現代小説は自己語りとしての〈男という現象〉の表出だ、と言える）。近代以前、〈男という現象〉を引き受けられない男たちは、出家遁世するか、制度外に生きるしかなかった。脱俗の世界や、そこから湧き出る風雅の世界を文学として昇華したのが、西行やそれにつらなる漂泊者、さらには芭蕉にまで繋がる漂泊の詩人たちだったが、〈男という現象〉が自己語りとして語られただろうか。逆に言えば、なぜ女だけが〈女という現象〉を語り続けなければならなかったか、という問題がある。

『とはずがたり』は、〈後深草院二条〉という一つの現象をめぐる物語であり、それははからずも、〈女という現象〉がいかに起こったかを物語るものである。

『とはずがたり』には、この世に起こるさまざまな現象に対して切り込んでゆく力強さ、それは意志の力といえるだろうが、そういうものがある。はからずも起こってしまう〈女という現象〉を引き受けてゆく葛藤と戦いの物語でもある。それは、〈王権〉との戦いであり、〈王権〉によって引き起こされた〈女という現象〉であったことをも物語っている。

Ⅲ　〈あらぬ世〉を生きる——『竹むきが記』日野名子

1 〈あらぬ世〉の始まり

〈あらぬ世〉の始まり

正慶二年（一三三三年）三月十六日、持明院統の光厳天皇・後伏見院・花園院が内裏を出て、六波羅の北条仲時館に還幸するという事態が起こった。

この時から、持明院統の天皇・両院の、戦乱に振り回されるかのようなさすらいの日々が始まったのである。それは天皇というものが、さらには天皇制というものが担っていた秩序ある時間が崩壊しようとすることを意味している。そして、この持明院統に、とくに光厳天皇に仕えていた日野名子という一人の女人の人生も、この崩壊の時間を生きなければならない事態に陥ったのである。

この時から遡ること二年前の元弘元年（一三三一年）、時の天皇、後醍醐は倒幕を計画して、失敗。鎌倉幕府の京都出張所とでもいうべき六波羅探題は倒幕計画の主要人物たちを捕らえ、さらに後醍醐天皇は皇位を廃されて、隠岐島への配流となった。その後、後醍醐天皇の大覚寺統にかわって、持明院統の光厳天皇が皇位に就き、以来、二年間は、やはり持明院統の後伏見院（光厳天皇の父）の院政のもと光厳天皇の時代が続いていた。日野名子執筆の『竹むきが記』は、この光厳天皇の元服、および即位の記事から筆を起こしている。

それが、この正慶二年に入り、再び反幕府の動きが活発になった。二月二十四日、隠岐島に流されていた後醍醐天皇が脱出を企てて、成功する。播磨の赤松則村の挙兵、各地での反幕府の動き、さらには足利高氏が北条氏に背いたことが決定的となった。このような事態のなかで、持明院統の人々は内裏を出て、六波羅へと慌ただしく遷ったのであった。それが三月十六日である。しかし、六波羅に遷ったものの、その後の五月七日、六波羅探題はついに陥落した。

この時から数年の間、持明院統の天皇・院たちは戦乱のなかに巻き込まれ、それにともない、持明院統に属する人々も政権の行方と戦乱に翻弄される時間を送ることになる。『竹むきが記』の著者、日野名子もその一人であった。彼女が書き記したこの『竹むきが記』は、光厳天皇の、まだ皇太子時代の元服の折りの記述から始まっている。彼女は女房としてその元服に奉仕し、さらには光厳天皇即位の折りにも褰帳典侍を勤めており、彼女は光厳天皇とともにこの時代を宮廷の人として生きた、そういう人であった。彼女の書き記した『竹むきが記』は光厳天皇の時代――つまり、光厳天皇が天皇として在位し、彼を中心とした秩序をもって時間が循環していた時代と言えるのだが――その時間が開始するとともに『竹むきが記』の記述は始まり、そして、その時間の終了とほぼ同時に彼女は記述を止めた。その時は、正確には同年の六月五日と言っていいだろうか。その日、後醍醐天皇は自分が天皇に復活したことを宣言し、持明院統の皇太子康仁を廃した。さらに、光厳天皇も廃位された。

『竹むきが記』上巻は、「六月半ば」のこと、彼女が北山第に正室として入った記事をもって終わっているから、この持明院統が廃止された直後の記事ということになる。「いかになり行く身ぞと、万に浮きたる心地して思ひ乱るべし」という言葉は、北山第に生きていくことになった我が身の不安とともに、持明院統の時間が終わってしまったことの不安を記しているように思える。

その〈時間の終わり〉を暗示する事態の始まりが、この、天皇たちの六波羅遷幸のときだった。その三月十六日（正しくは十二日）の記事は、次のように記されている。（本文引用は、新日本古典文学大系『中世日記紀行集』による。以下同じ）

三月十六日、六波羅へ行幸御幸侍しは、我も人もただあきれまよふほかの事なかりしかば、僻事もあらむとて、書きもとめず。

――（中略）――

（六波羅のありさまは）御屏風隔てどもにて、狭く人がちなり。内御方（天皇）をはしませば、御直衣どもにてをはします。春宮は十四五ばかりにおはします。未だ御童姿なり。中門渡殿かけておはします。夷姿ども、いと近く見えしも、あらぬ世とのみぞ覚えし。

六波羅へと持明院統の天皇と二人の院が、いわば避難するという事態は、「我も人もあきれまよふほかの事なかりしかば」という状態であったので、その折りの事は、ここに書いたとしても間違いがあるかもしれないから、私は書かない、というのである。言わば、この時わたしは気も動顛していたから理性が狂って正確な判断が出来なかった。従って、正確な記述は出来ないだろう。だからそのようなものは書かないのだ、ということになろうか。書き手である著者、名子の、これは際立った特徴と考えていいように思われる。というのも、彼女のこの姿勢がこの『竹むきが記』全編を貫いているからである。彼女は、私が正確に、理性に基づいて見たことや聞いたことのみをここに書き記すと述べているのである。彼女の記述の方法は、他の箇所においてもその姿勢が一貫していて、見たことはその通り記し、人づてに聞いたことは伝聞として記している。

名子は、職務に忠実な女房であったらしく、この時は六波羅まで出掛けてゆき、職務を全うしようとしているが、しばらくして強制的に（と思われるが）退去させられている。その六波羅での天皇・院・皇太子たちの有様を、思うようにゆかぬ不本意な姿として描きつつ、また武士たちの支配する六波羅探題の様子を近くに見ながら、それを「あらぬ世とぞ覚えし」と記す。天皇・院を頂点とする公家社会の対極にあるものとして武士の世界がある。その武士の世界は、名子にとっては〈あらぬ世〉であった。

この時以後、『竹むきが記』の記述では、この〈あらぬ世〉という言葉がキー・ワードとなって、持明院統崩壊の混乱が述べられてゆく。四月の合戦のこと、さらに五月七日に六波羅総攻撃が行なわれるが、その折り、六波羅にいた天皇や院たちはどこへ行ってしまわれたのか、名子には分からなかった模様である。後になって、天皇たちは近江で捕らえられたことが判明するが、その間の事情は『竹むきが記』では記されていないが、『太平記』に詳しい。『太平記』によれば、北条仲時らは六波羅での合戦の後、天皇・院をともなって関東下向を決行。鎌倉で勢力を整えて、再度京都勢と戦うつもりであったようだが、彼らの一行は近江で敗退したあげく、壮絶な自害を果たしたのだった。『太平記』によれば、「都合四百三十二人同時に腹をぞ切つたりける」という有様で、天皇・院は、この血の海のなかでとり残されて茫然とするばかりであったという。この後、京の都へと戻ってきた天皇・院、そして数少ない従者たちの姿は、哀れな落魄の姿であったという。『竹むきが記』の著者、日野名子が仕えた光厳天皇の時代と、彼女にとって正統であるべきはずであった時間は、この光厳天皇の落魄の姿とともに転覆したのである。それが、彼女にとっての〈あらぬ世〉の始まりであった。

これ以後の彼女の記述は、この転覆したこの世の有様を描きつつ、そして彼女がかねてからの恋人であり、夫であった西園寺公宗の正室として西園寺家の北山第に入ったことを記して、上巻が終わる。持明院統の宮廷の人であった自分が、西園寺家という家へ妻として入ったことをもって終わる、というこの上巻の結末は、光厳天皇の時間が終わったことを示しているように思えるのである。

三月十六日の天皇たちの六波羅還幸の後、名子は父日野資名の世話で、清水の家に滞在している。それが五月七日の六波羅陥落の後、その清水の家にもいることが出来なくなったのだろうか、その家を出て、安居院の寺に移っている。その時のことを彼女は次のように記している。

いつしか人の心もあらぬ世になりぬれば、つつむべきことありてこの宿もうかれ出つつ、御堂に先づ忍びて移りつつ、九日、ふと里に帰りぬれど、これも怖畏あるべければ、安居院の寺に知るたよりあれば、忍びて立ち入りぬ。

持明院統崩壊ののち、「人の心もあらぬ世」になってしまったという。そのために憚らなければならないことがあって清水の宿にいられなくなり、清水の御堂に一時移ったものの、また、里（本来の自宅であろうか）に帰っていくことになったらしい。ところがその里にいるのも具合の悪いことがあり、そこで伝手を求めて安居院の寺に移った、という経緯が記されている。清水の家は、父の資名の家であったようだが、『太平記』によれば、天皇や院が近江で捕らえられた後、資名が出家した事が語られているので、娘の名子がこのようにさ迷ったのも、その事と関連するのかもしれない。また、人の心が〈あらぬ世〉になったしまった、というのも、同じく、この事態と関わるものだろう。名子の父の資名は、光厳天皇の乳母子にあたる。この縁によって、資名はその持明院統の治世の間は、天皇の寵臣として活躍をしていたのだが、その持明院統や父の没落は、すなわち名子の没落とさすらいをもたらすものであった。

この後、西園寺家の北山第に移った彼女は、六月半ば、久々に実家の日野家に里帰りをしたらしいが、その折りのことを、

都に出でぬるに、聞き見る事は、みなあらぬ世の心地しつつ、さらに悲し。

と記す。都のありさまは、彼女にとっては〈あらぬ世〉だったのである。〈あらぬ世〉、つまりは、すべての価値観や基準や規範が異なる別世界のことである。あるべきはずではない世界、この世とは別の世界、それ

が〈あらぬ世〉であった。その〈あらぬ世〉がここで始まったのである。

『竹むきが記』の上巻はここで終了しているが、名子にとっての本当の〈あらぬ世〉は、実はここからが始まりであった。その後の彼女が〈あらぬ世〉をどのようにさすらったかについては、彼女は記すことはなかった。沈黙を守るのである。名子の〈さすらい〉の時間については、後述したいが、ここで言えることは、「わたしは〈あらぬ世〉のことは書かない」という一つの意志がうかがえることである。

なぜ〈あらぬ世〉のことは書かないのか。

宮廷の天皇・院が主宰する時間を生きる公家社会の人間にとって、あるべき世界とは、天皇を秩序の中枢として循環する時間ではなかったろうか。その宮廷に生きる人間にとって、その循環する時間を、共有して、連帯して、生きていること、それが、公家社会を生きる人間にとって理想的な秩序ある世界であった。その中でこそ、理性ある、正確な判断が出来る。そういう人間として生きていける。そういう感覚で、この名子も生きていたのではなかったか。

〈あらぬ世〉に突入した時点で、名子は『竹むきが記』の記述を止める。その後の名子がどのような悲惨な数年間を送ったかは、彼女は書こうとはしなかった。なぜ書こうとしなかったかについては、多くの論者の意見があるけれども、どれも納得できるものはないのである。ただ、彼女の、〈あらぬ世〉については、「わたしは書かない」という意志がうかがえるだけなのである。それは、持明院統が、とくに光厳天皇が廃絶の憂き目にあってさすらっている間の時間については「わたしは書かない」ということと同義だと思われる。光厳天皇のさすらいは、名子のとってのさすらいでもあった。

彼女が再び筆を執って書き始めるのは（下巻の始まり）、後醍醐天皇が吉野へと退去して、同時に持明院統が都の〈王〉として再び返り咲いてからである。彼女が書くのは、持明院統が都に〈王〉でいられる期間だけなのだ。そして、『竹むきが記』の最後の記述の翌年から再度動乱が起こり、持明院統の天皇・院たちは都を離れて、吉野や河内などで南朝方に囚われの生活を余儀なくされるという苦難のさすらいが始まる。しかし、そのことを名子が記すことはなかった。

つまり、名子にとっては、持明院統がその〈王〉としての時間を遂行している期間だけが、彼女にとって意味があるのであり、書くべきものであったのだ。持明院統がさすらっている時間は、名子にとっては〈あらぬ世〉なのである。つまりは、〈あらぬ世〉とは、名子にとっては〈さすらい〉を意味する。その〈あらぬ世〉を決して書かない彼女は、〈さすらい〉を拒絶していると言えるのである。

〈あらぬ世〉をめぐって

〈あらぬ世〉とは、「今私が生きているこの世とは違う世」ぐらいの意味で使われていて、平安・鎌倉期の文学作品には使用例の多い言葉である。自分にとっては異界のような世界、という感じだろうか。自分が今生きているこの世界とは価値・基準のちがう、外部の世界のことをいうのであろうと思う。

また、何を以て〈あらぬ世〉とするかは、もちろん人によって異なるものであろうが、それは逆にその人が今どのような世界に生きているかを示すものでもある。その人が生きる世界の秩序や規範、価値を逆に明らかにする。〈あらぬ世〉に対して、その人が今その価値を信じて生きていけるこの世というものを、〈あらぬ世〉の対立概念として、仮に〈生きられる世〉と名付けておきたいと思う。

『竹むきが記』における〈あらぬ世〉とは、持明院統の治世がくずれて、対立政権の大覚寺統、具体的には後醍醐天皇が治世を取ったときや、また武士が都を荒らし回る戦乱の事態を〈あらぬ世〉と把握しているように取れる。とすれば、作者における〈生きられる世〉とは、持明院統の治世であり、そして武士に荒らされる世ではなく、公家の世であり、その秩序によって統制が取れている世の中だと、一応は言えるだろう。

この〈あらぬ世〉という言葉は、平安・鎌倉時代の他の作品にも折々あらわれる言葉だが、もっとも有名で、かつ印象に残るのは、『源氏物語』の手習巻に見られる〈あらぬ世〉の用例である。

『源氏物語』第三部の主人公の浮舟が、匂宮や薫君との愛の葛藤に悩み、異母姉の中君や母たちという肉親、係累の間で自分の居場所が見つけられずに、その世界から失踪してしまったのち、彼女が再び甦ったのは、〈あらぬ世〉においてであった。（本文引用は、新潮日本古典集成『源氏物語』による。以下同じ）

正身のここちはさはやかに、いささかものおぼえて見まはしたれば、一人見し人の顔はなくて、皆老法師、ゆがみおとろへたる者どものみ多かれば、知らぬ国に来にけるここちして、いと悲し。ありし世のこと思ひ出づれば、住みけむ所、誰と言ひし人とだに、たしかにはかばかしくもおぼえず。――（後略）――

（手習巻）

この箇所は〈あらぬ世〉ではなく〈知らぬ国〉なのだが、一応同じ意味として考えてみる。三ヵ月の意識不明の状態から、横川僧都の祈祷の力で甦った浮舟のまわりは、老いた法師や、これまた年をとった尼ばかり。それまでの若い美しい女たちに囲まれていた浮舟の世界とはまったく別世界の小野の山荘の出家者の世界であった。この尼たちの世界で世の中から隠れるようにひっそりと暮らすその後の浮舟の日常は、また次のようにも記述される。

ただ侍従、こもきとて、尼君のわが人にしたる二人をのみぞ、この御方に言ひ分きたる。みめも心ざまも、昔見し都鳥に似たることなし。何ごとにつけても、世の中にあらぬ所はこれにやあらむとぞ、かつは思ひなされける。（手習巻）

尼君の召使であった侍従とこもきという二人が浮舟つきの侍女となった。その二人も「昔見し都鳥」とまったく違うのだという。それまでの浮舟のまわりの侍女たちが、中流貴族階級の家の侍女とはいえ、都暮しで垢抜けていた美しい女であったことが分かる。すべてにおいて、この小野の里は〈あらぬ所〉と浮舟には感じ取れるのである。また、浮舟は次のようにも述懐している。

あやしくて生き返りけるほどに、よろづのこと夢のやうにたどられて、あらぬ世に生れたる人は、かかるここちやすらむ。（手習巻）

死んだはずが思いがけずに生き返ってしまい、新たに生を受けた世が浮舟にとっては〈あらぬ世〉であった。その〈あらぬ世〉に生を受けた人は、今までのことがまるで夢のように辿られるだけだ、と浮舟は述懐する。それまで生きてきた浮舟の世界が彼女にとって〈生きられる世〉のはずであったのだが、その世界から逸脱してしまった彼女にとっては、それはもう〈夢〉の世界に感じられたのだった。

このように考えれば、〈あらぬ世〉とは、単に別世界であると見るよりは、別の価値観を基準にして成り立っている別の共同体と見做すことができるだろう。〈あらぬ世〉にさすらうとは、それまでの自己の寄りどころを無にしてしまうことであった。人は、〈あらぬ世〉ではなく、〈生きられる世〉にこそ、自分の生きる場を求めようとするものなのである。

『竹むきが記』と同じく、鎌倉時代の、これも持明院統の宮廷に仕えた女性によって執筆された『中務内侍日記』でも〈あらぬ世〉という言葉が用いられている。その用例を見れば、この時代の宮廷に生きる公家の感覚が非常によく表われているように思える。著者、中務内侍は、第九十二代伏見天皇に仕えた女房である。第九十三代後伏見天皇とその次の北朝第一代の光厳天皇に仕えた日野名子からすると、四十年程昔の先輩ということになる。『中務内侍日記』の上巻は、伏見天皇がまだ東宮時代のいたってのどかな時代の記事が中心となっているのだが、そこに見られるのは、東宮と周囲の女房・近臣との和やかで友愛的な君臣の世界である。そこには、確かな、ひとつの〈世界〉＝共同体の存在がある。

その記述のなかで、著者が宮廷から里帰りをしていた折りのことを次のように記している。

標の外なる伏屋に埋もれ過ごしぬるも、同じ憂き世にめぐれども、なをかひなき身なりけり

というもので、里、すなわち実家を「標の外なる伏屋」（特別の限られた区域の外にある貧しい家）と述べているわけで、そうすると、御所とは標の内の特別の区域となる。その標の外にある里に暮らす「私」は「かひなき身」なのである。「私」という人間は、御所の内にあってこそ生きる甲斐のある人間だという認識がそこに見られる。御所、すなわち宮廷とその宮廷文化は、公家の人間にとっては公のハレの世界であろう。そのハレの世界のみが著者を〈かひある身〉として生かしているのである。

また、ある時には、著者と同僚の女房が里住みをしていたことがあった。その同僚のことを「まことや、新宰相殿、今年は引きかへて、あらぬさまにや」（そうそう、今年は新宰相殿の方が里に引き下がっているのであって）と述べているのだが、ここでは、御所から里へ下がっている状態のことを〈あらぬさま〉と言っているのが注目される。宮廷こそが、そしてその公の世界こそが彼女たちにとって生きて甲斐のある〈生きられる世〉なのであって、里というプライベートの世界に生きることは〈あらぬさま〉なのであり、また宮廷以外の世界は〈あらぬ世〉なのだ、という意識が見られるのである。

そこからは、宮廷の天皇・院という〈王〉たちの統率する世界を、自分の〈生きられる世〉とする、つまりそういう共同体のなかで生きることを正統とする公家社会の論理がうかがわれる。

この認識を、鎌倉時代の宮廷人の共通認識として考えてみたとき、『竹むきが記』に見られる〈あらぬ世〉

とはどのようなものであったかが見えてくるだろう。宮廷・御所という公のハレの空間と時間が機能している世界。宮廷人は、その時空間のなかで生きてこそ、生きる甲斐があった。そのハレの時空間とは、天皇・院という天皇制がきちんと機能している世界だと言ってもいい。では、それがきちんと正統に機能しなくなればどうなるのか。正統な時間の流れが、流れを止めるだろうし、空間の喪失もあるだろう。それがすなわち〈あらぬ世〉だったのではないか。

ここで、始めに引用した『竹むきが記』の、天皇・院たちが六波羅へとあわただしく移った時の記述へと戻すと、筆者、日野名子はその時のことを「我も人もただあきれまよふほかの事なかりしかば、僻事もあらむとて、書きもとめず」と記した。名子にとってのハレの時空間、彼女の〈生きられる世〉が覆ったときである。そして、この時から、彼女の〈あらぬ世〉が開始する。しかし、実際には、三月から六月の混乱の様子がなおも執筆されているのは、彼女の生きる持明院統の天皇・院たちがまだ京の都で皇位を保っていたからであった。持明院統の時間が循環している間は、いかに混乱状態であろうとも、まだ〈あらぬ世〉とは捉えられていないのだ。しかし、六月、後醍醐天皇が位につき、持明院統の世界が否定されるに至ると、そこからが本当の〈あらぬ世〉の始まりであった。

そして、彼女は、〈あらぬ世〉であった期間のことは、書かなかった。書く気にならなかったのか、書けなかったのか、いろいろな理由があげられるだろうが、わたしは、〈あらぬ世〉に生きることは、秩序のない世界をさ迷うようなことであるから、そこには理性などは無い、少なくとも私には理性的な判断などは出来ないのだ、という日野名子の一種の意志の力が働いているように思える。名子が書こうとしたのは、彼女が正統だと信ずる正統な時間と空間が機能する〈生きられる世〉だったのだと思われる。

『竹むきが記』上巻は、この〈生きられる世〉でどのようにして正統な時間が循環しているか、そのことに筆が費やされているのである。それがすなわち儀式・行事の遂行であった。彼女にとっては、儀式・行事の遂行を記すことこそ、自分が正統な世界に生きていることの確認だったのではないかと思える。

時間の循環――『竹むきが記』上巻の世界

『竹むきが記』では、著者は儀式や行事のことばかりを記録として書いているのみで、それは貴族の漢文日記と同様のものだというのは、よく言われる『竹むきが記』の批評である。平安時代の『蜻蛉日記』『和泉式部日記』また『更級日記』のような女性の自己語りや自己告白といったような文学としての要素をこの作品から見ようとすれば、それは〈無い〉と言うしかないようにも思われる。しかし、ここで考えたいのは、文学とは何なのか、という素朴な疑問だ。愛や死というようなテーマを打ち出して自己の思いを語り、それを作品として構築する、というパターンを文学として定位すれば、『竹むきが記』という作品は文学の範疇には入らないかもしれない。しかし、この作品を読み進めていく時、ひしひしと伝わってくる著者の気迫のようなもの、意志の力がみなぎった理性的で明晰な文章に、一種の感動を覚えるのである。彼女は、これだけは書きたいのだ、そして、このような形でこそ書くべきなのだ、という強烈な意志の力で、この作品をひとつの完成された形となるように構築したように思われる。この作品は、自己語りでも告白でもなく、自分の〈生きられる世〉とは何であるかを追求したものだと思う。言わば、自分の認識に形を与えたのだ。そのためには、〈語り〉と〈告白〉の要素を拒絶しなければならなかった。その〈語り〉と〈告白〉を拒絶することこそが、この作品の主題と大きく関わることなのである。

この作品の冒頭は、元徳元年（一三二九年）十二月廿八日、春宮量仁の元服の記事から始まる。後の光厳天皇、この時、十七歳である。

その次の彼女の記述は、元服の折りの内裏における儀式の図面（これは既に作図されてあったものだが）を小さく縮めて書くよう指示されて、それを仕上げると後伏見院がたいへん感心された、という、いわば誉れの記事である。彼女は、自分が一女房として春宮の元服にどのように関わったかを記しているのである。

その次の記事は、二年後の元弘元年（一三三一年）。八月廿四日の夜、後醍醐天皇が内裏を出て笠置にむかう、という事態が起こったことを記す。元弘の乱が始まったのである。後醍醐は倒幕のために動きだしたのであった。それに対応して、幕府側は、持明院統の光厳天皇を立てた。「さる程に、御位の事急ぎ申侍れば、事ども取りととのへられて、九月廿日、六波羅より土御門殿へ、すぐに成らせ給。此の御所、まづ内裏になるべければ也」というような、いささか慌ただしい事態があって、光厳天皇は位に就いた。その後の彼女の記述は即位式における所作、作法を「記録的に」に記述してゆく。その後も、行幸の記録、公卿拝、叙位、賀茂祭り、長講堂供花、大嘗祭禊、豊明節会、神楽、五節の舞姫、などなど、年中行事や儀式の記録がきわめて詳細に、つまり、誰が何をやったか、行事や儀式が誰によってどのように遂行されたかが、記されてゆくのである。

この間の記述はきわめて記録的なのだが、一つ大きな特徴がある。彼女は、この儀式の遂行を正確に記録として残そうとは考えていなかったことが分かる。これは、正式な記録とは言えない。

たとえば、元服の後、仙洞御所で御遊（音楽会）が行なわれたときの記述は、「所作人、拍子・藤中納言冬忠、付歌・蔵人左衛門佐宗兼、笙・中院前大納言通顕、笛・中将教宗――後略――」というように、音楽会において、誰が何の楽器をを担当したかをきちんと人名を記していく。しかし、最後に彼女は「聞きおよび片端なり。定めて僻事もあらむとつつまし」と記しているように、彼女はこの音楽会を直接見たわけではなかったらしい。人から聞いたことをここに記すので、間違いがあるかもしれないからいささか気が引ける、というのである。

また、九月廿九日、幕府は後醍醐天皇のいる笠置を陥落させ、その後、天皇は隠岐島へ流されるという事態が起こるが、これに関しては、「その程の事は書きもとめず」と記す。単に記録することをたまたましなかっただけなのかは不明だが、名子が所属する持明院統以外の王統のことは、つまりは大覚寺統のことは書かないのだ、という意志の表明かもしれない。

名子は、「この私が」所属する共同体として、持明院統の世界を捉えているように思う。持明院統の世界を描くのが目的ではなく、「この私」が所属して、生きている世界だからこそ、記録に止める意味がある。従って、儀式や行事の遂行の記事も、彼女の目や耳を通してのみ記述されるのである。従って、自分にとって曖昧なことは書かないか、あるいは間違いがあるかもしれないとわざわざ断りを入れる。

彼女は自分のことは、後に結婚することになる西園寺公宗との交流をささやかに仄めかしつつ記す以外は、ほとんど描写することはないのだけれど、儀式や行事の遂行は、筆者、日野名子の存在が中心となって記述される。この記録的な記述の中には、日野名子という筆者の生身のまなざしがカメラとして機能しているのである。

それにしても、宮廷における儀式・行事の遂行とは、何であったのか。名子という宮廷人にとっては、それは何よりも自己の存在証明として記述し続けなければならないものであったらしい。同時に、儀式・行事の遂行が、すなわち天皇が〈王権〉の担い手であることを証明するものであったのだ。

儀式とは、天皇が天皇であるために必要不可欠ものであった。そして、儀式は遂行し続けることによって、天皇の時間が正統なものとして循環し続けることができるのだ。であるから、皇統が大覚寺統に移ったとき、儀式の遂行は行なわれなくなる、そのことで、天皇の時間の循環は、中断する、というように考えることが出来るだろうか。名子は、宮廷に使える女房としての自覚をもって、この『竹むきが記』を記したと思うが、それは持明院統の記録であるとともに、持明院統の存在証明でもあり、さらに、その王統を自分の〈生きられる世〉とした一女房の存在証明でもあった。

しかし、遂行し続けなければならない儀式によって始めて存続が保てる〈王権〉とは、いったい何なのか、という疑問もありうる。このことは、逆に天皇による〈王権〉というものが、何ら実体のないものであり、むしろ虚構であったことを表していないだろうか。実体のない政権が、儀式・行事の遂行によってのみ存在を証明できるのだとすれば、儀式・行事の中断と断絶は、王権の消滅を示すものである。

鎌倉時代、誰が皇位に就くかは、鎌倉幕府の意向によって左右されるものであった。承久の乱の後、後嵯峨天皇の後は、第一子の後深草天皇の系統の持明院統と、弟の亀山天皇の系統の大覚寺統の二派に分かれ、鎌倉幕府の斡旋によって両統から交互に天皇が即位するという方法が長く継続している。皇位を出来るだけ早くわが統に、という思いがそれぞれに切実だったはずである。そういう中で、天皇であるということ、その時間は、束の間の仮の時間のようなもの、一時的なはかない、永続性のない時間にすぎない、という思いは生まれなかったろうか。政治の流れによっていつでも覆される危険のある、危機的な時間だったと思われる。いわば、実体のない虚構の時間である。しかし、儀式・行事という公事を遂行してゆくことで、この虚構の時間が、正統なものとして意義あるものとなっていく。遂行することで、正統性が成立する。そして、この『竹むきが記』において、公事を書き記し続けた名子は、その担い手の一人でもあった。そこに彼女の生きる世界があったからである。

虚構の世界をわが世界として生きるには、本来ならば大きな自己矛盾があるものだが、名子にもそれは当然あったろうと思える。書くという行為、さらには文学の営みというものには、その根底に必ず自己矛盾があるだろうから。しかし、彼女は、自分が正統な世界に生きるという意志、そして、その正統性とは何であるかを書いていこうという意志の力によって、儀式・行事の遂行を書き続けていったように思えるのである。

2 〈あらぬ世〉に生きる時間

名子の嫁入り

日野名子は、『竹むきが記』のなかで自分の家族や親族のことを記述することはほとんどない。たまに父の日野資名他の人物の名が出るときもあるが、それは持明院統の一員として公に登場するときだけである。しかし、自分の恋愛と結婚のいきさつは、あまりあからさまではない、仄めかしのような筆致で、しかし、確実に記してゆく。それは、おそらく下巻へと繋がる主要テーマであったから外せなかったものか。西園寺公宗との恋愛は、おそらくは上巻においては宮廷という公の世界のなかではプライベートなものであったろうが、だからこそ〈仄めかし〉のような筆致になっていると思われる。しかし、下巻ではその西園寺家というものが彼女の生きる世界になっているのである。

婚姻の形態としては、日野名子は、夫西園寺公宗を婿取りしている。

里に侍りし年、春立つ日、人の許より、紅の薄様に匂ひいたくしめつつ、

新玉の年待ち得てもいつしかと君にぞ契る行く末の春

同じ色の紙にて、

行く末の契もしらぬながめには改まるらん春も知られず

ことなる障りならでは待ち見る事となりぬるも、ひたみちに身をなしつる心地して空恐ろしう悲し。

正慶二年（一三三三年）、立春の正月十三日、西園寺公宗との正式な婚儀が行なわれた模様である。当時、名子は婚儀のため実家にいる。公宗より求婚の歌が送られ、それに応じる歌を名子が返す。この歌のやりとりをもって、二人の結婚を表している。その後、「ことなる障りならでは待ち見る事となりぬる」（何かの事情がないかぎり、夫の来訪を待って暮らすということになった）というのは、夫が通ってくるという〈通い婚〉の形がうかがわれるところである。

それが、持明院統崩壊後の同年六月半ば、名子は西園寺家の北山第に入ることになる。それは、公宗の正室として認められたから、とされているが、この形は実質的には嫁入りとして捉えられるだろうか。名門にして随一の権勢家、西園寺家の当主である公宗ほどの身分であれば、多くの妻や愛人があってしかるべきである。実際はどうであったかは不明だが、公宗と名子の間には二人の関係を必然とする強い絆があったと考えられる。

それにしても、婿取りの折りの記事の最後に記された「ひたみちに身をなしつる心地して空恐ろしう悲し」という言葉は、この婚姻における名子の決意と緊張感がいかに強かったかをあらわしているようで、ひっかかる。婚姻というのは、女性にとって身の程が決定されることでもある。西園寺家に対して名子の実家の日野家は家格が低く、本来ならば正室となれることはなかったから、ともされる。「空恐ろしう」とはその思いを言っているのだろうか。では、「悲し」とはいったい何なのか。あるいは、執筆時の筆者の思いがここに反映しているのかもしれない。「ひたみちに身をなしつる」という言葉には、公宗との愛に向かって突っ走ったかのような名子の思いがうかがわれるところだが、その結末はどうであったか。執筆時の「悲しみ」が仄見えるのである。

鎌倉時代の婚姻の形は、婿取り婚が平安時代から続いていて一般的である。しかし、高群逸枝の『招婿婚の研究』（理論社　一九六五年）によれば、この時代の婚姻は「擬制婿取り婚」というべきもので、父系観念の強化によって実質的にはすでに「嫁取り」になっていたにも関わらず、あくまで婚儀の方法としては「婿取り」の形に拘っていた時期であったという。形の上では「婿取り」が正式で由緒正しいものだという考え方が残っていたものらしい。名子の実家の日野家がまず「婿取り」をした、というのも、この正式に拘った結果だろうか。結果的に、名子は北山第という西園寺家の〈家〉に吸収されてゆき、その〈家〉を守る家室の生き方をおのれに課すことになるのである。

しかし、夫の用意する邸宅に女が据えられる、という婚姻の形はすでに古くからあるものであり、この時期に始まったものではない。たとえば『源氏物語』では、光源氏が母方から継承した二条院に、「自分の理想とする女性を妻として住まわせたいものだ」と願う場面が桐壺巻にある。後に、この二条院に住み、この邸宅をわが家としたのは紫の上であった。また、光源氏が理想の世界として築き上げた六条院に迎えられた女性たちも、ある意味では夫のもとに〈嫁入り〉をした女たちとも言えるのである。もっとも、〈嫁入り〉というものを夫の〈家〉──その〈家〉とは夫の親や親族を含めた集合体としての〈家〉だが──への同居と考えれば、それはまた違う。平安時代には、夫方の舅や姑、小姑との同居例はないとされる。

ところで、名子が嫁入りをした北山第とは、夫公宗が用意した夫婦のための邸宅ではなく、西園寺家が代々継承してゆく伝統のある邸宅であった。いわば、西園寺家の家督を継承したものが住む家なのであり、そこに迎えられるというのは大きな意味があったに違いない。従って、そこに入るということは、公宗の親たちとの同居ではないとしても、やはり文字どおりの〈嫁入り〉であり、父系性のなかに彼女が〈嫁〉として入っていくことであった。西園寺家という父から息子へと継承されていく〈家〉がすでにそこに存在していた。日野名子は、北山第に入った時点で、西園寺家の人間としてその運命共同体を生きることになったと言える。つまりは、西園寺家をわが家として、自分の〈生きられる場〉として生きたということである。宮廷の人であったときの彼女は、持明院統を〈生きられる世〉とした。しかし、これ以後は、それに加えて北山第の世界に象徴される西園寺家という〈家〉が彼女の〈生きられる場〉となったのである。彼女が下巻においてこの〈生きられる場〉であった西園寺家での時間──それは光厳院の御幸や一子実俊の公事遂行が行なわれる時間であったのだが──を書き続けたのも、当然であった。

名子のさすらい――『太平記』の世界

上巻の後、記述されなかった空白の期間、どのように名子がさすらったかは『太平記』巻十三に詳しい。名子はこの〈家〉から追い出されるようにして去り、文字通り、さすらったのである。ただし、この〈さすらい〉は比喩的なもので、彼女が放浪の旅に出たわけではない。子供を抱えて、敵方に見つからぬように隠れ住んだものらしい。その期間は、〈さすらい〉としか言いようのないものであった。

ところで、『太平記』の成立に関しては非常に詳しい研究があるが、おおよそは、動乱がある程度治まったかと思われる時点で、足利幕府の検閲なども受けつつ、執筆されたものらしい。それも一度で成立したものではなく、何度かの成立過程があると推測されている。〈太平記読み〉とも言われるように、この作品は〈読む〉芸能として成立した。もっとも、琵琶で語られた『平家物語』とは違って、『太平記』の読みには楽器などは用いられず、単なる朗読であったらしいし、また、普通の読書としても読まれたものらしい。この『太平記』が執筆されたのは、名子がまだ生存していた時期とも重なるようなのだが（日野名子の死亡は延文三年（一三五八年）二月二十三日）、それにしても、執筆者は名子がどのような〈さすらい〉の状況にあったかという情報をいかにして知り得たのだろうか。これは、単なる想像にすぎないが、執筆者は名子に対してインタビューなるものを試みたのだろうか。もし、インタビューらしきものがあったとすれば、名子は自分の体験を語ったであろうか。語ったとすれば、それは、『竹むきが記』に記述することのない女の語りであったはずである。そういう〈語り〉の場があったとしたらどうだったろうか、などと想像してみたくなるのである。

『太平記』がこの時代に広く享受されたであろうことを想像すれば、名子のこの空白の四年半の〈さすらい〉は、当時の多くの人々にとっては有名すぎるほど有名な物語であったかもしれない。あるいは、名子自身がみずから書く必要などないくらいに。

建武二年（一三三五年）、六月二十二日、西園寺公宗、日野資名、日野氏光らが後醍醐天皇に対する謀反の疑いで捕縛される。同二十六日、公宗の腹違いの弟の公重が、公宗に代わって西園寺家の家督相続に決定する。この事は、北山弟を公重に明け渡すことを意味した。さらに、公宗は流罪に決定する。ところが、流罪であるはずが、間違って公宗は斬首されてしまうのである。それも、公宗に会いにきていた北の方（名子）の目の前においてであった。

西園寺家は、もともと鎌倉幕府の北条氏との関係が深かった。承久の乱の折、西園寺公経が、後鳥羽上皇の倒幕の意を、幕府の北条義時にひそかに知らせる、という事があった。それ以来、北条氏の信頼を得た西園寺家は関東申次として権勢をふるい、また、京の都の宮廷においても天皇・院たちの后はほとんどと言っていいほど西園寺家の女性たちで占められていた。

北条氏との関係は、公宗の時になっても変わることはなかったらしい。公宗や日野資名たちの謀反は、北条氏の残党たちとの共謀によって（たとえば、高時の弟、泰時ら）後醍醐天皇の建武政権を覆そう、というものであったらしい。

『太平記』の記事に添いながら、公宗と名子、それから二人の間に生まれた若君の三人の行方を見ていきたいと思う。（本文引用は、新潮日本古典集成『太平記』による。以下同じ）

公宗は、出雲国に流されることになった。そこで別れのために北の方が人目を忍んでやってきた。その時、公宗は名子に次のように告げる。

「わが身かく引く人もなき捨て小船の如く、深き罪に沈みぬるにつけても、ただならぬ御事とやらん承りしかば、われ故の物思ひに、いかなる煩はしき御心地かあらんずらんと、それさへ後の闇路の迷ひと成りぬべう覚えてこそ候へ。もしそれが男子にても候はば、行く末の事思ひ捨てたまはで、哀れみの懐の中に人となしたまふべし。これはわが家に伝ふるところの物なれば、見ざりし親の忘れ形見ともなしたまへ」とて、上玄・石上・流泉・啄木の秘曲を書かれたる琵琶の譜を一帖、膚の護りより取出だしたまひて、北の方に手づから渡されけるが、そばなる硯を引き寄せて、上巻の紙に、一首の歌を書きたまふ。

哀れなり日影待つ間の露の身に思ひおかるる石竹の花

この時、名子は身重の身体であった。公宗の別れの言葉はおもに腹の中の子供に関してのものである。この時は、流罪であったのだから、本人は死ぬとは思ってはいなかったのだろうが、期せずしてこれが遺言となってしまっている。

お腹の中の子が男子であったならば、「将来に望みを捨てず、いつくしみをもって、一人前の人となるように育ててください」というのが、その〈遺言〉であった。そして、家に代々伝わる琵琶の秘曲の譜を「私の忘れ形見として子に伝えよ」として手渡している。ここには、家の継承者としては、あたかも男子だけを念頭に置いているかのようであって、生れてくる子がもし女子ならば、という言葉はない。これに類する『太平記』の他の例を見てみると、男が死に臨んで妻に遺言を告げる時、生まれてくる子が女子の場合は、妻の自由にせよ、と言っている例がある。女子は、いわば、どうでもよい。というのが言い過ぎならば、父の死に関する責任を女子が負うことはないということだろうか。また、父の意志を継ぐ後継者としての責任はなかったのである。従って、女子に関しては〈遺言〉はない。

　西園寺家という〈家〉の家職や伝統を継承するのは男子であった。これは、西園寺家が継承していた公家としての地位や身分、宮廷における役割を男子が継承する以上、当然であろうか。しかし、父を継承するということが家督や公家としての官職だけではなく、父の魂を継承するのが男子であるという、父から男子へのつながりの強化もうかがわれるところである。

　また、公宗の言葉にある「人となしたまふべし」の「人となす」というのは、公家として一人前にせよ、ということを表していると思われるので、この公宗の遺言は、名子に家の継承をよろしく頼む、ということを表しているものと思われる。

　この後、公宗は名和長年によって斬られてしまう。その後、名子がいかにさすらったかは、次のように語られる。

西園寺の一跡をば、竹林院中納言公重卿、賜らせたまひたりとて、青侍どもあまた来たつてとりまかなへば、これさへ別れの憂き数に成つて、北の御方は、仁和寺なる傍に、かすかなる住み所尋ね出だして移りたまふ。

西園寺家が領していた邸宅や荘園などは、公重が所有することになったというので、公重の家来たちであろうか、青侍（貴族の家に仕える侍たち）がやってきて、いろいろと処理を始めたというのである。つまり、名子はこの家から追い出されるという憂き目にあった。そこで、彼女は仁和寺の傍らにある「かすかなる住み所」へと移ったことが記される。

時しもあれ、故大納言殿の百箇日に当たりける日、御産事故なくして、若君生れさせたまへり。あはれその昔ならば、御祈りの貴僧・高僧歓喜の眉を開き、弄璋の御慶、天下に聞えて、門前の車馬群を成すべきに、桑の弓引く人もなく、蓬の矢射る所もなきあばら屋に、透間の風すさまじけれども、防ぎし陰もかれはてぬれば、御乳母なんど付けらるるまでも叶はず、ただ母上みづから抱き育てたまへば、やうやく故大納言殿に似たまへる御顔つきを見たまふにも、

形見こそ今はあたなれこれなくは忘るる時もあらましものを
といにしへ人の詠みたりしも、涙の故と成りにけり

この後、名子は男子を出産。この折の名子の悲惨な状況が悲劇的に語られているところだが、本来ならば、高貴な若君誕生を祝って、祈祷の僧たちの喜びや、産養いの祝福に殺到する人々の群れや、男子出生を祝う祝言があるべきはずであった。それが、打って変わって、仮住居のあばら屋での出産である。さらには、謀反人の遺児の誕生なのである。乳母さえも付けられず、名子自身がみずから授乳をして育てたようである。世が世であるならば、という思いがこの記事には見られるのであり、この若君が貴種流離にあることを示している。そして、この貴種流離は、若君だけではなく、その母である名子も同じであった。

ところで、この男子出生は危険でもあった。敵方の子ども、それも男子はその父親の継承者であるという理由によって抹殺されるという時代である。まさに、その後、後醍醐天皇からの使者がやってくる。「生れたのがもし若君であるならば、乳母にその子を抱かせてこちらへいらっしゃるように」というのであった。それに対して、名子は「故大納言の君達をば、腹の中まで開けて、御覧ぜらるべしと聞えしかば、若君出で来させたまひぬと、漏れ聞えけるにこそありけれ」と恐れ戦く。後醍醐天皇方は、謀反人の故大納言（公宗）を決して許さず、その遺児の男子を妊婦の腹の中を開けてまで探しだしている、という。そういう風評が名子の耳に届いていたのだろうか。自分に背いた人間の血筋を絶やしてしまおう、というのは、その遺児の成長の後の報復を恐れてのものであったろうが、峻烈を極めるものである。もっとも、その血筋は男子に限られるのである。名子が生んだ子が、若君（男子）であったという情報が、後醍醐方に伝わっていたらしい。

この男子に対しては、名子は次のように考えていた。――もし、この子が成人したら、僧侶にして、亡き父親の菩提を弔わせようと思っていた。この子が武士たちの手に掛かって殺されるということになったら、夫との別れの悲しみに加えて、また新しい悲しみが加わることになる。どうやって堪え忍んで生きていったらいいのか——。

わが子を僧にして亡父の弔いをさせる、という考えは、先の公宗の遺言とはかなり異なるように思われるのだが。これは、西園寺家の継承者としてののぞみがまったく無くなってしまえば、あるいは、この遺児の安泰は出家しかありえないことを意味している。

この天皇からの使者に対して、春日局なる人物が応対する。「生れた赤子は亡くなってしまったこと、天皇の疑いがあるかもしれないけれども、仏や神に誓って、そのことを申し上げる」という旨の手紙を書いて使者に託す、という場面がある。この手紙によって、公宗の遺児は命が助かった。

ところで、この春日局なる人物だが、この女性は公宗の母である。名子にとっては姑に当たる。文脈からすれば、この春日局は名子とともに仁和寺の傍らのあばら屋に滞在していたように取れるのだが、ここからも名子が里の方ではなく夫方の中に取り込まれていることがうかがわれる。そもそも『竹むきが記』においてもそうなのだが、この『太平記』にも名子の母親は姿を現わさない。また、名子に当然付いているのではないかと想像される乳母も登場しない。この時代よりほんの三、四十年前に執筆された後深草院二条による『とはずがたり』には、すでに亡くなっている母のことや、さらに乳母のことも記されているのだが、それに比べると、この名子に関しては、母や乳母という母系の要素がすべて払拭されていることに気付く。名子の母親がすでに亡くなっているのかどうかは不明だが、この南北朝動乱の真っ只中のこの時代に、母系というものが公家社会においては無意味なものになっていたように想像されるのである。それに対して、この時代、いかに父系意識が強化されていたかは、後述したいが、『太平記』の物語からもうかがわれるところである。

この後の名子のさすらいは、わが子を死んでしまったことにしたのであるから、まさに人目に付かぬように隠れ隠れて息をひそめての暮らしであったという。

焼野の雉の残る叢を命にて、雛をはぐくむらむ風情にて、泣く声をだに人に聞かせじと、口を押さへ乳を含めて、同じ枕の忍びねに、泣き明かし泣き暮らして、三年を過ごしたまひし心の内こそ悲しけれ。

かなりの文飾のある文章だが、これが名子のさすらいの時間であった。敵方に見つからぬように隠れての暮らしであるから、いわば安住の場がなく、また、行き場のない時間である。

この名子のさすらいの時間を考えてみれば、名子のさすらいの原因が父や夫という拠り所を無くしてしまったことにあることが分かる。父の日野資名も、夫西園寺公宗と行動をともにした謀反人であった。命は助かったとはいえ、出家をしており、この段階ではやはり世を憚らざるを得ない。そして、夫の公宗は謀反人として亡くなった。おまけに、遺児は、男子である。その遺児が男子であったがゆえに、名子は世を憚って隠れ住みをしなければならない。父、夫、息子、という男たちの世界の論理に、名子は〈さすらい〉続けなければならなかった。

実際には、名子の母や、あるいは姉妹というような女たちの繋がりがあったのかもしれない。また、『竹むきが記』の下巻には、親族とおぼしき女性たちとの交流や、また、永福門院の愛顧があったことが記述されているのだが、名子のこのさすらいの期間にもそういう女性たちとの繋がりは当然あったのではないかと想像される。しかし、『太平記』、これは男の論理によって成り立っているように思えるのだが、ここではそういう女たちの連帯が描かれることはない。父や夫という男系によって妻たちがいかに悲劇に陥るか、という悲劇性に焦点があてられている。ここには、男たちの戦乱の中で、女たちは生き方あるいは死に方が規制されていくのである。

この『太平記』巻十三の、〈名子のさすらいの物語〉をそのまま受け取るとすれば、名子はこの期間を、まったく拠り所のない、居場所のない、夫や父という社会性を無くした女として生きたことになる。まさに貴種流離というさすらいを生きたのである。父や夫によってその社会的な存在を証明できるのが、姫君であり、あるいは、北の方、正室、妻であるとすれば、この時の名子はそのような属性を一切なくした一人の女にすぎない。庇護者がいなければ、乞食にすら成りかねない状態であったかもしれない。実際、『太平記』には、下剋上や動乱のなかで家や領地を失った貴族の一家が乞食のようにさすらって野垂れ死にをするという悲劇も語られている。

ところで、日野名子という女性は、繰り返すように、このさすらいの時間を語ることはなかった。『竹むきが記』において、この期間の記述を空白にしているのは、この時間を排除しているから、としか思われない。『太平記』の記事をある程度信用するとすれば、名子は〈さすらい〉というものがいかに混沌状態であり、不安なものであるか、さらに惨めであり、人間の尊厳を壊すものであることを熟知していたと思われる。だからこそ、書かなかった、と言えるのではないか。いわば、〈さすらい〉というものを内面に抱え込んでしまっている人間として把握できるのだ。

『竹むきが記』の上巻・下巻を貫くものとして感受できるのは、彼女の理性と意志の力である。理性を重んじる人間であった。ところが、そういう人間であるからこそ、逆に理性に対する不信感も生れるのではないか。人間の理性の力というものなど信用しないのである。混沌、混乱の動乱の世に、人間が理性的ではいられないことを彼女は知っていたからに他ならない。だからこそ、「その時、私は動揺していたから、あやふやなことは間違いがあるかもしれないから、書かない」という姿勢が生れる。

その上にこの空白の期間は、彼女が〈生きられる世〉とする持明院統が崩壊している期間であり、さらに、もうひとつの世界である西園寺家の家督が奪われている期間でもある。正統の、正しい時間が循環することのない期間であり、正統性を証明する公事が遂行されない時間でもあった。〈敵〉である後醍醐天皇による公事遂行は、この際、名子にとっては〈あらぬ世〉の出来事であったのだ。さらに、この時間は、名子を〈あらぬ世〉のさすらいへと追いやった、理性的ではいられぬ、嘆きと悲しみ、喪失感、さらに子を殺されるかもしれないという危機感をもたらした時間である。それは、書くべきではないことだった。名子にとって書くべきこととして自分に課したのは、自分が〈生きられる世〉を生きたという証だけであったか、と思うからである。

『太平記』の女たち

名子が生きた時代は、『太平記』が描いた時代とそのまま重なる。名子は、この動乱の世の真っ只中を生きた女性であった。『太平記』では、戦乱に生きる公家や武士たちの戦いぶりと、敗北の折の死に方がまざまざと描かれているのだが、読んでいて苦しくなるのは、その華々しいまでの〈死〉の有様である。彼らがいかに戦い、いかに死んだか、それ以外のことはほとんど語られていないのではないかと思いたくなるほど、〈死〉に焦点があり、過剰なまでの〈死〉の氾濫がある。『太平記』には多くの女性たちが登場するが、そのほとんどは、敗北して死んでゆく武士の妻たちである。夫の死に臨んで、妻たちはどうしたか、あるいは、夫の死後、どうしたか、に焦点があてられている。そこには、夫の死に対して、妻はいかにあるべきか、という理念、まさに時代が要請する妻のあり方がそこに反映されているように思えるのである。日野名子も含めて『太平記』に描かれた女性の姿から、この時代の女と〈家〉の関係、女というものに対する認識が当時どのようなものであったかを見ていきたい。

始めに登場するのは、巻二の「俊基誅せらるる事ならびに助光が事」における俊基の北の方である。後醍醐天皇の倒幕の意を受けて、日野資朝・俊基が謀反の行動を起こした。その後、日野俊基は、捕らえられて刑死をするのだが、その死に臨んで、彼は家臣の助光と対面。そして、助光が携えてきた北の方からの手紙を読み、形見として自分の髪の毛を切って助光に託した。俊基の死後は、北の方は出家をし、家臣の助光は「永く高野山に閉じこもって、ひとへに亡君の後生菩提をぞとぶらひたてまつりける」というように、妻と家臣によって弔いがなされたことが語られている。北の方の出家は、当然亡夫の弔いと鎮魂を意味するのであろうが、ここではそちらに重点が置かれているのではなく、この話の〈題〉からも推測されるように、家臣の助光の方に焦点が当てられている。主君俊基の菩提を弔う役割は、女である北の方ではなく高野山に入った家臣の助光のものとなっているのだ。ここでは、主君と家臣の関係という男同士の連帯に重きが置かれているのが分かるのである。

次は巻九「主上・上皇御沈落の事」における北条仲時とその妻の話である。元弘三年（一三三三年）六波羅探題の北条仲時らは天皇・上皇を擁して東国へと向かった。京を去るにあたって仲時は妻に次のような言葉を残す。

御事は女性の身なれば苦しかるまじ。松寿（仲時の子。後の左馬助友時）はいまだ幼稚なれば、敵たとひ見付けたりとも、たが子ともよも知らじ。ただ今のほどに夜に紛れて、いづかたへも忍び出でたまひて、片辺土の方にも身を隠し、しばらく世の静まらん程を待ちたまふべし。

――（中略）――

たまへ。

（もし自分が討たれたら）いかなる人にも相馴れて松寿を人と成し、心付きなば僧になして、わが後世とはせ

夫の罪に対しては、妻は関わらなかった時代である。「あなたは女であるから、命は大丈夫であろう」という言葉はそれを意味している。この事は、後に戦国時代になれば、連座の刑によって、妻や愛妾たち、娘たちに至るまで殺されたことと比較すれば、妻というものが夫と完全な運命共同体とはまだ見做されていなかったことを意味するのだろうか。女には、男の世界とは別の生きる世界があったこと、例えば、里の家の力が強かったことなどと関わるのかもしれない。

しかし、後継者である男子は別である。父から息子へと継承するものがあった。それが父の仇を打つ、というような怨念であっても、父の意志は息子へと繋がっていくと認識された。この時の仲時は、「わが子は稚いから、なんとか誤魔化せ。そして、あなたは再婚をしてでも暮らしを安定させて、この子を一人前に育てよ」というのだが、また、自分が死んだら出家をさせて父の菩提を弔わせよ、とも告げる。ここでは、仲時の菩提を弔うのも、父の継承者である息子である、という認識が見られるのであり、そこには、妻による、つまり女による鎮魂の意味は消えているように思える。北の方に課せられたのは、この子の母として生きよ、そのためには再婚してもいい、ということである。

この松寿は、事実、成長の後、北条時行らとともに中先代の乱を起こして、北条氏再興をはかった。北の方のその後のことは何も記されていないので、彼女がどのように夫の遺言を遂行したかは不明だが、夫の継

承者として息子を守ったということは言えそうである。ただし、この息子は暦応二年（一三三九年）、龍の口において誅せられた。

巻十「亀寿殿信濃へ落さしむる事」――鎌倉幕府執権、北条高時の愛妾、二位殿の話である。

二位殿と高時の間には、長男万寿・次男亀寿という二人の男子があった。北条氏が滅亡したのち、残党の一人諏訪三郎盛高は北条氏の遺児を守って、後の再興をめざそうという志をもって二位殿のもとを訪れる。二位殿の方は、そのとき「われらは女なれば立ち隠るる方もありぬべし。この亀寿をばいかがすべき」と途方に暮れているところであった（長男の万寿の方は別に匿われていた）。男子の遺児を抱えて、敵方からこの男子を守るにはどうすればいいのか、考えていたのであろう。ところが、盛高は、この亀寿を敵方に見つからぬように安全な所へ隠して、こっそりと養育しなければ、と考えていたのだが、そのためには、まずこの母親である二位殿を騙さねばならない、真実を知らせてはならない、と考える。なぜならば「女性ははかなき者なれば、後にもし人に洩らしたまふや」であるからだという。遺児が生きていることを、女というものは当てにならないものだから、何かの折りに誰かに洩らすかもしれないから、というのである。そこで二位殿には、この男子を自害させるのだ、と嘘をついて連れ去ってしまった。二位殿や乳母たちは亀寿を奪われまいと必死に後を追い掛けた、とのことである。この後、この二位殿は絶望のあまり自殺を遂げたと『太平記』には語られている。ここに見られるのは、忠臣諏訪三郎盛高が高時の遺児亀寿を守ったということだけである。盛高は、亀寿を信濃の諏訪神社へと連れて行き、そこで養育したらしい。亀寿は、後に中先代の乱の大将となった相模二郎時行である。

『太平記』の記述は、北条氏の継承者である男子が、いかにして継承者となりえたか、その継承は、忠臣である家臣によっていかに成し遂げようとされたか、に焦点があるように思える。もっとも、時行は継承者になろうとしてお家再興を成そうとして乱を起こしたものの、それは成し遂げられなかったのだが。ただし、その父の志だけは、受け継いだのは確かである。

ここでは、亀寿の母親である二位殿や乳母という女の力は、完全に切り捨てられているのが分かる。さらには不要の者とまでされて結果的には抹殺されるのである。

『太平記』において、男たちが戦死を遂げた後、その妻たちがどのようになったかを見ていくと、出家をするというパターンの他に（出家するという例は、子がいない場合らしい。少なくとも『太平記』では子の記述はない）、夫とともに自害するというパターンもある。自害するという例は、子（男子）とともに自害している。また、子（男子）を守りぬいて生き抜くという道を選択する例もある。死ぬことなく、出家することなく、生き抜く、という例は、日野名子がまさにそれに当たるのだが、それは遺児である男子を守って、その子を一人前にするためであった。あるいは、その見込みのある場合に限って生きているのである。

女が、死ぬか、あるいは、生き抜くか。それは、継承者であるわが子のいかんに関わっていると言えようか。女が生き抜くのは、子を継承者にするためなのであり、従って、そこには母として生きることが要請されている。父から息子へと継承する男系の論理が貫かれているのであり、その男系維持の為に、母である女が子（男子）を守護し続けることになる。

ところで、『太平記』のこれらの悲惨な物語には、娘というものが一切登場しないのである。実際には、これらの戦乱の場には、母や乳母という女たちもいたのであるから、父の娘としての女子もいたとしても不思議ではない。しかし、実際にはいたであろう女の子たちは『太平記』の記事からは抹消されている。ということは、この時代の娘というものが存在の意味をなくしていることが考えられる。娘に存在価値がないということではなく、父から息子へという継承の論理に貫かれている『太平記』という物語の論理においては、娘は物語るべき対象ではなかったということだろうか。ここからは、娘が〈父の娘〉としてその魂を継承するという前代のあり方はもはやうかがえないのである。

ところで、西行が出家を遂げたとき、そして、その人生のなかで、彼と関わったのは息子ではなく娘であった。少なくとも、いくつかある『西行物語』の中では娘の存在は大きい。西行の〈物語〉のなかでは西行の出家・遁世の志を継承するのは娘であったし、また、父である西行の魂の継承者でもあったといえそうである。これは古代から続く、一族の中枢となるのが女であり娘であったという考え方の残滓がそこに見られるのではないかと思える。女は、一族の女神のような威力を放って、父や夫、兄弟たちを守護する力を有していた。ところが、この『太平記』の記述からは、このような女＝女神の威力は消失、というよりは抹殺されているとしか言いようがないのである。

戦闘という暴力の時代である。その暴力を担うのは男たちであった。そして、その暴力という力は、父から息子へと継承される。また、その父を弔うのも鎮魂するのも、その暴力によって連帯する男たちであった。鎮魂という本来ならば共同体を護る女の威力によって成されていたものが、この『太平記』という戦闘の暴力に貫かれた物語のなかでは意味をなくしている。

この事と関連すると思われるが、『太平記』に面白いエピソードが記されている。それは、戦争のための船に傾城（遊女たち）が大勢乗っていることが発覚した、という話である。船に女が乗っているのはよくない。なぜならば、女は陰陽でいえば〈陰〉、すなわちマイナスの要素であるから、兵士たちの士気を下げるものだ、というのである。事実、この戦の船は敗北した。戦闘の場から女を排除すべき、という論理の一端がここにあるように思われる。しかし、時代をはるかに遡ってみたとき、たとえば『古事記』の物語の中で、ヤマトタケルノミコトが戦いに行くとき、その船に妻のオトタチバナヒメが乗っていた話が思い起こされる。彼女は何故そこにいたのか、かねてから不思議に思っていたのだが、戦には、そして、戦の為の船には、そもそも女神もしくはその代理としての女が乗船する習わしがあったのではないか。それは、男たちを守護する女（その女とは、共同体に威力を発揮する女神として把握できるのだが）だったと思うのである。オトタチバナヒメの〈オト〉は、甲・乙・丙・丁の〈乙〉であり、また、姉に対する妹を表わす言葉である。従って〈姉〉のタチバナヒメに対しての〈妹〉のヒメだったと推測できる。姉にあたるタチバナヒメが共同体の中枢（女神）として存在していたはずなのである。妹のオトタチバナヒメはその代理として、男たちを守護する役割を担っていたのではないか、と想像するのである。オトタチバナヒメは、共同体を同じくする男たちを守護するヒメの力とも、巫女の力とも言えるものを発揮するべく船に乗っていたのではないか。事実、嵐に巻き込まれ、船が危機に陥ったとき、ヤマトタケルノミコトを救ったのはこのヒメの力であった。

ところで、『太平記』の世界では、女のそのような威力は消えていて、逆にマイナスとして把握されているのである。このことは、共同体における魂の所有者、女神にして祭祀者である女というものの聖性がもはや消え失せていることを思わせる。この事は、聖なるものの喪失を表わしているようでもあり、また神というものが消えていくことをも表わしている。事実、後述したいところだが、天皇が担っていた王権の力もこの時代を境にして衰弱していく。それは、神も含めた〈聖なるもの〉の力が無化していく時代の到来を示しているると思えるのである。

また、この『太平記』を読み続けていくと、まさに後代の〈軍国の母〉の原型としか言いようのない女性が登場する。

巻十八にある「瓜生判官老母が事」という話がそれである。

里見伊賀守が討ち死にをする。それとともに家臣の「瓜生兄弟・甥の七郎が外討ち死にする者五十三人」であった。その時「瓜生判官が老母の尼君有りけるが、あへて悲しめる気色もなし」という様子であったので、武士たちがその理由を聞くと、次のように答えたという。

里見殿が死んで、わが子の判官兄弟が無事戻ってきたならば、却って情けないことです。元来、お上のためにこの一大事を思い立ったのであるから、百・千の甥や子が討たれようとも、嘆くべきではありません。

この老母は、泣きながらも以上のように申し述べたので、それを聞いた武士たちは感嘆したとのことである。

主君のために、あるいは〈義〉のために、わが子や甥が死んだとしても、それはあっぱれなことである、とする考え方である。母として当然ある情は、主君のため、義のため、という論理のために、押さえ込まれる。そして、その母の思いは賞賛されるのである。『太平記』がこのような〈母〉を生み出したことは注目されることだと思う。

『太平記』の物語のなかでは、夫や父、息子という男系との関わりの中で女性が語られている。これは、男たちの戦いの物語なのだ。そこには、戦う男たちの論理がある。女は、その男たちの戦いの記述のなかで、夫や息子に付随する形で語られているにすぎない。夫や息子が、いかに戦い、いかに死んだか、その時、妻である女はどうなったか。女が男たちから離れた形で、単独で現われることはないのである。

これは『太平記』という物語の中だけのことであろうか。戦いという暴力の時代がこのように男たちの連帯する世界を作り上げ、そこからは女という存在が消されていく時代が生まれてきたことを表しているように思える。女は、夫や息子の如何によって、生きたり、死んだり、する。また、そういう男たちの世界では、女が放つ威力というものは消されてしまっている。

網野善彦は、『太平記』の時代の動乱、つまり南北朝の動乱を境として、日本という国がまったく別の価値観の時代へと生まれ変わったことを論じている。それは、聖なるものとして畏怖されてきたものが、この時代を境としてその聖性を無くしていったというものである。その中で、女というものの価値も消えたのである。『太平記』に描かれる女というものに、そして、その描かれ方に、この価値の喪失、聖性の喪失が確かに見られるのだ。

『竹むきが記』の著者である日野名子もそういう女たちの一人であった。夫である公宗の遺志を受けとめて、遺児実俊を育て上げる母としての役割を全うする。実際にはどうであれ、『竹むきが記』の記述はそのような方法を取っているのであり、夫と息子との共同体の中での自己を書き記した。夫との連帯、息子との連帯が、そして、持明院統という世界との連帯が、彼女の世界であったからだ。しかし、『竹むきが記』には、それだけでは済まなかったらしい名子の思いが現われているのも事実である。動乱の中でのさすらいを抱え込んでしまった彼女には、その連帯意識からはみ出してしまう思いがあったのも確かなのである。そのことを『竹むきが記』から読み取っていくべきなのだろうと思う。

3 〈ひとり〉の世界

『竹むきが記』下巻の世界

建武四年（一三三七年）十二月から『竹むきが記』の下巻は始まる。この十二月に、わが子実俊の真魚始の儀式が行なわれた。この事をもって、名子は再び記述を開始したのだった。真魚始とは、子どもに生後初めて魚を食べさせる儀式のことで、子どもの順調な成長を祝うものである。この年、実俊は三歳（数え年）である。

この儀式は、右大臣（今出川兼季）の邸宅で行なわれたらしい。日野家から付けたと覚しき諸太夫や侍たちに付き添われて、実俊は出掛けていったが、この時名子は同行しなかったようだ。その折りの儀式に関することは、伝聞の形で綴られているのだが、その記事のなかで注目したいことは、「年比籠もり居侍る諸大夫・侍ども、我も我もと進み出づるとぞ聞こゆる」というように、夫公宗の刑死以来、逼塞していたらしい西園寺家の家司や侍たちがこの実俊の真魚始の場に、あたかもそれを待ち兼ねていたかのように「我も我も」と参上した、という事だ。この時期は、名子母子は西園寺家の本邸としての北山第にはまだ入ってはいないのだが、このように元の家臣たちが集結するという事態に、名子の世界である〈西園寺家〉復活を見ることができよう。公宗の系統を継ぐ実俊の成長を祝う場に、かつての、公宗を中心としていた〈家〉のメンバーたちが集結するという様子に、〈本来の〉、公宗を正統としていた〈家〉の復活を見ることが出来る。〈家〉とは、領地・荘園・家の子たちの総合体としてあるべきものだからである。

また、この真魚始の儀と連動する形で「五十日・百日などいふことも、この序にとりおこなはるべし」とあるように、実俊の「五十日・百日」の祝いも真魚始の儀と一緒に行なわれたらしい。「五十日・百日」の祝いとは、生後五十日目と百日目に行なわれる、いわゆる産養いの儀のことだが、二年前に実俊が生まれたときは、先に述べたように名子母子のさすらいの時であったのだから、いわゆる産養いの儀などは行なわれなかった。というよりは、行なうどころの状態ではなかったわけで、その儀式が行なわれなかったという事態こそが、西園寺家嫡流男子の悲劇性を象徴するものとなっていた。それが、今、行なわれたのである。実俊の悲劇的な〈さすらい〉は終わりを遂げたことになる。

実俊のこのような真魚始の儀の件から、この『竹むきが記』がなぜ再開するかは、もはや自明であろう。記されることのなかった〈さすらい〉の時間、すなわち、儀式が遂行されないことで空白となっていた時間がここで取り戻されようとしている。〈さすらい〉の時間とは、あるべき正統な儀式が行なわれない時間であった。

ところで、下巻がなぜこの真魚始の儀から記されたか、については、上巻が量仁親王（光厳天皇）の元服の儀式から書き記されていることと対応しているからか、と見ることもできる。上巻の時間が光厳天皇の時間であり、下巻の時間が実俊の時間であることを示唆しているように思える。しかし、上巻とこのように対応させるならば、暦応四年〔一三四一年〕の実俊元服まで待ってもよさそうに思えるのだが、そうはしなかった。このことは、やはり光厳天皇と関わっているようである。というのも、下巻が始まる建武四年〔一三三七年〕の前の年、逼塞していた光厳天皇は再び返り咲いたのである。今度は、天皇としてではなく、治天の君、光厳院としてであった。

元弘三年〔正慶二年、一三三三年〕以来の、後醍醐天皇親政による建武新政は破綻をきたし、再び内乱状態が起こった。その中で、足利尊氏に擁せられた光厳院は建武三年〔一三三六年〕の六月に入京、この時から光厳院による院政が始まったとされる。さらに八月、院の弟〔光厳院の猶子でもあった〕である豊仁親王が即位して光明天皇となった。時代は、足利尊氏に支えられた形で持明院統のものとなった〔尊氏が、征夷大将軍に任命されるのは、二年後の暦応元年のことである〕。そして、後醍醐天皇は、といえば、これは周知のとおり吉野へと逃れ、その吉野の地でもって王朝を開いた。つまり、南朝が成立してしまったのである。

以上の出来事が、『竹むきが記』下巻が始まる前年のことである。名子が〈あらぬ世〉の張本人とみなした〔と思われる〕後醍醐天皇は吉野へと去ったのであり、それと同時に京の都の世界は持明院統――これ以後は北朝となる――の世界となった。このことは、名子の〈生きられる世〉がようやくその時間を循環し始めたことを意味していると思われるのである。それに連関する形で、建武四年十月、いまだ幼い実俊なのだが、実俊の真魚始の儀は、その正統性のなかではじめて遂行される記念すべき儀式であった。西園寺家嫡流として従五位下に叙された。西園寺家の時間も、正統なものとして復活し始めたのである。

名子の時間

名子は夫公宗の刑死の後も出家せず、鎮魂の為の〈さすらい〉をすることなく、この世を生き続けた。それは、夫の後継者としてのわが子実俊をきちんとした正統の後継者として位置づけるためであった。夫公宗から託された遺言がまさにそれであったのだから、名子はその遺言に従って生きざるを得なかったのだと言える。それを母として生きた、として価値付けていいのかどうかは疑問である。そもそも母とは何であるか、という定義付けは難しい。『竹むきが記』におけるわが子実俊に関わる記事は、子の成長を喜ぶという心は勿論のこと記されているのだが、その喜びはほとんどが儀式に関わっての表出だからである。実俊が儀式の遂行において、ある役割を担当する、その公事の遂行を無事成し遂げたことを以て、名子は子の成長を確認し、喜びとしている。わが子実俊がどのような人間であるのか、性格はどうか、どのような容貌なのか、母と子の関係性はどうなのか、これらの事は『竹むきが記』の記事からはうかがい知れない。また、これらの事は『竹むきが記』の記述が目的とすることではなかったらしい。西園寺家〈当主〉の実俊が、まだ幼いながらも、当主として公事遂行を成し遂げていくということが大事だったのだ。そのことによって、西園寺家が無事継承されるのであり、そして、実俊が公家として一人前になっていくことの証であったからだ。実俊の成長は、公事遂行を成し遂げていくことと同じ意味なのである。

そして、名子の〈母〉としての役割は、実俊に、おそらくは、公事遂行を成し遂げさせる指導者としてのものであったろう。それは、本来ならば父が後継者である息子に対してするはずのものである。しかし、名子は、この父としての役割もしなければならなかったと思われる。そういう〈母〉として名子は息子とともに連帯して生きているのである。実俊という幼な子のママ、といえるような固有性はなく、家の後継者の母、という公的存在であった。実際の生活において、そうだったというのではない。『竹むきが記』という彼女が構築した世界のなかでは、彼女は家の継承者の母という属性で生きているように設定されているのだ。

実俊が公事をこなしたという具体例をひとつ挙げる。

暦応五年（一三四二年）、北山第に光厳院の御幸があった。この時には、名子親子は永福門院の勧めもあって北山第に住むようになっていた。実俊を当主とする家に、いよいよ正式に院の御幸がある、というのは、光厳院を正統とする王権の時間が順当に進行しているということと、さらに夫公宗の遺児である実俊が当主として北山第という西園寺家の世界の主人であるということ、この二つがここで明らかにされているのである。

この御幸は正式な作法に則って行なわれたものらしい。光厳院からは次のようなお褒めのお言葉を賜ったとのことである。

「主の作法進退、末頼もしき様なれば、朝家の為家の為、悦思し召さるる」

主、すなわち当時八歳の実俊の「作法進退」が末頼もしくなるほど立派であった。わが朝廷の為にも、西園寺の家の為にも、喜びに思う――というような意味になるだろうか。ここでは、まだ幼い実俊が上皇を迎えるにあたっての作法を立派に、一人前にこなしたことを院が祝福しているのだが、実俊の成長の喜び、さらに西園寺家の当主としての成長ぶりが、彼のこなした「作法進退」によって示されている。すなわち、彼の成長ぶりを証明するものが、作法進退、すなわち公事の遂行であった。

この光厳院の御幸は、下巻において何度となく行なわれた。それを詳細に、あくまで記録的に記述していく『竹むきが記』の世界は、持明院統すなわち北朝の世界が順当にめぐっていることを表しているようであり、また、実俊が公事を遂行していくこともそれに重ねて記述していく様子からは、亡き夫公宗から継承する〈家〉の世界がこれも順当に起動していることを表しているかのようである。しかし、これが決して順調といえるはずのものではなかったことは、歴史が明らかにしている。この時は、まだまだ世の中は内乱の真っ只中なのである。

『竹むきが記』の下巻は、建武四年（一三三七年）から始まり、最終記事は貞和五年（一三四九年）である。この十二年間は、光厳院が北朝の院政を担っていた、つまり光厳院の時間が機能していた期間、と言えるのだろうが、目を『竹むきが記』の外へと向ければ、この十二年間は決して安定した、安らかな時代ではなかった。南朝と北朝の二つの朝廷が争っていた、というよりは、南朝、北朝を擁する足利幕府、さまざまな武士集団が複雑に絡み合った内戦を繰り広げていた時代である。いわば内乱の真っ只中の時代であって、その中にある名子の世界などは、いつ覆されるか分からないという危機を孕んだ世界であり、それはまた光厳院にしても同じであった。そのはかない危機的な時間を、それも公事遂行ばかりをなぜ書き続けたのか、と言えば、それは危機的だからこそ、と言うほかないのではあるまいか。危機的な時間のなかで、辛うじて執り行われる昔と変わらぬ、先例に則った公事の遂行を書き記していくことは、持明院統＝北朝の世の〈ことほぎ〉、であるのかもしれない。また、その〈ことほぎ〉は祈りにも通じるように思えるのである。祈るかのようにして書き記されてゆく名子の世界は、当然、歴史の流れのなかで断ち切られてしまうしかないものであった。名子が〈ことほぎ〉続けた光厳院の院政は、『竹むきが記』の最終記事が書かれた貞和五年（一三四九年）の翌々年の観応二年（一三五一年）終わりを遂げる。

再び力を盛り返した南朝が北朝の天皇・皇太子・年号を廃止するという事態となり、さらにはその翌年には、光厳院も含む三人の上皇が（光明・崇光）が南朝方によって拉致され、彼らは南朝の陣地であった八幡、そしてその後は河内へ、さらに南朝の本拠たる吉野の賀名生へと流離した。光厳院の〈さすらい〉が再び始まった。院がようやく京の都へ戻ることが出来たのは、五年後の延文二年（一三五七年）のことである。これは、名子が亡くなる前年のことなのだが、名子はこの院の流離の時間を、西園寺家のことも含めて書くことはなかった。名子が、書き記そうとしたのは、光厳院が〈王〉として京の朝廷を生きて、さらに〈王〉として機能していた時間だけであった。

『竹むきが記』がいつ執筆されたかについては諸説があるのだが、一応、下巻の期間、十二年の間の折々に少しずつまとめて書かれたのではないかと、これは『竹むきが記』を読んでいると、そのように推測できるのだが、彼女は北朝が停止され、さらに光厳院が流離の憂き目にあった時点を以て、書くことを止めたのだと思う。彼女が〈生きられる世〉が崩壊したのである。しかし、三人の上皇が拉致されたとはいえ、文和元年（一三五二年）には、足利幕府は北朝の後光厳天皇を立てた。光厳院の皇子である。北朝の時間はなおも継続しているのだが、名子はもはや書くことを止めた、ということは、彼女が書き記そうと志したものが、北朝の、というよりは光厳院の時間であったことがここからもうかがわれるのである。

『竹むきが記』下巻に流れていく時間は、公家社会が伝統として培ってきた儀式・行事という公事の遂行を、復帰させ、さらに継続しようと志していた時間であったと言える。しかし、それは危機を孕んだ、まるで砂上の楼閣のような幻想ではなかったか。風が吹いたり、波が来れば、崩れてしまうしかない。このような幻想に生きるには、観念の力が必要である。このような世界を自分の〈生きられる世〉として構築するには意志の力が必要なのだ。『竹むきが記』上巻・下巻を一貫する、たゆたいのない明晰な記述、これだけは書かねばならないというかのような気力のある文体、そこにあるのは、彼女の理性と意志の力である。

とは言うものの、それはかなりの自己矛盾を孕んだものとなるはずなのだが、事実、名子の世界は少しずつこの自己矛盾が露呈していく、そのプロセスを見ることができるのである。『竹むきが記』下巻を読み進めていくと、名子の信仰に関わる記述が増えていく。その信仰の世界に、意志の力だけではどうすることも出来なかった名子自身の自己矛盾が表われているのではないか、と見ることが出来るだろう。

〈ひとり〉の世界

名子のように、宮廷の人間として、また、家の女として生きるということは、常に公家社会や朝廷、さらに西園寺家という〈家〉を、自分の属する共同体として生きるということを意味していると思われる。それは、その共同体の規範とする価値観を生きるということである。だから、その規範に則って記された『竹むきが記』には、名子という一人の個人が、その素顔を見せることはないはずである。しかし、名子は、はからずもその素顔を見せてしまっている。なぜ、そうなるかを考えていけば、そこにこの『竹むきが記』の文学性のようなものが辛うじて露呈してしまっているのだと言えようか。

文学的なるものとは何か、というのは、一概には言えないだろうが、自分の置かれた状況と自分の思いとが齟齬している状態、なにか矛盾を感じているようなときに自ずと表われてくるものがあるだろうと思われる。そこから、自分とは何かという深い沈思が生まれるだろうし、この世の中との齟齬に関してひとつの思念が滲み出ることがあるだろうと思われる。世界と自分との対決、そして対話。そのようなところから、文学的なものが生まれるのではないか、と思う。

振り返ってみれば、平安から鎌倉時代へと続く女性の文学は、物語や和歌や日記文学も含めて、女性が自らが置かれた状況に対する自己矛盾の感覚から生まれてきたのではないか。主体的に生きられて、すべてを肯定できる世界、自分の存在と自分の生きる世界との間になんら矛盾も齟齬もなく、また、対決もない世界からは、女性の書き物は、それも優れた文学作品は生まれなかったような気がする。また、女性がそのような危機的な状況にあったからといって、優れた作品が生まれるとは限らない。そこには、きわめて優れた〈知〉と〈文化〉の世界がなければならないと思う。平安から鎌倉時代にかけての文学作品の担い手である女性たちがいかに知的エリートであったか、理性と知性の人であったか、そして、深い認識の人であったか。〈知〉の人である女性が、自分の生きようとする世界と対決し、対話するところから、いわゆる〈王朝女流文学〉が生まれたとも言えよう。そして、日野名子という女性もその流れのなかに、それも最後の一人として位置付けられる。

名子は、共同体の理念のごときものを貫いて『竹むきが記』を記述したと思う。しかし、それは前述のように、砂上の楼閣のような、ある意味では虚構のごときもの、ではなかったろうか。崩壊することが予め予想されるような時間が、名子の世界であった。『竹むきが記』で延々と記述された公事遂行が順当に行なわれることが、この後、未来永劫につづくとは彼女は無論思ってはいなかったはずである。いつ覆されるか分からない世界であるからこそ、書き続けるのだ、という意志がそこにあるのだが、しかし、それは自己矛盾をもたらすものであったろう。この動乱の時代に、名子の夫を始め、多くの人がこの世を去り、また出家をしていることの孤独を彼女は記している。もはや帰ってこない喪失したものが、やはりあるのである。そして、いずれ喪失すると分かりつつも持明院統の世界を〈ことほぐ〉こと、その世界の正統性を記し続けることの矛盾。そこには、救いはないように思われる。

共同体のなかで、そのメンバーとして生きていく時、人は普通は〈ひとり〉という意識を持たないものだ。〈ひとり〉であることを拒絶することで、連帯を維持していこうとするもののように思われる。共同体の連帯から逸脱することが〈さすらい〉である、とすれば、その時、人は〈ひとり〉という意識を持つ。事実、〈さすらい〉を自分の生きる世界として、旅を続けた後深草院二条の『とはずがたり』では、旅の合間合間の記事のなかにこの〈ひとり〉という語が頻出する。二条は、実際には、集団に交じって、さらに従者を伴っての旅であったことが想像されるのだが、彼女は意識のうえでは誰とも連帯しない一人旅であったのである。その〈ひとり〉のさすらいを書くことが二条の生きたことの証であったのだ。

では、『竹むきが記』の名子はどうだったか。公事遂行を綿々と書き記す記事の中には、彼女は持明院統という共同体、さらには西園寺家という共同体の連帯のなかにいるのであるから、当然〈ひとり〉の意識はないはずであろう。

しかし、名子にも〈ひとり〉の時間があった。その時間が現われてくるところに、名子の中にも消しようのない〈さすらい〉の思いがあったことがうかがわれるのである。彼女の心には「なほ晴れがたき心の闇」があった。

騒ぎ紛るる営みにてのみ日を暮らせば、座を定むる事は難ければ、立ち居、起き伏す所に心をつけつつ、明かし暮らす。冬の夜、一人起き居たるに、窓をたたく嵐も常に烈しく吹き冴えつつ、いとすさまじき夜の気配なるに、熾し火さへほのかになりぬ。明けぬと驚かす鐘の音にも、覚むる現はいつならんと悲し。

あはれこの眠らぬ床に見る夢を覚ます現の暁もがな

名子は、ある時期から禅に帰依したものらしい。禅はこの時期非常に隆盛したもののようだが、名子が法然上人から続く浄土宗の念仏や、あるいは一遍上人の時宗の方向にはゆかずにこの禅宗に帰依したというのは、いかにもこの『竹むきが記』の著者にふさわしいという気がする。少なくとも、名子は当時盛んだったはずの時宗の方へはゆかなかった。一遍の起こした遊行の精神は、それこそ〈さすらい〉に生きるものの精神、すべてを〈捨ててこそ〉成り立つものだろうと思われるからだ。

名子には、西園寺家の家政に関わるさまざまな仕事があったろうと思われる。「騒ぎ紛るる営みにてのみ日を暮らせば」というのであるから、普通の主婦の仕事どころではない、〈家〉というものを維持する仕事が、夫の公宗が生きていればするはずであった仕事も含めて、一人でこなしていたのだろう。そういう日々であるから、「座を定むる事」、つまり座禅修行にいそしむ事は難しい。しかし、日々の生活における行住座臥すべてを禅の心で過ごすことで、名子はそれを自分の修行と心がけていたようである。彼女は臨済禅の僧に師事して、ひとつの考案を示されていた。それは、名子によれば「いかにしてかまさに生死を出づべからむ」という、どうすれば生と死の分別の境地を突き抜けることが出来るかという思いによるものであったらしい。

その考案がどういうものであったかを彼女は記していないのだが、禅の考案として有名な「自己本来の面目」というようなものであったろうか。その考案を彼女は日々の暮らしのなかで、抱き続けていたらしい。その中で、「冬の夜、一人起き居たるに」というような、一人の孤独な、自己と向き合う時間があったのである。自己と向き合う、あるいは、真理と向き合う時間というのは、属する共同体がどのようなものであれ、そこからの離脱があるはずである。その中では、人は他者との連携が切れた個人になりうるのだと思う。

彼女の仏道修行は、俗の世界のなかで己れを見極めるというものであった。

このころの自分の心境を名子は次のように述べている。

内には道行を励み、外には家門安全を念ずれば、内外ひまなくして、花を玩び月を愛づる情けも知らず。

――（中略）――

憂世の色は自ずから捨て果つる心地すれど、なを晴れがたき心の闇は、澄まさんとする山水もかつ濁らんかし。

心のなかでは仏道修行に励み、しかし、実際の暮らしでは家門安全を願って奮闘している――名子は、忙しいのだ。そういう生活であるから、花や月を眺めて暮らす心の余裕もない。また、そのようなこの世の花やかな楽しい心境になることは捨て果てて、諦めてはいるけれども、と名子は考えていた。名子は、西園寺家を背負いながらも、一種の修行僧のような心境を抱いているのである。彼女がこのような修行僧的な生き方を己れに課していたことが分かる。しかし、引用文にあるように「なを晴れがたき心の闇」があるのだ、という。この「心の闇」が具体的には何を表わしているかを名子が記すことはない。夫公宗が刑死したこと、その後の〈さすらい〉の苦難、今もなお続く戦乱の世の中、などから自ずと引き起こる精神的な煩悶があるだろうし、また、西園寺家の家督争いの諸々がその後もなおあったらしいことを思えば、名子には心の休まるときはまだまだ訪れていない。

それらの、様々な事情があったろうが、それらも含めて言えば、彼女には仏道修行の〈ひとり〉の世界へと駆り立てようとする脱俗の思いがあったのではないかと想像されるのだ。いつ覆るか知れない、まるで虚構の幻想でしかない世界を、自分の〈生きられる世〉として生きるということは、大きな矛盾を生み出すものである。名子は、繰り返し述べたように、〈あらぬ世〉というものを否定し、拒絶して、その上で自分の生きられる共同体を書き記してきたのではあるが、名子の心の中には、その消してきたはずの〈あらぬ世〉が巣食っているのではないか。名子は、『太平記』の記事によれば、夫もなく、寄る辺もなく、身を潜めて、危機にさらされながらさすらったという三年間があった。〈あらぬ世〉のさすらいは、名子そのものだったはずである。

〈さすらい〉を志して旅を続けた後深草院二条や、鎮魂の為にさすらった虎御前のように、夫のためにさすらうという〈あらぬ世〉を生きることも出来ず、また、出家することも出来ないのが、名子であった。しかし、名子をそのように押し止めていた〈ひとり〉の世界への思いが、禅修行の形をとって現われたのだと捉えてみたいのである。

貞和四年（一三四八年）、名子は再び修行の記事を記している。

神明寺の山もとに草庵あまた侍に、如月の頃、別行と心ざして立ち寄りぬ。その夜、ただ一人起き居たるに、雨俄に降り出でて、窓を打つ音もおどろおどろし。されど一通りにて止みぬれば、山月窓に臨みて、起き居たる夜半の友なり。

神明寺という山寺らしいが、その麓にたくさんの庵があった。そこで、如月の頃、特別の修行を行なうために名子はしばらく籠もりに入ったという。そこでは、彼女は、〈一人起き居たるに〉というように、一人で自己と、そして仏と向き合う時間を過ごした。如月、といえば、現代では三月に当たる季節だが、まだ寒さが残る時期でもあり、さらに風雨の激しいときもある。その雨音が、窓の板戸であろうか、吹き付ける音がおどろおどろしい。その雨が止めば、山に懸かる月が窓の外に見える。その月は、ひとりで過ごしている草庵の夜の友である、という。静かな、宗教的な、禅味が感じられる時間だと言えよう。

さ夜ふくる窓の燈つくづくとかげもしづけし我もしづけし　御集　141

光厳天皇の詠んだ和歌として有名な「ともしび」の連作のなかの一首である。光厳天皇の『光厳院御集』(岩佐美代子『光厳院御集全釈』風間書房 二〇〇〇年によった)にまとめられている和歌は、天皇が三十歳ぐらいまでの、ごく若い、青年期のものと推測されているが、この和歌に見られるような窓のともしびの微かな光の中で、静かに自己とそして己れの影とを見つめている姿は、どこかで、名子のこの草庵での姿につながるように思える。戦乱の世を生きる知性の人――光厳天皇はわたしには繊細なインテリ青年の典型であったように思えるのだが――が、辿らねばならなかった〈ひとり〉の孤独な世界がそこに現われているのである。

過ぎにし世いまゆくさきと思ひうつる心よいづらともし火の本　御集　145

同じく連作「ともしび」から。過去・今・そして未来、とわたしの思いは移ってゆく。そのわたしの心はどこにあるのか。このともしびのもとにあるのだろうか。というような意味だと思われるが、ここにあるのは、自分の心というものの揺らぎ、不安定を思いつつも、その心をじっと凝視する作者の思いである。ともしびをじっと凝視しつつ、いや、わたしの心はこの燈のもとにあるのだ。燈の火のように揺らいでいても、心はここにある。このような、自己と対峙するまなざしは、禅宗の影響のもとで培われたと思われるのだが、名子の草庵でのひとりの思いも、このように自己の心を見つめるものであったろうか。

名子は、当然、光厳院の和歌は読んでいたかと思う。

先に引用した『竹むきが記』の「明けぬと驚かす鐘の音にも、覚むる現はいつならんと悲し。(歌)あはれこの眠らぬ床に見る夢を覚ます現の暁もがな」という文章と和歌には、院の次の歌が反映しているかもしれない。

かねのおとに夢はさめぬる後にしもさらに久しき暁の音　御集　１４７

名子は、院と同じ文化圏、禅の精神世界に生きていたと言うべきだろう。夢窓国師に師事していた院は、後に出家を果たした後は禅僧として生きた。光厳院の姿を見つめ続けてきた名子にも、その精神は響いているのではないかと思えるのである。

名子にとっては信仰の世界は、日常の行住座臥のなかで実践せざるを得ないものであったのは、名子自らが記すとおりである。草庵での静かな、自己を凝視する生活は名子にはまだ与えられていない。草庵からまた日常の暮らしに戻るとき、名子は次のように記している。

さてしも世を尽くすべきならねば、帰るべき折しも、雪いみじう積りて踏み分けがたければ、その日は留りぬるに、かの光隠し給ひしあとに、残りの灯火と頼み侍る長老、ほかへ出づる道の便りとて、雪を分けて立ち寄らる。

「さてしも世を尽くすべきならねば」、このように草庵の暮らしをして残りの世を過ごすわけにもいかないので、私は帰らねばならない、という。禅の修行を志す反面、名子には生きなければならない世界があったのだ。私はこうはしていられないのだ、という思い、西園寺家の〈母〉として生きるという任務のようなものがあるのだ、ということだろうか。この日、雪があまりに積っているので帰るに帰られずになおも草庵に止まっているときに、名子が師事する長老が訪ねてきてくれた、とある。その長老とは、名子が先に師事した長老が亡くなった後に、名子が師として頼むべき人であったらしい。故長老は「光」であり、今の長老を「灯火」と比喩されているように、この混乱の世を意志の力で生きようとしている名子にとっての光源の如きものであったらしい。

『竹むきが記』下巻は、この草庵での記事の後は、再びの御幸の記事、さらに実俊が「三位中将、中納言になさる。参議を経ずして直任せらる」という記事が続く。記録的な記事としてはそれが最終で、その後は、無量光院でのしずかな花見の記事——これはこの『竹むきが記』の締め括りとして捉えられるのだが——で終わる。実俊が「参議を経ずして」つまり順序を踏まずに中納言になった、という名誉の記事で終わっているのは、息子に対する安堵感であろうか。西園寺家の安泰の〈ことほぎ〉なのである。

名子は、草庵での静かな生活に心惹かれつつも、〈私はこうしてばかりはいられないのだ〉という思いで、西園寺家や北朝の連帯する世界へと戻る、というところで、この『竹むきが記』は閉じられている。名子は、いわば、〈ひとり〉でさすらうということ、共同体から逸脱してさ迷うということを、自分のなかに封じ込めているのだと思う。封じ込めることで、自分の〈生きられる世〉を表出した。

これは、名子だけの問題ではなかったと思う。女が逸脱してさすらうことがいかに悲惨で、あてどの無いものであるかを物語っている。女がさすらいを封じ込めるということは、同時に家の女として、夫や息子という男系の世界のなかへ——〈家〉というものがもはや男系で成り立っているのであるから——閉じこもることを意味する。この事は、名子だけに見られるものではなく、この時代以降、女全体に普遍化していく現象であった。女が男系の〈家〉に付随する形で生きていくことが、女自身の意志によって成され続けていくのである。

しかし、その名子がことほぎ続けた〈家〉も、光厳院という〈王〉の世界も、また、崩壊し、流離してゆくものであった。名子が〈生きられる世〉としてことほぎ続けた世界も、暴力という論理による戦乱の世の中で、さすらい続けるものでしかなかったのである。

4　さすらう王、光厳院

語らない女

『竹むきが記』下巻、貞和三年（一三四七年）八月、西園寺公宗の十三回忌の法要が営まれた。

憂世に耐《へ》えたるつれなさも、さらに驚かれつつ、十年あまり三年の秋を迎へぬ。かねては如法経など思ひしかど、法水院にて五種の行をぞ行ひ侍。

という書き始まりで、どのような方法で供養がなされたか、これも行事を記述する方式で以下、記されていくのである。この文章の冒頭「憂世に耐《へ》えたるつれなさも、さらに驚かれつつ、十年あまり三年の秋を迎へぬ」、この憂き世、つまり物思いに耽らざるを得ない世をなおも生き長らえていることに今更ながら驚きつつも、十三年がたったこと、つまり夫公宗が亡くなって十三年目がやってきたことを述べる。ここには、夫の刑死、という辛くて悲しい思いを抱えながらも生き長らえ、そして、年月が流れたことへの思いがうかがい知れる。しかし、記されているのは、その年月の長さと速さ、そして自分がこのように生き長らえていることだけであって、夫に対する鎮魂の思いが表出されていないことに気付くのである。

公宗の法要の記事は、二日に霊鷲寺にて説法が行なわれたこと、金剛経の供養があったこと、さらに法水院にて仏経供養、関係者の御供養もまたあったこと、が順次記されてゆく。また、どのような供物があったかも記されている。

これは、十三回忌という法要、つまり儀式がいかに遂行されたか、の記録であって、名子自身が夫公宗を哀悼する思いの記述とは言えないように思える。この公宗の法要の記事に続いて、「故竹林院入道大臣（西園寺公衡―公宗の祖父）」の三十三回忌の記録が記されているが、この二つの記事を読み比べても、記録として書いている点で同じなのであって、夫公宗の法要だからといってそこに妻としての特殊な感情の流露はないのである。唯一、夫の残した手紙の裏に名子が写経をしたことを記しているところに、妻としての哀悼が表われていると言えようか。

公宗の十三回忌は、これも西園寺家が遂行しなければならない行事の、あくまで一つに過ぎない。名子の個人的な鎮魂の思いは、西園寺家という共同体のなかで封じ込められているのである。もし、名子が公宗への鎮魂の思いをここで記述するとすれば、それは、名子が封じ込めたはずの〈あらぬ世〉の思いを語ることになるだろう。その〈あらぬ世〉は、この『竹むきが記』という世界からは排除されているのである。

名子が夫である公宗の菩提を弔わなかったというのではない。しかし、公宗の菩提を弔う役割を持つのは、後継者である息子の実俊であった。男子である〈子〉が、父を継承するとは、父の魂をも継承することを意味するであろうし、また、それが父の菩提を弔うことにも繋がるのである。菩提を弔うという鎮魂の思いも、父から息子へという男系によって為されているのだと言える。

公宗の妻であった名子が亡き人を鎮魂しようとすれば、それは彼女が〈あらぬ世〉をさすらって、夫の無念の死と自分の悲惨な流離の思い出を語り続ける、そのような逸脱者になることではなかったろうか。さすらって、女の語りを続ける女性芸能者のように。しかし、名子は、さすらうこともなく、出家することもなく、〈家〉に生きることを意志したのである。また、この時代から、さすらう女芸能者の語りも、女の聖性の喪失とともに威力を持たなくなっていたのではないか。動乱の世のなかで、聖なるものに対する畏怖の思いが失われていった時代である。また、神もその力を無くしていった。放浪の巫女たちや〈語り〉を続ける女たちが、その聖性を無くして単なる売春婦へと落ちていくのもこの時代のことである。女が鎮魂すること、〈語り〉をすることの意義はもはや消えようとしていた。

『太平記』では、いつまでも際限もなく続く動乱の様が記述されているのだが、実際いつまで経っても〈太平〉は来ないかのようである。しかし、動乱はいつかは鎮めなければならない。あちらこちらで、いつまで経っても戦が続いているものの、どこかで〈けり〉を付けなければならない。と『太平記』の執筆者は考えたのではないかと思うのだが、そのために、物語は、一人の人物を鎮魂者として浮かび上がらせた。それが、光厳院である。鎮魂者として浮き上がるのが、かつてのような女性ではなく、〈王権〉を担う光厳院という男であることに注目したい。

〈王〉のさすらい

『太平記』巻第三十九「光厳院禅定法皇行脚の事」が、その光厳院の鎮魂の旅を物語る。『太平記』によれば、正平七年の頃、吉野の賀名生から都へようやく光厳院が戻ったと記すが、これは正確には延文二年(一三五七年)のことである。院がこの後、諸国修行の、かつ戦乱の世の鎮魂の旅に出たと『太平記』は記すのだが、これが史実かどうかは不明のことであるらしい。確かな証拠はないらしいのだが、『太平記』の作者にとっては、光厳院という人こそ、この乱世の後の鎮魂の思いを漂泊の旅に託す人物としてふさわしかったのではないか。また、光厳院の他に、それにふさわしい人物はいなかったと言えるのだ。幼年期から叔父花園院による帝王としてのエリート教育を受けた院は、天皇とは何かという自覚に生きた人ではなかったか。また、歌人としての繊細な、かつ哲学的、知性的な才能を発揮した人物である。若くして持明院統と大覚寺統との抗争の狭間のなかにあって、乱世の血なまぐささをつぶさに見た人でもあった。後醍醐天皇のような、どはずれたエネルギーの怪物的帝王ではない。近代的な、深い思索の力をもった青年であったと思う。こういう人が政争と戦乱の混乱のなかで、何を考え、何を果たそうとするか。こういう人が、やはり西行のような世捨て人となって諸国行脚をする、というのは、いかにも有り得そうなのである。彼は、乱世に振り回される無力な人間でしかなかった。しかし、持明院統としての理想の時間を遂行し続けたのである。〈王〉として、乱世を見続けるまなざしがあったと思えるのだ。王権を担った中枢の人物が、落魄して——光厳院のさすらいには、まさに落魄のイメージがある——旅を続けることに、意味があったのだ。これは、飛躍して言えば、〈王権〉そのものが落魄してさすらっていく運命にあることを示唆していると思えるのである。

史実はどうであれ、『太平記』の作者は、〈太平〉の世を願う形で、さすらいの鎮魂者が必要だったのだ。その要請のなかで、光厳院という王が浮かび上がるのである。

『太平記』によれば光厳院は順覚という僧ひとりを供にして旅に出た。京の都を出て、摂津の国に着くと、大阪湾に沿って南下。堺の浦で働いている海士の人たちを見て、民はこのように苛酷に働いているのかと驚き、さらに金剛山を仰ぎ見て、地元の人らしい樵からこの山の麓で何度も戦いがあったこと、多くの人が戦死したことを聞くと、これも皇統の争いがすべての原因であろうか、それは「わが罪障にこそ成りぬらめ」と自分の罪に思い至る、というように、巡幸と言いたいような旅が続く。大いなる神の旅でもあり、あるいは落魄の〈王〉の巡幸という意味合いも感じ取れる。戦乱のために荒れた国土を、この世の主宰者である天皇が巡り歩くというのは、鎮魂の旅でもあり、さらには、天皇自身が罪障を自覚した罪滅ぼしの旅でもあったろうか。第二次大戦後に昭和天皇が行なった、十数年間にわたる日本全国津々浦々までの巡幸の旅が想起されるところである。

この時の光厳院は、華やかな〈王〉の旅ではない。罪を背負った落魄の王としての旅であった。さらに、彼は、この後、紀ノ川を越える時に七、八人の武士たちに押し退けられて川に転落して怪我をするという災難に遭う。武士たちは、彼が光厳院であることは知らないから、とは言え、かつての天皇であり、治天の君としてこの世の主宰者であった光厳院のこの災難は、彼がもはや〈王〉ではないことを表わしているようであり、さらには彼が担ってきた〈王権〉そのものが川に落ちたことを表わしているかのようである。

彼はその後高野山へと赴き、そこから下向すると吉野へと向かう。吉野で、南朝の後村上天皇と対面した彼は、後村上に向かって自分の思いを縷々と語る。その〈語り〉の内容は、彼の乱世に生きた半生の、いわば総まとめと言いたいものである。元弘の始めの頃、近江の番場で血の海をみた話、正平の頃、吉野に幽閉されたことなど、彼の半生が流離と苦難であったことを物語るものになっている。彼は、この〈語り〉のなかで、自分の半生がこの世の地獄そのものであったこと、私は地獄を見てきたのだ、と語っているのである。

この光厳院の語りは、『平家物語』潅頂巻、後白河法皇と建礼門院の対面の場における建礼門院の有名な、「これは、生きながら六道を見てさぶらふ」という言葉に始まる六道問答の〈語り〉を想起させる。実際、『太平記』の作者は、『平家物語』の建礼門院に準える形で光厳院のこの場面を設定したものらしい。

『平家物語』での建礼門院は、平家一門の女性として源平の争いのその渦中を生き、そして、生き残った人である。さらに彼女は天皇の母、国母であった。都での平家のかつての栄耀栄華の象徴でもあったし、また、西国へ都落ちしてからは、その没落平家の象徴でもあったろうし、数々の戦の中で血塗れの地獄を見た人でもある。建礼門院が、六道を自分が巡ったとする語りは、彼女の世界が地獄に他ならなかったこと、そして、その世界が秩序から逸脱した〈あらぬ世〉であったことを表わしている。建礼門院は、彼女がさすらった〈あらぬ世〉を語っていることになるのだが、その〈語り〉が同時に平家一門に対する、そして、乱世に対する鎮魂の役割をも担っていた。

鎮魂とは、〈あらぬ世〉をさすらう者にして、初めて成しうることだった。その役割は、『平家物語』においては建礼門院という女性が担うものとなっていたのである。それが、ここでは光厳院という男のものとなっている。〈あらぬ世〉をさすらい続けた〈王〉のものとなったと言えるのだが、それはそのまま〈王権〉というものが力を無くしてさ迷うものでしかなかったことを表わしているようであり、また、同時に〈女の語り〉がもはや排除されていること、女というものの聖性が消えていることをも表わしているのだ。さすらいとは、貴種流離のパターンに見られるように、本来ならば聖なるものがその聖性のゆえに落魄してさまよう姿であった。

日野名子はこの〈さすらい〉を生きたはずの人であった。しかし、名子はそれを語ることはなく、みずから封じ込めたのである。それは、〈女の語り〉がもはや鎮魂を果たすものではないことを物語っているかのようである。

さすらう〈王権〉

名子が『竹むきが記』に書き記したのは、繰り返すことになるが、持明院統の光厳院が天皇であった時間〈上巻〉と、それから治天の君として院政を行なった時間〈下巻〉である。それ以外の時間は〈あらぬ世〉として書くことはなかった。ここから考えると、名子は光厳院付きの女房として、光厳院の記録に撤したかのように受け取れるのだが、内容は決してそのような公のものではない。では、名子はなぜこのような『竹むきが記』を書いたのか。

『竹むきが記』に流れる時間は、光厳院が〈王〉として王権を（一応は、かろうじて、としか言いようがないのだが）、担っていた時間である。名子の世界は、その〈王権〉というものを自分の世界の枠組みとして、その中で自分がいかにして生きられたか、を物語るものとなっている。光厳院の世界は、彼女の〈生きられる世〉の枠組みのようなものであったと思う。〈王権〉とは彼女が生きた世界の規範であった。それは、名子が光厳院の世界に心酔し、それを絶対視した、ということではない。自分がこの世に生きていく上で〈王権〉というものが基準であったこと、それを基準として自らの思念を展開したこと、と言えるのではないか。それは自らが生きる世界における格闘でもあり、またそれは〈王権〉というものの葛藤の記録とも言えるのである。

〈王〉とは何か、という問題は、簡単に言えるものではないと思うが、王というものが神のイメージと重なることを考慮に入れれば、王とはこの世の中、世界の規範を生成するもの、と取り敢えずは言えるのではないか。主体者として世界を作り上げて、その中で力を発揮していく者である。この規範というものが、政治や文化として共同体のなかで力を発揮するところから、権力や権威が生まれる。そういう〈王〉というものが、たえず規範としての力を発揮し続けるシステムが〈王権〉というものではないかと思われる。その〈王〉というものが制度化された一つの形が天皇制であろうか。

名子が光厳院の時間を自分の生きる世界の枠組みとした、ということは、院の担う〈王権〉が名子の〈生きられる世〉の規範であったということであり、名子はその規範を、意志の力で生き続けたことになるのである。しかし、その規範のなかで生きることの孤独、それは共同体のなかで守られてはいても、そこから滲み出る〈ひとり〉としての〈孤〉の意識があったことも同時に名子は書き記している。共同体――それは、いつ崩壊するか分からない連帯の世界ではあるが、その世界に生きることの果なさを読者である私たちに名子は書き伝えているのである。

〈王権〉のゆくえ

光厳院の〈さすらい〉は、王権というものが、そして天皇制というものが、もはや衰弱してさすらうものでしかなかったことを表わしている。天皇（院も含めて）の威力というものは、この南北朝の動乱をきっかけにしてほとんど消失したと言ってもいいほどである。しかし、この後も天皇制は続いた。この事は、天皇制というものがほとんど力を無くしたにもかかわらず、その威力は日本の歴史のなかで基底のものとして潜流し続けたから、としか言いようがない。天皇や公家たちが築き上げてきた規範の力は、政治力として発揮することはなくなったものの、文化の規範としての力が権威として残ったからであろうか。

この時代から勃興してくる庶民たち、つまり、経済力をつけてきた商人や上層の農民たちは、さらに武士たちも、新しく作ろうとする自分たちの世界を価値付けるための規範が必要だった。そのために、必然的に天皇を含めた公家社会の文化の力が求められた。規範とは、上から与えられるもの、つまり、神によって与えられるものなのである。でなければ、権威あるものとはならない。室町時代に数多くうまれたお伽草子のたぐいが、天皇や公家の世界を描いているものが数多くあり、さらに、天皇の御代を寿ぐものとなっているのは、この時代の理想とする規範がなおも天皇であったことを示している。しかし、それが〈王権〉と言えるものであったかどうかは疑問である。〈王権〉は消えてしまった、というより、地下に潜ってしまったのだ。

しかし、地下に潜った〈王権〉を担う天皇のイメージは、時々地上に吹き上がってくるものかもしれないと思う。それは、固有の、現実の天皇の姿としてではなく、規範を生成する神のイメージとしてである。歴史のなかでなにか危機的な状況が起こったとき、この神が要請される。

明治以降の近代天皇制にも、この古来からの神のイメージが揺曳している。だからこそ、第二次世界大戦後の敗北の〈王〉であった昭和天皇は「人間宣言」をしなければならなかった。

鎌倉時代の〈王権〉と、ある意味では格闘し続けたといってもいい日野名子の問題、さらには『とはずがたり』の後深草院二条の問題は、このように根深いものであった。

Ⅳ

女神の消滅

——説経『かるかや』

1　母殺し姉殺しの物語

プロローグ

外界は荒れて五月の雨と風『説経かるかや』母さんは死ぬ
母さ殺し姉さ殺しの物語　男はラヂオのスウイッチを切る

中世末から近世にかけて隆盛した説経節の一つ『かるかや』の物語を現代風のシテュエイションに置き直して、私はこのような短歌を詠んだことがある。この二首を冒頭に、続いて短歌を作り、連作の歌物語にするつもりだったのだが、今のところ、二首のままでストップしている。というのも、この物語が投げ掛けてくるテーマ性が、私の中でまだあまりうまく咀嚼しきれていないからなのだが。『かるかや』の主人公石童丸の母と姉はなぜ死ななければならなかったのか、残された石童丸はその後どのような思いで出家をし、生き続けたのか。そして、彼らの生きた中世という時代の規範を、はたして現代の問題として置き換えることはできるのか、置き換えるとすればどのような方法があるのか、などを考えれば、なかなか答えの出るものではなかった。
一人の男が家を捨てて遁世する。彼には彼なりののっぴきならない思いがあったはずなのだから、それを責めることは出来ない。しかし、彼のその思いのために、妻と娘という女二人が死ななければならなかったのだ。妻と娘はなぜ死ななければならないのか。男は何故そこまでして世を捨てるのか。妻と娘に死なれた男は、その後索莫たる思いをしたのではないか。石童丸は母と姉を亡くしてどのような生き方があったのか。

分からぬながらも私の考えた『かるかや』の現代版シテュエイションとは、次のような情景であった。

歌物語の主人公の男は、東京かどこかの都会の場末の狭いアパートで一人暮らしをしている。六畳一間は小さなキッチン付き、畳は日に焼けてけば立っている。雨風が激しいので窓は閉じられているが、カーテンも付いていない殺風景な部屋のなかに、五十代とおぼしき中年男がひっそりと胡坐をかいて坐っている。浮浪者でも、失業者でもなく、真面目に働いてきているが、家族はいない。日曜日の朝、ラジオで『かるかや』の朗読劇を聞きながら、コップ酒を飲んでいる――。
このような、都会で静かに真面目に暮らしている一人のありふれた男の姿をイメージした。わたしの頭のなかでは、この男は、故郷喪失者であり、また故郷の代々続いた家、そして身内や血縁というものを喪った人間なのである。喪った家の代わりに新たな家族を作ることもなかった。なぜ結婚しなかったかは分からないが、母や姉のことが彼の心に巣くっているのは確かだ。母と姉が亡くなったのは、そして彼らを死に追いやったのは自分のせいではないかという思いが彼にはある。母と姉のことを思い出すと、家族、血縁、とくに女の身内というものが呪縛のように心に絡み付くような思いがする。妻というものが傍にいれば、彼女がまるで母と姉の代理者のように思われるだろう。しかし、女の身内が一人としていない自分は、この都会のなかに浮いている一つの粒子にすぎない。この粒子にすぎない自分を救い取ってくれるものは何かあるのだろうか。あるとすれば、それは神か、あるいは神の如きものか。しかし、彼には信仰心などあるはずもない。神の如きものを見ているつもりなのだが、見ているものは神などではなく、虚無でしかない――。

わたしのイメージした歌物語の主人公の男は、説経『かるかや』の石童丸のその後の姿である。とはいうものの、石童丸は、母や姉の死後は、十三歳で出家したのち無事に修行を遂行し、六十三歳で大往生を遂げた、ということである。石童丸の父の道心も、息子と同じ日、同じ刻に八十三歳で大往生した。二人の男――父である道心と、その息子の石童丸（出家ののちは道念と名乗った）は、ともに出家と大往生を果たしたというめでたい結末だが、その一方には、父の道心の出家遁世の意志に巻き込まれて亡くなった二人の女がいる。妻とその娘千代鶴姫だ。二人の女は、男たちの大往生のために、いわば犠牲となって死んでしまった人間である。そして、その二人の女の死によって、長男である石童丸も出家を果たした。この家族は、女二人を消去し、男二人が出家遁世するという形で、消滅したのである。

出家遁世とは、〈家〉や係累をすべて捨て去ることによって成り立つものである。父の道心が遁世するときに捨て去ったもの、その〈家〉と係累とは、妻と娘という女二人であった。父の後継者であるはずの息子、石童丸は、母と姉の死によって出家遁世を果たすことになった。つまりは、消されたのは、母から娘へという女の要素であったのだ。そして、女の要素が消えることによって、〈家〉というものも消滅したことになる。

道心、俗名重氏は、松浦党の領主として栄えていた花も身もある二十一歳という年に突如として無常観に引き込まれて遁世した。十九歳の身重の妻と三歳になる千代鶴姫を捨てての出家遁世だった。その時、妻の腹の中にいたのが石童丸である。その石童丸は十三歳のおり、父に会いたいがために、母とともに、父がいるという高野山へ向かう。しかし、再会の願いは叶わないままに、母は高野の麓の学文路《かむろ》で死亡した。また、故郷に残っていた姉も、悲しみのあまり亡くなってしまう。母と姉の死を契機として石童丸も出家するに至る。

この説経『かるかや』は、残された男二人の五十年後の往生をもって、めでたく語り終えている。これを〈めでたく〉と言っていいのかどうか、甚だ疑問なのだが、というのも、救いのない暗澹たるものがこの物語の基調として響いているからである。二人の往生は、はたして二人にとって救いであったのだろうか。父も子も、出家遁世したとはいうものの暗澹とした、索漠たる思いで蹲って過ごすこともあったのではないか。説経『かるかや』という物語は、この父や息子のような出家遁世者である高野聖のありようをテーマとした物語と言われている。さらに、すべてを捨てて遁世した男のなかにある虚無感を捉えているとも思える。この物語には、救いのない暗さが立ち籠めている。この救いのない物語のなかで、死に至った二人の女が意味を投げ掛けてくる。この二人の女は、なぜ死ななければならなかったのか。

重氏の出家と北の方

石童丸の父である道心は、もと九州の松浦党の領主、重氏である。彼がなぜ出家遁世をめざしたのかについては、究極のところでは分からないとしか言いようがない。桜が散るのを見て、翻然と悟った、と記されるのみで、彼の心理の奥底までは物語は語ろうとしていない。思うに、彼は、家を捨てて遁世する人間というものの一種の典型として設定されて、物語に現われている。遁世するには、個々人さまざまの理由が重なり合って、一つの結論として遁世への道が開かれるというのが現実なのだと思われるが、重氏はただ〈家・家族を捨てて遁世する人間〉として始めから物語に現われる。存在としては、抽象的である。物語の発端が、この夫であり父でもある、〈家〉を背負う男の〈遁世〉であり、ここからこの捨てられた家・家族がどのようになっていくのかが、この物語の語ろうとする骨子であるように思う。

あるいは〈家〉を捨てる男の典型が物語として現われるところに、この時代の〈男〉の問題が提示されているのかもしれない。〈家〉を背負わされてしまった、のっぴきならない立場にいる男たちの問題が、つまりは男であるがゆえに起こる現象というものが見えてくる。ここには、〈家〉がのっぴきならないものになってしまった時代の〈男であるがゆえの現象〉が現われていると言えようか。

この出家・遁世をめざす夫に対して、十九歳の北の方はどのように設定されているか。次の引用文は、夫

の遁世への意志を聞いた北の方が夫に会いに来るところである。（本文引用は新潮日本古典集成『説経集』による。以下同じ）

このことが北の御方に漏れ聞え、三つになる千代鶴姫を乳母にいだかせ、薄衣取って髪に置き、渡り廊下をはや過ぎて、重氏殿の住み慣れたまふ持仏堂に参り、間の障子をさらりと開け、重氏殿の御姿、見上げ見下ろし召されてに、とかく物をば御意なうて、まづさめざめとお泣きある。（傍線、小林）

この引用文の傍線部は、妻が夫に会うときの状態としては不思議なものを感じさせる。プライベートに気軽に会うときの様子ではないと言えよう。遁世を志したという夫の話を漏れ聞いた北の方は早速に、夫の籠もる持仏堂へと会いにゆく。その時の北の方の様子が傍線の部分である。北の方は髪を薄衣で覆い、娘の千代鶴姫と乳母とを従えて、夫の住まう持仏堂へと赴く。この時のこの女三人とは、つまりは、妻と娘と乳母という女系集団として捉えられるが、〈家〉における女というものを、象徴的に、かつ如実に表している。それに対して、重氏は、父・夫であり、松浦党の領主として〈家〉を担っている男である。北の方と重氏との対面は、はからずも〈家〉における男と女の対決を表しているかのようである。

さらに、三歳の娘である千代鶴姫は、この物語の記述では「嫡子」とされているのだが、この「嫡子」という称号は、弟の石童丸が誕生してからも変わることはなく、千代鶴姫は一貫して嫡子として位置付けられている。このことからすれば、この千代鶴姫は、女子ではあるけれども家の継承者として位置付けられている、という見方も可能であろう。家の継承は男子が担うという理念は、まだ確実ではなかったのではないか。また、千代鶴姫の〈姫〉としての威力を考慮すれば、彼女は一族の魂を継承するものであるという、家における女系の威力にも注目したいところである。また、乳母も、古来から母の代理を意味する重要な女系の一要素であった。

遁世しようとする夫に対して、この三人の女がどやどやと押し掛けるこの場面は、〈家〉における男と女の対峙として受け取れるのである。重氏が家を捨てるということは、すなわちこの女系集団からの離脱を意味しているとも受け取れる。

また、北の方はなぜ髪の毛をわざわざ衣で覆わなければならなかったのだろうか。夫と公式に会うときのひとつのスタイルであったとも受け取れるが、ではなぜこのようなスタイルが生まれたのだろうか。「薄衣取って髪に置き」というのは決まり文句であったようで、夫重氏が出奔したあと、北の方がもう一度持仏堂を訪れた時にも「薄衣取って髪に置き、渡り廊下をはや過ぎて、持仏堂にはや参り」と繰り返されている。あるいは、持仏堂という聖なる空間に入るとき、女は髪を衣で隠すという掟があったことも考えられる。髪が、女というもののセクシュアリティを表わしていると考えれば、この北の方が「髪を隠す女」として持仏堂に向かうのも、あるいは当然だろうか。髪を隠すことによって、女のセクシュアリティは消えるのである。

ここでは、北の方が、夫を俗世に留まらせるだけの威力、つまりセクシュアリティを有していない存在として位置づけられていると解釈できる。これは、現実に、重氏が北の方に愛情を持っていない、と言うのではなく、北の方が夫を俗世に引き止めることがもはや不可能な存在として物語のなかに立ち現われているということである。

保立道久氏の研究によれば（「秘面の女と『鉢かづき』のテーマ」『物語の中世』東京大学出版会　一九九八年）、中世のこの時期、女は外出の際には髪や顔をベールで覆うのが一般的であり、またそれは身分階級差を表わす指標ともなっていたという。とくに身分の高い、高貴な女ほど髪・顔は隠す、という。それは「知らない男には顔を隠し、『知る人』、特定の親密な男・夫にのみ顔と頭髪を見る自由を与えていた」ことを示している。

だが、それから考えると、この北の方は外出の際のみならず、家の中でさえも髪を隠していることになるし、さらに「知る人」であるはずの夫に対してさえも髪を隠していることになる。常識的に考えれば、この北の方がこの時髪を薄衣で覆うという事態は、何か特別な事情がなければならないだろう。始めに考えられるのは、持仏堂という空間の問題がある。さらに、遁世を志す夫とその持仏堂で会う、という磁場の問題があろう。そのような場では、北の方は、髪を秘さなければならない女として登場しなければならない。髪というものが、持仏堂という聖なる空間にはあってはならないものとして捉えられていたのだろうか。さらには、出家を願う夫と向き合うにふさわしい女として、北の方の髪はすでにあってはならないものだったのか。ともかくもこの北の方は〈髪を秘して夫に会う妻〉として設定されたのである。髪を秘して夫に会う、その場面では、この物語においては、夫は妻にとってすでに「知らない人」になっているとしか言いようがない。

さらに、この引用文に「重氏殿の住み慣れたまふ持仏堂に参り」とあるように、この重氏は遁世を決意する以前から、持仏堂に「住み慣れ」ていたことが分かる。妻の常時住んでいる空間――そこは嫡子の千代鶴姫と乳母たちがいる女の空間だと思われるが、その空間には住まず、持仏堂という聖なる空間に常時住んでいたのである。彼は、遁世を決意する以前からすでに俗世を拒絶していたと言える。そして、その拒絶する俗世を具体的に表わしているのが、すなわち女たちの空間であり、そこに住んで〈家〉を成していた妻・娘・乳母たちという女たちの世界だった。

江戸時代に入ると、女性はそれまでの垂らし髪を結髪するようになり、さまざまに変化に飛んだ髪型がそれ以後生まれ始めた。それと同時に、女性はヴェールで髪を覆うのを止めた。髪を結い上げることで髪の美しさを高々と誇示する、ということは、女性の美やセクシュアリティの誇示が社会のなかでタブーではなくなったことを示すものであろう。

それに対して、説経の語られていたこの中世の時代の規範においては、黒髪はタブーであった。『かるかや』のなかで、北の方が髪を隠した姿で現われるのは、髪や顔の美麗さが一種のタブーとして捉えられていたということに他ならない。仏教の力が人々のなかに浸透するにつれて、女性が持つとされたセクシュアリティ、それを象徴的に表わしている黒髪が、聖なるものと対立するものとして把握されたのだ。聖なる世界に入ろうとする者にとっては、黒髪はタブーである。

ところで、十三年後、重氏こと出家ののちの道心は、この北の方と再会する。しかし、その時、北の方はすでに亡くなっており、彼が再会するのは、死者としての北の方であった。

十三歳になった石童丸とともに高野山へとやってきた北の方は、麓の学文路の地で亡くなってしまう。道心は、高野山に尋ねてきたわが子の石童丸とはからずも出会うことになるが、彼は自分が父であるとは名乗ることも出来ぬまま偽りの墓を石童丸に見せて、これがお前の父の墓だと告げる。そして、死亡した北の方の葬儀を行なうために、彼はやってくることになる。

次は、死者である北の方との再会の場面である。

道心この由きこしめし、人のないこそうれしけれ。間の障子をさらりと開け、屏風引きのけ見たまへば、北枕に西向いて、往生遂げておはします。死骸にかつぱといだきつき、「さぞや最期のその時に、自ら恨みたまふらん。変わる心のあるにこそ、変わる心はないものを。後生を問うて参らせん。これにつけても石童が心の内のさぞあるろ。余りに嘆くものならば、あの石童が悟るらん」と忍び涙を押し止め、かみそりを取り出だし、髪下ろさうと召さるるが、なにか十三年先に捨てたる御台のことなれば、よしみあしみが思はれて、かみそり立て所も見も分けず、されども髪をば、四方浄土と剃りこぼし、――（後略）――

彼が妻を愛していたのは確かである。「人のないこそうれしけれ」とあるように、かつての妻との対面の場には幸いにも他の人々がいなかった。そのために彼は人目を憚らず、その悲しみをあらわにすることが出来た。そして、「死骸にかつぱと抱きつき」て、思い切り慟哭することが出来たのである。そこで、彼がしたのは、妻の髪を剃り落とすことであった。ここでも、北の方の髪の毛が再会の場での重要な要素となっているのである。夫である重氏に対して、北の方の髪はいつも〈あってはならぬもの〉として立ち現われている。消し続けなければならないものは、女の髪であり、そしてその髪が象徴する女そのものの存在であった。

北の方と夫の対面の場は、以上のようなものなのだが、その場面ではいずれも北の方の髪が重要な意味を持っていた。出家遁世を願い、持仏堂に常住する夫。その夫に会うときには髪を衣で覆って秘す妻。二度目に会ったときは、妻はすでに死者であった。その妻の往生を願って、髪を剃り落とす夫。出家遁世に生きる夫には、髪を蓄えた女である妻は避けなければならない相手であったのだ。妻が、このように美しいセクシュアリティを湛えて生きている〈女〉であってはならないのだった。また、この物語では、妻が生きていることも許さなかった。妻も夫の後を追って出家をするという展開があっても不思議ではないのだが、この『かるかや』の物語はそれも否定するのである。夫の遁世の意志を徹底させるためのものだろうか。夫重氏の意志徹底の意味もあるだろうが、北の方は死ななければならない存在として意味付けられているように思える。それは、北の方という個人の問題ではなく、もっと普遍的な女というものの問題であったと思う。

女を消し去ってまで成し遂げなければならない出家遁世というものが、ここでは描かれているのだと思う。さらに、女を消し去ることによって成り立つものを考えなくてはならない。この女の消去が女人禁制につながり、この禁制の底にある女人忌避が窺われるところである。

父重氏の遁世

重氏がなぜ出家遁世したのかは不明でしかない、と先に書いた。彼は出家遁世を志す人間の一つの典型として物語に現われ、その〈典型的遁世者〉の行動によって何が引き起るのかがこの物語の骨子であると考えられる。重氏という人間は、いわば類型的なタイプと思われる。とはいうものの、物語にあらわれる重氏のイメージには、それまでの遁世者たちの歴史的蓄積が見られるのであり、この説経を聞く人々の脳裏には、様々な遁世者の姿が去来したであろう。

その中でも、まず、西行があげられる。遁世者のイメージのそもそもの源と言ってもいい存在が西行であろう。また、この重氏のモデルは一遍だとする説もある。

西行と一遍には、この重氏のモデルとしてふさわしい一つの共通項がある。それは、妻と娘に関わる伝承がこの二人にまつわりついていることである。西行の出家遁世の理由はさまざまに推測されているが、明確なものではない。ただ、家を出奔する際には娘を蹴飛ばして家を飛び出したという、かなり激情に駆られた西行の姿が『西行物語』には語られている。西行には、物語や伝説によれば妻と娘があったということだが、『尊卑分脈』には男子として「僧都隆聖」の名が見られるだけである。娘がいたのかどうかは、史実としては分からない。

一遍の方は、『一遍聖絵』の絵と文章によって彼の出家遁世の理由と家族係累のことが推察できる。しかし、この『一遍聖絵』が描かれた時点では人々には明確であったのかもしれないが、当時では周知であったらしい情報が失われた結果、現代ではやはり不明確なことが多すぎるのである。『聖絵』によれば一遍の遁世には、妻らしき女性と娘と推察される女子が付き従っている。一遍は妻子を伴っての遁世であったらしい。さらに、弟子である聖戒は一遍の息子ではないかとも推察されている。

このように、西行にも一遍にもともに妻と娘がいた（さらには、息子も）というのが共通するのだが、これを〈家〉の問題に関連づけて考えれば、彼らの〈家〉は継承が保証されていたことになる。勢力のある名門の家、というものが彼らにはあり、それを守る妻とそれを継承する男子もいた。

もっとも、一遍の〈家〉である河野水軍は、承久の乱に敗北したことによって甚だしく衰弱していた。彼の祖父や伯父は戦死あるいは流罪となっていた。そして彼の父は出家者の身であった。もし一遍に〈家〉があるとすれば、それは守らなければならない〈家〉というよりは、再起復興をめざす〈家〉であったと言えるのだが。

彼らが出家遁世をめざすのは、西行の場合は、当時の都での公卿社会に奉公する身として生きて行かなければならない中で味わった何らかの苦衷の思いが関わったであろうし、一遍の場合は、河野水軍の継承者としての立場から何らかの、あるいは悲惨な状況から遁世に出立したのであろう。そして、西行は妻娘を蹴飛ばして、一遍は妻と娘を伴って、出立した。彼らの出家遁世の物語には、このように妻と娘の問題が常に付きまとっているのである。『西行物語』では、彼の妻と娘は、後には高野山の天野に住み、二人とも尼として生きたことが物語られている。

一遍の方の妻と娘は、その後一遍と別れ、というよりは、妻子係累を捨てて、捨て聖として生きる決意をした一遍に捨てられたとしか言いようがないのだが、妻と娘は一遍とは別に尼としての生涯を送ったものらしい。もっとも、『聖絵』には一遍の元の妻か、あるいは愛人であったのではないかと推測される女性がなおも一遍に付き従い、率先して踊り念仏をしている姿が描かれている。また、この女性は旅の途中で病死したようである。

西行や一遍の妻と娘は、というよりは、ここでは、西行や一遍に代表される出家遁世者の妻と娘として捉えたほうがいいのだが、ひとりの男の遁世の意志が、ここまで女の生を振り回し、かつ引き摺り回しているのである。そして、女たちの出家遁世が、男たちの出家遁世の物語に付随して語られているのである。女が尼になることが問題なのではない。問題は、遁世をめざす父や夫に彼女たちが殉じることである。西行の妻と娘が本当に出家して天野に住んだかどうか、それは物語の世界で語られていることであって、事実かどうかは不明である。しかし、そのように語られた、というところに、遁世者の妻と娘とはどのようなものであったのかが想像されよう。父や夫に準じて出家することが、〈理想〉として、あるいは〈かくあるべきこと〉として望まれたのだと言えるのである。西行の妻は、夫の遁世の後、出家などすることもなく自分の実家で暮らすことやあるいは再婚することも選択できたであろうし、当時はまだ辛うじて婿取り婚の時代であるから、平安末期という時代を考えれば、その方が自然である。

しかし、西行が遁世者の典型として理想化されればされるほど、そして時代が下がるにつれて、妻も夫に殉じるのが当然という方向が生まれてきたのではないか。妻と娘が出家すれば、夫の血筋は消える。むしろ血筋を消さなければならない、そうしなければ本当の出家遁世ではないのだと言うのだろうか。さらに、西行の息子として『尊卑分脈』に記載されている隆聖、一遍の息子と推測されている聖戒はともに出家者であった。このことからも、血筋の消滅は決定的である。自分が世を逃れるだけではない、彼の担っていた〈家〉というものも、そしてその〈家〉の存続も無くしてしまうこと、出家遁世の物語の背後にこのような強固な意志が見られる。

西行の人生が物語化されている『西行物語』には様々な諸本があり、その諸本によって内容に多少の異同がある。というよりは、『西行物語』は一つではなく、様々な形の〈西行の物語〉の総称が『西行物語』なのだと言える。その中の一つ、伝阿仏尼筆とされる『西行物語』（静嘉堂所蔵）は、一二二〇年～一二三〇年代の書写と推定されているから、西行の死後あまり時が経過していないものであり、そこから考えれば、『西行物語』の原型もしくはそれに近いものと見ることができるかもしれない。それによれば、物語は西行の往生で終わっていて、その後の妻や娘の往生譚はそこには見られない。しかし、その後に成立したと見られる他の諸本では、西行の往生に続く妻や娘の往生譚が描かれている。

ここから、初期に成立した『西行物語』では、妻と娘のことはあまり描かれなかった可能性があるように思える。それが、時代を経て、妻と娘が現われるようになって、ともに出家・往生する物語へと発展したのではないかと想像できる。このような女たちの出家遁世の物語が生まれてくる背景には、当時流行していた〈語り物〉の影響があるのではなかろうか。あるいは、戦乱の時代になるにつれて、女たちの出家が大きくクローズ・アップされてきたのだろうか。

語り物の世界、たとえば『平家物語』や『曽我物語』では、非業の死を遂げた男たちを弔う女たちが描かれているが、その女たちは尼となって鎮魂に生き、そして、漂泊の旅に生きている。また、『曽我物語』は、尼となった虎御前の往生譚で終わっているのである。

『平家物語』や『曽我物語』は、鎌倉初期から中期の頃はまだ正本としてまとまった時期ではなかったようだが、声による芸能の〈語りもの〉として生成されていくそのリアルな時期であったようだ。琵琶法師による〈平家の語り〉、女性芸能者による〈曽我の語り〉が〈語り〉として発展していく時期にあたる。

ここからうかがわれることは、男の死を悲しみ、菩提を弔うのが残された女たちの役割なのだという思想であろう。そこに女の巫女としての力がまだ生きていたことを見ることが出来るのである。『西行物語』にみられる妻と娘の物語にも、確かにこの語り物の女たちの姿が重なっているように思われる。

しかし、説経『かるかや』は、時代が下って室町期の成立とされているが、鎌倉時代に見られたこのような「男の菩提を弔い、さらに、男に殉じて出家往生する」という、あるいは女の威力の表れかもしれない女の出家往生の物語を切り捨てているのである。『かるかや』は、前代とは全く異なったコンセプトで男の出家往生を描いているように思われる。それは、女を切り捨てることによって成り立つ男の出家往生である。『かるかや』では、重氏の妻と娘は、出家することもなく死ななければならなかった。しかし、妻の死を女人往生と解釈する論もあるのだが、そう素直に受け取れないものがある。

『かるかや』の重氏の妻と娘はなぜ死ななければならなかったのか。彼の息子である石童丸はなぜ父の跡を継いで出家するのか。このことは〈家〉の消滅と絡めて考えるべきことであろう。出家遁世というものがひとりの人間の個人的な問題であることを超えて、その男の担う〈家〉の問題、さらには妻と娘の問題、そして息子の問題であることをこれらの西行や一遍の物語は伝えている。妻と娘を消滅させなければ、彼らの出家遁世は完遂できなかったからか。歴史上の西行や一遍、さらに数多くいた遁世者の抱えていた精神上の問題をこの妻と娘が表わしている。また、彼らの事跡を語り伝えて多くの伝承が生まれていくなかで、時代が要求する妻と娘というもののあり方がこれらの物語に反映することも考えられる。妻と娘が、父や夫に殉じること、父や夫が遁世者として世を捨てれば、妻と娘も彼にしたがって世を捨てるか、あるいは死を選ぶか。

このようなことが事実として聖たちの身内の女に生じたかどうかは判然としないが、説経『かるかや』や、その元になったと言われる『苅萱道心』の物語が、中世の高野山、苅萱堂において高野聖たちによって芸能として語られ、人気を博し、世の中に流布していった経過を考えれば、出家遁世ののち聖として生きた男たちの抱えていた悲劇的なるものが何処にあったかが見えてくる。中世の聴衆たちは、この物語を聴いて、聖たちが捨ててきたもののその苛酷な運命に涙したはずである。聖たちがすべてを捨て、一遍のように「捨て聖」として生きようとすれば、当然「捨てられた者たち」が存在する。聖たちは、捨てられたもの達の悲劇を抱え込まなければならないのだ。

ところで、西行も一遍も正式な僧というよりは、遊行に生きる遁世者であった。『かるかや』の物語は高野聖たちの姿を表わしているといわれているように、この〈家〉を捨て、妻子を捨てる男たちは、旅に生きる男たちといっていいだろう。旅という移動を自分の生きる世界とするためには、自分たちがかつて生きていた世界への帰属を断ち切らねばならない。常に断ち切り続けるというテーマが、旅に生きる人間には必然であるはずだ。この〈帰属〉する世界、それがかれらにとっての妻子たちのいる〈家〉として表われるのであり、さらには女人たちの世界としても表われてくる。彼らは、意識的に、旅の人として生き続け、すべてを捨て続けるのである。その捨て続ける対象として、女人というものが位置付けられてくると思われる。

ところが、彼らが捨て続けるのが、女人が生きる世界だけではないのは無論である。彼らが捨て続ける世界はもっと別の次元としてあるはずなのだが、物語世界ではそれらが象徴的に女人たちの世界として表われている。彼らは、帰属する世界を失った人間として、それを意識し続けることによって遁世を遂行し続けるのだが、それ以上に何か決定的な欠落を自らの中に持ち続ける人間である。

ところで、西行を考える場合、注意しておかねばならないのは、史実と伝承との相違である。西行はその没後、歌聖としての尊敬が盛り上がった結果、さまざまの伝承が生まれて、その中でその妻と娘の物語も付随して生まれたという事情がある。彼の係累として史実の上で明確なのは、『尊卑分脈』に掲載される父佐藤康清、母監物源清経の女、一子として僧都隆聖（一説弟）だけである。彼の娘に関する史実はない。西行に娘がいたかどうかははっきり言って不明である。

西行こと佐藤義清が四歳になる娘を蹴飛ばして出家遁世したということや、妻や娘が高野の天野に来て尼として暮らしたという物語は、西行没後の伝説化の過程で生じたものであり、逆に言えば、西行が、漂泊の聖として伝説の人間へと転化していく際に、その係累の女たちの物語が生れていったと言える。さらに、その伝説のなかには、彼の息子である隆聖は現われない、というところが、説経『かるかや』との大いなる相違なのである。『かるかや』における石童丸のような物語は、西行の伝承や物語には見られない。西行の伝説の物語は、女たちの物語なのである。

西行が生きたのは平安時代の末期、そして亡くなったのはその最末期である建久元年（一一九〇年）であり、中世の曙光が見える頃と言えるだろうか。彼の没後、彼を尊敬する周囲の人々によって『西行物語絵巻』が作られ、さらにそれが小説化されて『西行物語』や『西行一生涯草紙』などが出来上がっていったのだが、それは鎌倉時代のことと推察される。鎌倉中期に生きた後深草院二条は、九歳の時、西行の「修行の記といふ絵を見」たと『とはずがたり』に記しているが、彼女が九歳の時といえば文永三年（一二六六年）である。その頃には、西行にまつわる絵巻、物語が数々生まれていたのだろうと思われる。その頃に西行の妻や娘たちの物語がすでにあったとすると、〈父〉の出家遁世に関わり、父と同じ道を歩み、さらに父を継承しようと志す主人公としては、息子よりも娘の方がふさわしいという社会通念、あるいは物語の読み手たちの要望があったと見るべきだろう。つまり、父の心を継承し、さらに往生をともにするのは娘だという意識である。さらには、父の菩提を弔うのは女である、という意識である。

しかし、時代が下って『かるかや』に至れば、父の後を継いでおなじく出家を遂げるのは息子の石童丸ということになる。さらに『かるかや』では、妻や娘は出家をすることなく、さらに死ななければならなかった。父とともに出家を果たして無事に大往生する、という、ある意味では幸せな結末は、説経の時代に入れば無くなっていたのである。これを、いささか極端であるが、妻や母や、そして女系の継承者である娘を殺してしまう物語として把握できるのである。娘である千代鶴姫はこの『かるかや』では、前述のように〈嫡子〉と称されている。それは、男子である石童丸が誕生しても変わることなく、また、石童丸がすでに十三歳になっている時点においても千代鶴姫が〈嫡子〉と呼ばれているのは変わらない。この物語においては、千代鶴姫こそが〈家〉の継承者として立ち現われている。その千代鶴姫が死んでしまうことこそが〈家〉の消滅を意味しているように思われる。さらに、石童丸の母である北の方が死ななければならなかったという事態に、〈母なるもの〉の死を見なければならないと思う。男たちの出家遁世は〈母なるもの〉を殺してしまわなければならなかった。これは、『かるかや』に於いて、高野山が女人禁制の由来として語られる弘法大師の母の死の問題と関わることに違いない。女人禁制は、そして男たちの遁世・修行なるものは、〈母なるもの〉を殺し続けることで成し遂げられるものではなかったか。

2　母殺しの物語

母殺し

重氏は、ある日桜の散るのを見て、翻然として出家を決意する。この経緯は、決して意味のないことではないように思われる。桜の枝の末端が、少しふくらみ淡いピンク色を帯びつつそれがやがて蕾となってさらに膨らみ、ある日蕾がはじけて〈咲く〉という現象が起こる。それと同じように、重氏の心のなかで蓄積しつつ膨らんでいくものがあったのだ。そして、ある日、それが弾けた。彼の心のなかの欠落部分が大きく動き始めたのである。

遁世を決意した重氏は、筑紫から京の都をめざした。そこで、自分を出家させてくれるところを探し探した結果、黒谷に住む法然のもとに辿り着いた。重氏は、法然のところで十三年の歳月を出家者として過ごすことになる。これは念仏の修行者としての日々であったと思われる。その後、彼は黒谷の法然のもとを辞して高野山へと向かう。これは、彼が夢を見たからであった。彼の子とおぼしき子供がやってきて、自分たちの世界へ帰れと懇願する夢である。思うに、出家遁世を遂げて修行の身とはなっても彼の心の中には置いてきた妻子のことが頭の中にはあったであろうし、また、妻の胎のなかに宿っていた子供のことも頭のどこかにあったであろう。その子供が生まれていれば、もうそろそろ十三歳というのが彼の脳裏にあるからこその夢であるに違いない。十三歳、というのは、説経やお伽草子などの主人公の年齢としてはもっとも多いものである。中世の社会では、十五、六歳をもって一人前の大人として見做す、という社会通念があったことが解明されているが、十三歳とは、その大人になろうとし始める年齢と捉えられる。子供から大人への過度期であるからこそ、その子は動き始める。大人になるためには、親が、それも父親が必要だからだ。社会制度として必要であったから、ということも無論あっただろうが、子にとって父を自分で確認することが精神的に大人になるためには必要だからと思われる。それが、自己というものの確認に繋がるのである。他の物語においても、例えば『さんせう太夫』の「づし王」も父を尋ねる旅に出たのは十二歳であり、また『しんとく丸』の「しんとく」の乞食としての漂泊も、元服直前のことだった。

ところで、重氏は妻の胎の子が男子か女子かは知らないのである。彼は自分の見た夢の内容を、師の法然に次のように語る。

母の胎内に七月半にまかりなる、緑児を見捨てて上りたが、胎内の水子か生れ、成人つかまつり、母もろともにこの寺に尋ねて上り、衣のすそにすがりつき、落ちよ道心、落ちさせたまへ重氏と、名乗りかくると夢を見た、夢心にも心乱れて悲しやな。

彼が出奔したときは、妻の北の方の胎内には七月半になる子供がいたのだが、彼はその後のこと知らないものの、自分を尋ねてくるのは、十六歳になっているはずの嫡子千代鶴姫ではなく、その後生れた子の方が母とともに自分に会いにくると、直感していたことになる。その子が男子か女子かは知らないままであるもののの、どこかで、もしも男子だったならば、という思いがあったのかもしれない。そうすれば、男子ならばもしや会いにくるかもしれない、という危惧が生れるということになる。では、千代鶴姫が尋ねてくるのでは、と何故思わなかったのだろうか、ということが不審である。西行の〈伝説・伝承〉と比べると、この『かるかや』の物語では女子は切り捨てられていることが分かる。西行が伝説化した鎌倉時代の社会通念と、説経が生れ、語られた時代との差がこのように出ているのである。

しかし、この物語はそれほど理路整然としているわけではなく、彼は妻子が自分を尋ねてくるという事態を避けるために、「とかく女人の上らぬ高野に上らん」と法然に告げる。女人禁制のある高野ならば、妻子が尋ねてきても大丈夫だから、という論理なのだが、これを見れば、尋ねてくる子が女子であると考えていた節もある。それとも、妻が尋ねてくるのを避けるためと考えるべきだろうか。

『かるかや』の物語では、女人禁制が非常に大きなテーマとなっている。女人禁制の世界に入ることが唯一妻と娘の呪縛から解き放たれる手段だと言わんばかりである。実際には、尋ねてくるのは男子である石童丸であったから、彼は息子との再会を、石童丸には最後まで自分が父であることは隠していたけれども、果たしたのである。父と息子のみが高野山という聖域で親子としての関係を維持し、妻と娘はその世界から排除され、さらには排除されるどころか殺されてしまうことになるのである。実際には、病によって急死する、という設定であるけれども、これは父や夫、弟を案じるという心痛によって起こった死と見做される。これは、男系の男たちの犠牲となったのだと言えよう。

この説経『かるかや』の物語は、説経成立以前に、高野山の苅萱堂で語られたという唱導が原型としてあったと言われている。それが、室町時代以降さまざまなジャンルに展開していった。その一つが説経『かるかや』であり、また、のちには浄瑠璃や歌舞伎などにも取り上げられるという、中世において最大級の人気を誇った物語であった。この物語を聴いたり読んだりした人々は、これを女が殺され、犠牲になる物語とは思わなかっただろう。むしろ、妻や母や娘を犠牲にしなければならない男たちの悲劇性に涙したと思われる。最愛のものたちを振り捨ててまで、出家遁世という世捨てに生きる男たちの〈生〉に対して感銘を受けたはずである。妻や娘という女たちは、世俗世界における究極の宝物であった。だからこそ、それを捨てることに、あるいは切り捨てることに価値が置かれたのである。では、彼らのめざす遁世者の修行の世界には、それだけの価値があったのだろうか。少なくとも、この語りを聴き、そして物語を読んで涙した人々は、俗を離れた聖なる修行者の世界に、それだけの価値を認め、評価していたことになる。父の道心が最愛の宝物である妻と娘を切り捨てたことに対して、それが辛いことであることが分かるだけに余計にこの物語に感動したのであろう。この物語が人々に受け入れられるには、聖や出家者の世界を聖なるものとして絶対的なものと見做す、当時の人々のまなざしがなければならない。最愛のものを振り捨てるには、それだけの価値ある世界がなければいけないのであり、だからこそ女たちの死は悲しいけれども納得のできるものとされたのかもしれない。

現代の女性歌人である河野裕子氏に次のような短歌がある。

私らは妻子であるゆゑ従いてゆくひかりとのぞみに分乗をして

（『季の栞』　雁書館）

これは、妻が夫を恋する歌である。しかし、歌の主人公は、私はあなたに従いてゆくとは歌わない。子もろともに従いてゆく、というのだ。このように歌うことによって、夫であり父でもある男に対する大いなる恋を表明している。確かに、これは〈恋〉だとしか言いようがないのだ。それも〈妻〉ではなく〈妻子〉とすることで、男女の恋を超えた家族としての恋をも表現している。これを〈愛〉ではなく〈恋〉だとするのは、恋しさというものが人を能動的にさせ、人を追っ掛けさせるものだと思うからである。歌の主人公が夫に従いてゆくのは、恋しさに駆られたからである。また、恋しさとは執着する心でもある。妻であるからこそ、そして子だからこそ、夫や父に執着する。これは自分たちの家族共同体に対する執着でもあるのだ。

一方、妻であるゆえに、あるいは妻子であるがゆえに、なぜ夫に従わなければならないか、それでは従属の関係であって、妻と夫の対等の関係ではないではないか、という見方も当然ありうる。私の個人的感覚では、妻であるからこそ従いて行くのだ、といういささか性役割を固守したような感情は振り捨てたいところではあるが、しかし、夫であり、父である一人の男を堂々と〈恋するのだ〉と表明して、意気揚揚と（乗る列車が「ひかり」と「のぞみ」なのだから、気分は実に明るくて堂々としている）歌い上げているこの歌からは、古代の巫女のように家族という共同体を守ろうとする気合いが感じ取れるのである。

女人禁制と遁世

『かるかや』の物語に涙した聴衆たちは、重氏を連れ戻そうとしてはるばるやってきた〈妻子〉たちのその〈切り捨てられた〉悲劇に涙しただけではなく、〈妻子〉たちの夫恋しさ、父恋しさの情に涙したろうと思われるのだ。自分たちの家族としての共同体を回復させようと願う〈妻子〉たちは、夫や父を自分たちの世界へ取り戻そうとする。それも、ひたすらの恋しさが原因である。それを引き裂くものとして厳然として立ち現われるものが、聖の世界であり、女人禁制という掟であった。悲劇が成り立つためには、掟が必要である。さらに、この掟というものは、絶対的なものでなければならなかった。

ところで、江戸時代から昭和に至るまで、芝居、映画の世界では「母もの」と称されるジャンルがずっと続いて愛好されていた。それは、義理に縛られて母と子が泣く泣く別れたり、めぐりあっても名乗りができない、という悲劇の物語である。そこでは母と子の間を隔てているものは、身分階級の問題であった。母が卑賤の出身であるとか貧しいからという理由で、泣く泣く子別れをする物語であったり、母が高い身分になってしまって、いろいろな義理が絡んで子と名乗りができない、などの物語の背景には、人々の身分や階級というものに対する、ある屈折した心情が垣間見られる。身分や階級とは、一般庶民にとってはどうしようもない掟であり、言わば、人知を超えるものとして受けとめざるを得なかったと把握できる。だからこそ、それに引き裂かれる親子は悲劇性を帯びるのである。

では、高野の女人禁制の世界に入ってしまった聖とは、俗人の手の届かない絶対的な世界の人なのだ、という認知のまなざしが人々にあったはずだ。そのまなざしの中でこそ、引き裂かれる親子、女人殺しの問題が〈悲劇〉として浮かび上がる。

出家遁世を讃美する資料として有名なものに、次に引用する藤原頼長の日記『台記』の一節がある。これは、西行の出家後の動向を示すものとして有名である。

> 西行法師来云。依行一品経、両院以下貴所皆下給也、不嫌料紙美悪、只可用自筆、余不軽承諾、又問年、答曰二十五、 去々年出家二十三 仰西行本右兵衛尉義清也 左衛門大夫康清子 以重代勇士、仕法皇、自俗時入心仏道 家富年若 心無欲、遂以遁世、人嘆美之也。

この記事は保延八年三月十五日の条、頼長は当時二十三歳の若き内大臣だった。その頼長のもとに西行が勧進聖として鞍馬寺再興のための一品経勧進に訪れたのだった。この時西行は二十五歳。自分と同年代の西行が若くして出家したことに対して関心が高かったのか、西行の当時の事情をいささか饒舌に書き記している。若いときから仏道に対して心を寄せていたこと、重代の勇士の家柄にして年若く家は富み豊かであり、何の憂いもないこと。にもかかわらず出家遁世に及んだことを「人嘆美之也」と書き記した。この「嘆美」の思いは頼長の思いであったかもしれないが、前途有望の青年西行の若き出家を褒めたたえる風潮が当時あったことを示しているだろう。その潔さを褒めたたえているのかもしれないし、さらには、出家に、そして脱俗の精神に、高い評価があったのだと考えられる。

　そして、西行が出家遁世の際、蹴飛ばしてでも振り捨てなければならなかったのが娘であった。それは、女たちが世俗の世界では、宝物だったからであろうか。さらに、『かるかや』では家を継承するものが〈嫡子、千代鶴姫〉とされているのが問題だと思われる。この説経が流布した時代、家の継承は長男が継ぐ方向へと進んではいるが、まだ女子の継承も有り得ることであり、その慣習は同じ説経の『まつら長者』のさよ姫の物語や、お伽草子『鉢かづき』の物語として表われている。この『かるかや』でも、家の継承者は千代鶴姫としてあえて設定されている、それも意識的にされていると思われる。ここは、家の継承者は石童丸ではなくて千代鶴姫でなくてはならなかったのだ。なぜなら、千代鶴姫の死をもって、〈家〉というものの消滅が、それも古来からの女系の要素を多く湛えた〈家〉というものの消滅が表現されているのだ。また、千代鶴姫は、高野までは来ないで一人で故郷の〈家〉に残って〈家〉を守っていた。彼女こそが〈家〉の魂をその身に湛えた女神であり、〈家〉におけるヒメの威力をもった存在と言える。そして、母の北の方は、母神として把握できる。〈家〉の継承者を見守り、保護し、〈家〉の始祖神として君臨するはずの母神の姿は、中世における物語の要であった。たとえば説経『しんとく丸』の母は、亡くなっても息子しんとく丸を守り、〈家〉を再興させた大いなる〈母なるもの〉であったし、お伽草子『鉢かづき』の母も、娘を守護し、娘がはれて自分の〈家〉を起こすことに助力した神のごとき存在だった。ところで、この『かるかや』では、この母北の方はそのような威力を放っていない。彼女のもつ〈母なるもの〉は、彼女の髪が否定されていると同様に否定されているように思われる。北の方の死は、この、〈家〉の中枢に位置するはずの〈母なるもの〉の否定であり、母神というものの否定である。これは、観念上の〈母殺し〉として把握したいところである。〈母殺し〉を経なければ、彼らは〈家〉を捨てて出家遁世を遂行できなかったのであり、さらに修行を遂行することもできなかったのである。

『かるかや』の物語で、高野の麓の学文路まで訪ねてきた北の方に対して、宿の主人が女人禁制の由来の物語——弘法大師とその母の物語——を語る場面がある。その弘法大師とその母の物語こそが、まさにこの〈母殺し〉を語るものである。

筑紫を出てはるばると高野の麓にある学文路の宿までやってきた御台（北の方）は玉屋の与次殿に泊まる。そこで「いかにや石童丸。明日になるならば、高野の山に上り、恋しき父御に尋ね会はせう」と告げるが、それを聞いた宿の主人の与次が高野山の女人禁制を話してとどめようとするが、御台はそれでもなお「いざ来い、上らん石童丸」と言う。この意志強固な御台に対して、宿の主人が長々と語って聞かせるのが、「高野の巻」と呼ばれる、有名な女人禁制の由来の物語であった。もともとこの物語は、説経の『かるかや』とは別に独立して語られていたものらしいが、これが『かるかや』の物語に組み込まれたものと推定されている。組み込まれたことによって、弘法大師の母とこの御台とは二重写しになる。そして、この二人の女は、高野山に上ろうとしても上れず、ともに死んでしまう、という結末が見られるのである。

「高野の巻」で語られる〈母殺し〉の物語とは、次のようなものである。

高野にいる大師のもとへ八十三歳になる老母あこう御前が会いにやってくる。大師は母に対して、高野は女人禁制であるがゆえに入山はいけないと止めるが、母は聞こうとしない。その結果、母は亡くなることになるがその様子は次のように描かれている。

大師その時、「不孝にて申すではなし」。七条の袈裟を脱ぎ下ろし、岩の上に敷きたまひて、「これをお越しあれ」となり。母御は我が子の袈裟なれば、なんの仔細のあるべきとて、むんずとお越しあれば、四十一にてとどまりし月の障りが、八十三と申すに、芥子粒と落つれば、袈裟は火炎となつて天へ上がる。

大師は着ていた袈裟を岩の上に敷き、それを母に越えさせる。何の疑いもなく大師を信じて袈裟をまたいだ母御前は、燃え上がった袈裟とともに昇天した。この後、母の弔いをした大師の力によって、母御前は煩悩の人界を離れて弥勒菩薩となった、という。

それにしてもこの母御前の昇天の風景には恐ろしいものがある。大師の袈裟にほんの僅かに付いた媼の月経の血が、そんなものはあるはずがないものの、袈裟を燃え上がらせる。八十三歳の老媼とは言え、彼女が女であることをこの袈裟は見逃さない。ほんの芥子粒ほどの経血が証となって、老媼のなかの女の要素が袈裟を燃え上がらせたのである。また、この話は、単に〈母殺し〉という要素以上のものがあったと思われる。というのも、この母は普通の意味での母親ではない。

このあこう御前は、もとは唐の国の「みかどの御娘」とされている。それがある国の「みかど」と婚礼を挙げたが、「三国一の悪女」ということで、また父の所へ送り戻された。父はこの娘を見限ったのか「空舟」に乗せて海へと流し、それが日本へと辿り着いた。その後、このあこう御前は日の光に感応して空海を出産したというのである。このようなあこう御前の物語からは、彼女が普通の母親ではないことが分かる。あこう御前とはなんと強力な女そのものではないか、とさえ思われる。彼女がなぜ悪女とされたのかはっきりとはしないが、どうやら夫にも父にも見限られてしまった、そういう女であったらしい。男の制度そのものに適合しない、強力なパワーを発する女であったらしい。さらに、彼女は、父の「みかど」にも、夫の「みかど」にも依拠しない女だと言えよう。また、彼女は現実の男との関係によらず、神との感応によって空海という〈神の子〉を生む。このことは、あこう御前が、父や夫という男系に対峙する女の威力をもつ存在だったことを示しているように思われる。その威力ある女が男系の世界から追放されるのは、その威力が原因であろう。男系社会では、氏族血縁共同体の中枢にして、一族の魂をもつ、女神であり、巫女でもある女の存在は、すでに排除されるべきものだったのである。あこう御前は、母神として捉えられると同時に、男系社会成立以前に力を放った母系・女系社会における聖なる女、大いなる女であったように思われる。

この大いなる女を排除しなければ成り立たないものが男系社会であったのだ。

この大師の母の物語は、女人の結界破りの例として取り上げられることが多い。霊山という聖域を守るために結界が置かれた。その結界を越えてはならないものが女人であった。

阿部泰郎氏は女人の結界破りの例として、次のような伝承を大師の母以外にも、紹介・分析されている（「性の越境―中世の宗教／芸能／物語における越境する性」、「女人禁制と推参――トラン尼伝承と結界侵犯の物語をめぐって」）。

・『本朝神仙伝』の都藍尼

己れの修行の力を頼み、強行に金峯山に上ろうとするが、天変あってかなわず。今も岩にその爪痕が残る。

・『熊野三所権現金峯山金剛蔵王垂跡縁起並大峯修行伝記』

役の行者の後継者である義源の姉の動乱尼が縁起を奪い取って無理に昇ろうとしたが、山が崩れかかって亡くなった。

この「動乱尼」「都藍尼」の伝承も女人禁制発生の始源を物語るものであろう。「動乱」「都藍」というのは本来は「トラ」から来ている名だという。この「トラ」というのは、本来は威力ある巫女を代表する名であった。この伝承からは、本来は〈聖なるもの〉の継承者である女が追い払われようとする際の、抵抗と反逆が想像される。この〈トラ〉という〈聖なるもの〉を追い払わなければ、男性が支配し、統御する密教世界は聖地として成立しなかったのである。

大いなる山には山の神が鎮座するという古来からの信仰によって、山の頂上は聖域とされてきた。そして、巫女たちが――巫女というのは、女である山の神の代理者として捉えられる――山麓で、山を仰ぎつつ祈りを捧げたのである。「トラ」というのは、その巫女たちのことである。

この、聖域であるはずの山の頂上に上り、そこを修行の場、さらには神と交感する場としたのは、男たちである。さらには、修験道が山岳仏教、密教と結びつき、聖なる山は男たちの支配する聖域とされた。

男たちの支配する仏教という〈知〉の世界から排除されたのが巫女たちであった。女人排除を遂行し続けることによって山中の聖性を構築し、それを維持し続けるシステムとして女人禁制が生まれた。聖性を構築するためには、反対概念としての穢れが必要である。その穢れとして作り上げられたものが、女人の性、セクシュアリティであり、さらには血であり、髪である。それを排除し続けることで、観念としての聖性が維持されるのである。ちなみに、北の方の死後、彼女の骨は高野山に納骨され、髪は石童丸によって故郷の家へともたらされる。骨は、火葬によって浄化されたものと見做されたことによって高野山へと納骨されるが、髪は、女のセクシュアリティそのものであったがゆえに排除されたのである。


大師の母が、あるはずのない月経の血によって、なぜ昇天しなければならなかったか、さらに『かるかや』の北の方の髪がなぜ否定されるのか、そして彼女がなぜ死ななければならなかったのかが、見えてくるのである。男たちが作り上げる世界を維持するために犠牲になった女たちがいる。その女たちは、その威力のゆえに男たちの世界に対する破壊力をもつ女たちであった。

大師の母は、仏教の力によって弥勒菩薩に生まれ変わったとされ、さらに『かるかや』の北の方は道心の手で髪を剃り落とされて、死後、出家を果たした。これを女人往生とする解釈もある。しかし、この女人往生の意味は、威力ある、原始の女の力が、仏教という新興勢力によって制御されたことを表わしていると解釈できるのである。男たちには制御できない女の威力を、仏教の力によって制御できうるものへと転換したのである。

わたしはこれを〈母殺し〉の物語として捉えたが、〈母〉という概念こそが、古来からの女神であり巫女の威力を表わしていると思われるからである。この〈母〉とは、個別の母を表わしているのではなく、また母性愛というものとも違う。古来の母系氏族血縁共同体において脈々と伝えられてきた魂であると思う。共同体の中枢として一族を活性化し、守護し、神の声を聞くことができる威力である。

この母の力なくしては男たちは生きてはいけない。母の力をなくした石童丸は、はたしてこの世に生きていけたであろうか。石童丸が出家をするのは、この母の力を無くしたためであるに違いないように思われる。しかし、母は死んでも母神として子を護るという考えが一方ではあり、説経『しんとく丸』では、さすらうしんとく丸を守ったのは亡き母であった。しかし、そのような力はこの『かるかや』では失われている。この『かるかや』においては、北の方は夫の手に依って、死後ではあるが、出家を果たしている。女人往生という仏教による統御によって、彼女の母神としての威力は消されたとしか言いようがないのである。

また、これは後述するところであるが、北の方は石童丸とともに筑紫の〈家〉を出たときには、すでに〈家〉の女神としての位置を姫である千代鶴姫に譲渡していたのではないか、とも考えられる。彼女が学文路で急死してしまうのは、すでに女神としての、母神としての力を失っていたゆえではないかと思えてならない。彼女は、夫によって女人往生させられるために高野へと導かれたのだろうか。しかし、それは、死ぬことに他ならないのである。

この母神の威力を継承するのが故郷の筑紫の〈家〉に残っている千代鶴姫である。次はこの姫を殺してしまわなければならない。この姫を抹殺しなければ、男たちの〈家〉からの呪縛、女の威力による呪縛は解けないのである。

3　姉殺しの物語

姉殺し

十三歳になった石童丸が、父に会いたいと願うのは、ひたすらなる父恋いである。どうしても父に会いたい、という彼の心だけがあって、母がそれに従う、という形になっている。ただ、会おうとするだけであって、父に自分たちの世界へ戻ってもらおうと迄は言っていない。しかし、彼のこの父恋いの思いが、これは父から息子へとつながる男系意識として捉えられるのだが、結果的に女二人の死を引き起こすことになる発火点であった。

石童丸と母の北の方が、父の重氏に会うために旅に発つ。二人がこっそり屋形を抜け出した後、それと気付いた千代鶴姫がそのあとを追う。二人がなぜ姉娘とともに出掛けなかったかの理由は、物語のなかではあまり明確ではないが、それなりの理由は語られている。しかし、本当の理由、本質は語られていないと思う。

二人に追い付いた千代鶴姫は母に次のように訴える。

「父には捨てられ申すとも、母には捨てられ申すまい」

「石童丸ばかり父の子で、さてかう申す自らは、父の子にてはござないか」

私も、石童丸同様の〈父の子〉ではないか、母はなぜ私を置いていくのか、それは私を捨てることではないのか、というのが、千代鶴姫の言い分である。父や母、そして子供という血縁が連帯して成り立っている家族という共同体の、私もその一員ではないか、というのが千代鶴姫の心情であろう。

それに対して母は、「弟なれども石童は、男子のことなれば、路次の伽とはならずして、路次の障りとなるぞかし」と告げる。その理由は、千代鶴姫が美しい姫であるがゆえに人買いにさらわれるかもしれない、その危険を避けるために置いていく。しかし、石童丸は男子であるがゆえにその危険がないから連れてゆく、というのが母の言い分であるが、これは何か言い訳がましい気がしないでもない。この時代の人買い市場は老若男女を問わなかったようであるから、母の北の方や石童丸も人買いにさらわれる危険性だってある。千代鶴姫だけ家に置いておくには、それなりの理由があったはずだが、語られない。

しかし、千代鶴姫は一応納得したのか、屋形に残ることを承諾し、自ら裁ち縫いしたという絹の衣を母に託して、彼女は屋形へ戻った。これが母・弟との永遠の別れであった。

千代鶴姫が母に訴える言葉にあるように、父にとっての子とは何であるか、子にとって父とは何かがここでは問われていると思える。千代鶴姫も石童丸も父に〈捨てられた子〉であるという意識がある。その上で、父を訪ねる、父というものと会って確認するのだ、という言わば父恋いが見られるのである。彼らの〈家〉は、父の重氏が出家遁世して居なくなっても、この母子を中心に一門の力によって安泰していたことがうかがえる。継承者もすでにあり、父がいなくとも、彼ら一族の存続は保障されているのだ。とすれば、彼らの父恋いは、〈家〉の安泰のため、というのではなく、父というものの精神をだれが継承するのかという問題であったと思える。その父が出家遁世者であったならば、その精神を継承するのだ、という意志であろうか。父が遁世者ならばその精神性を子が受け継ぐのだ、という倫理として理解できる。

ところが、千代鶴姫だけがこの父恋いから排除されたのである。娘が父を訪ねてともに出家するという、鎌倉時代に見られたような物語はここにはない。ここでは、父から息子へという父系の論理が際立っているように思われる。

さらに、千代鶴姫は「母にも捨てられるのか」と訴える。母が娘を残して息子とともに父を尋ねていくという事態が起こっているのだ。これは、やはり、母が娘を捨てたのだ、という見方も出来るかもしれない。母と娘という、女から女へと繋がっていく理念ではなく、この母は、息子と夫との関係をとりあえずは取ったのだ、と言わざるをえない。この物語では、この北の方は、父と母と息子の三人による運命共同体としての家族を選び取ったのだと考えられるのである。たとえ、重氏が家を出奔し、聖として家を捨てた人間であっても、この重氏を〈父〉と見做して、親子三人の連帯意識を維持しようとする志であろうか。これは男系の家族連帯意識と考えれば、確かに千代鶴姫は女系の継承者であるがゆえに排除されたのだということになる。ちょうど説経『さんせう太夫』の物語で、安寿が亡くなることで父と母と男子継承者であるづし王の三人家族が出来上がったように。しかし、『さんせう太夫』の物語とは違って、前述のように、この母は死ななければならなかった。父と母と息子の理想的な家族としてのあり方は、実現しなかったのである。代わりに父と息子だけの男系の運命共同体が成立した。

母が家に娘を残して出奔するという事態については、もう一つの解釈が可能である。この母は母神として家の魂を担う存在であり、さらに家という共同体の成員に対して威力を放つことが出来る女神であったと思われる。古代的に言えば、氏族血縁集団におけるヒメの威力を持つ人間である。それが家を捨てて出奔するということは、ヒメとしての魂をなくしてさすらいの旅に出ることであろう。その時、残された娘にヒメとしての威力は譲渡されたのだと言えるかもしれない。千代鶴姫が残っているかぎり、彼らの家は存続するのである。〈嫡子〉として物語のなかに存続し続ける千代鶴姫は、ヒメであるがゆえに、あるいはヒメであり続けなければならないために、流離《さすら》ってはいけなかったのかもしれない。

北の方は、息子の石童丸とともに筑紫から京の黒谷をめざして漂泊の旅に出る。そこからさらに高野山へと彼らの漂泊は続く。これは、すでに〈家〉というものの共同体から離脱した逸脱者のさすらいであったと言えるのではないか。

母北の方は、男子である石童丸の意志に追随して、夫に会いにいこうとする。このことは男系の夫と息子に殉じる行為であろう。さらには、夫の出家と往生への意志に殉じることでもある。彼女は、女神としての威力をなくして、女人往生を遂げるために、というよりは、女人往生という形で殺されるために〈家〉を捨てた。始めに、黒谷の法然の元へ、そして、高野山へと赴くが、そこは念仏を唱える男たちの築いた仏の世界である。〈家〉を捨てた北の方の姿は、ヒメとしての威力をなくした漂泊者である。北の方は、ヒメの威力をなくした漂泊者としての〈さすらい〉の運命にあったのである。夫や息子という男系の男たちの運命に殉じようとするその志が、そのようなさすらいを生み出したことになるのである。

唯一人〈家〉の継承者として残ったのが千代鶴姫であった。彼女の死はその〈家〉の消滅を如実に表している。これは女系の〈家〉の消滅を表すだけではなく、石童丸という男子の出家の契機となった意味において、男系の〈家〉の消滅さえも意味しているのである。

姉娘が亡くなり、弟が生き延びる、というこの物語は、同じ説経の『さんせう太夫』を思わせるものがある。別稿ですでに書いたことであるが、姉の安寿がさんせう太夫の元から逃げ出さないでなぜ残ったか、という理由として、物語では「私は女であるから家を継承しない、しかし、づし王は男であり家の系図を持っているから、逃げて世に出よ」と安寿に語らせている。女である私は逃げても意味がないというのだ。安寿は、弟に守り本尊の地蔵を渡す。づし王はその守り本尊を身につけて、無事逃げ延びることができた。『さんせう太夫』の物語は、このづし王と父と母との再会、そして彼らが無事お家再興を果したことをもって、めでたく結末とする。安寿は本来は、嫡子として家を継承する娘であったのかもしれないのだ。ちょうど、千代鶴姫がそうであるように。しかし、彼女が地蔵菩薩の守りを弟に譲り渡したことによって、弟が家を継承する男となり、そして安寿はこの弟を護る巫女としての位置に据えられたのである。安寿が本来は〈家〉の女神であることは、物語の結末において、安寿が地蔵堂に祭祀されたことによって示されているように思う。〈家〉を男子であるづし王が継承し、それを姉が守護するという形になっている。もっとも、この安寿は、男子が〈家〉を継承するという理念のために、物語世界から消されたのだ、と言えるのである。安寿の死は、女系の継承から、男系の継承へと移っていったことを象徴的に現わしているのだと思われる。

しかし、同じ説経ではあるが、『かるかや』と『さんせう太夫』にはなんと大きな違いがあることだろうか。『さんせう太夫』は崩壊した家のあらたなる再生・再興を物語るドラマであるが、それに対して、『かるかや』は、その家を消滅させるドラマである。しかし、共通するものは、男たちのために犠牲となって女が死ななければならないことである。

安寿は、のちに地蔵堂に神として祭られた。それに対して、『かるかや』の母北の方と娘千代鶴姫はどうなっているだろうか。二人のその後、つまり死とその弔いに関してはいささか疑問が残るのである。

結び――男たちの悲劇

母北の方が亡くなった後、その夫である道心と石童丸によって北の方の遺体は荼毘に付された。

> 煙しむれば、つつかん死骨を拾い取り、「なうなう、いかに幼いよ。この剃り髪を御持ちあつて、国に姉御のあるならば、急ぎ下らい幼いよ。この骨はこの山の骨身堂にこむるぞ」と、そこにても名乗らずし、突き放す道心の、心の内こそ哀れなり。

これによると、北の方の遺骨は道心によって高野山の骨身堂に納められる、とのことである。剃り髪の方は火葬にする前に、道心の手によって剃り落とされている。その、遺髪の方は、石童丸によって国元へと運ばれるのである。

遺髪を携えて国に帰った石童丸が、次に出会うのは、姉千代鶴姫の死であった。筑紫の家に辿り着いてみると、屋形の中から「千部の経の音」がしていた。石童丸は、母の死が早くも国に伝わり、屋形で母の弔いをしているのか、と思ったとあるのだが、事実は、姉の千代鶴姫の弔いであった。帰ってきた石童丸に乳母達が縋り付き、「これが姉御の死骨・剃り髪よ」と遺骨・遺髪が石童丸に渡された。そこで今度は、その姉の遺骨・遺髪とともに再び高野山をめざすのである。

石童丸の心情は次のようなものである。

かひなき命長らへて、せんなきこととおぼしめし、共に果てんとおぼしめすが、待てしばしわが心、我が身も死するものならば、あとの菩提を弔ふ人もあるまじや。もはや頼む島もないほどに、国をば御一門に預け置き、姉御の死骨・剃り髪首に掛け、高野を指いてぞ御上りある。

石童丸は、父はすでに亡くなっていると思い込んでいる。石童丸としては、父がすでに亡く、さらには母が亡くなり、そして次は姉の死である。彼は、自分の命も「かひなき命」と捉えた。そのことで、彼も死を決意するのだが、「待てしばしわが心」と思いなおし、母や姉、さらには父の菩提を弔うのが自分の役目ではないか、と思うに至る。家族すべてを亡くした十三歳の少年にとっては、ぎりぎりの決意であろうか。

十三歳の石童丸はまだ元服前である。彼が元服して、男子として家を継承するという方向はありえなかったのだろうか。これは想像なのだが、彼が一人前の男子として家を継承するには、母と姉の力が必要だったのではないか。〈家〉というものの中枢に、〈家〉の魂というべき古来からの女の力がなければ、〈家〉が成り立たなかったのではないかと思われる。母は母神として〈家〉の中枢に鎮座するものであったはずである。そして、姉は、この物語で一貫して〈嫡子〉として現われているように、〈家〉の本来の継承者であったかもしれない。それは母から娘へと継承される〈家〉における女系の威力であったはずだ。父がすでに亡くなっており（実際は生きているのだが、出家の身では死者と同じであろう）、〈家〉の守護神である母もいない状況では、元服前の少年が一人前の男として家を継承する力は失われていると考えられる。

同じく説経の『さんせう太夫』では、どうだったろうか。母と父の正氏、そしてづし王丸が最後に彼らの〈家〉を再興したのが結末だった。その時、再興を果たしたのは、父の正氏であって、づし王丸ではない。づし王丸はまだ元服前であったから、彼は、父の継承者として位置付けられるだけである（森鷗外の『山椒太夫』では、その点を合理的に改変して、づし王丸を父や母に再会させる前に元服させてしまっている）。づし王丸は、母神としての母、そして、彼のために死んだ姉の安寿の〈血縁の男を守る女の力〉によって、〈家〉の継承者たりえたのである。

それに対して、石童丸を守るべき女の力が、この『かるかや』では失われていることに気付くのである。母神としての力を失って、〈女人往生〉の形で死ななければならなかった母。その母に追随する形で、〈家〉の女神であったはずの姉の千代鶴姫も死ななければならなかった。この姉は、菩提を弔う対象ではあっても、弟を守護する力は失われていると思われる。彼を守る血縁の女の力が失われた以上、石童丸には出家遁世の道しかないのは当然かもしれない。

姉の遺骨と遺髪を携えて、再び高野山へとおもむいた石童丸は、父の道心の手によって出家を果たし、名を道念と改める。

ところで、最後にどうしても気になるのは、母の遺髪と、姉の遺骨・遺髪の行方である。母の遺骨が高野山の骨身堂に納骨されたらしいのは、ちゃんと記されている。しかし、それ以外のものがどうなったのかが何も記されていない。父とは知らず父と再会した石童丸は、それと知らずに父との睦ましい修行生活に入った。父の方は、親子の恩愛に心が乱れることを案じて、後には別々の暮らしに入るが、何十年かの後に父と子は同じ日の同じ時刻に往生を遂げたとある。ふたりは、父と子としての縁を全うしたというべきだろう。

しかし、この物語では、母と姉の供養や弔いのことが記されないのである。母の遺髪と姉の遺髪・遺骨はどうなったのか。おそらくは、姉の千代鶴姫の遺骨は母と同様に高野山に納骨されたと思われるのだが、それに関する記述はない。物語は、父と子の往生譚に眼目が置かれていて、犠牲となった女たちのことは、どこかなおざりである。

高野山は明治初年まで女人禁制であったが、遺骨に関しては女人であっても受け入れられていたという。骨は、俗世での穢れが浄化されたものとして認知されたものらしい。しかし、髪は除外されていたらしい。北の方が亡くなったとき、骨は高野山に納骨されても、髪だけは石童丸が故郷の筑紫へと持ち帰ったように、髪は、前述のように女にセクシュアリティを表すものとして受けとめられたのか、聖なる世界からは排除されるべきものであった。では、高野山へと石童丸が持ち帰った女二人の遺髪はどうなったのだろうか。それについては何も記されていないのだが、物語の趣旨がその点に関して無関心だったとしか言いようがない。物語の眼目は、あくまで男ふたりのその後にあったのだ。

男ふたりの出家とその後の往生のために、二人の女は消された、と言える。女の死を前提として男たちははじめて遁世に生きることができた。しかし、物語の聴衆たちは女の死を当然のこととして把握することはなかったのではないかとも思える。これは悲劇なのである。女二人の犠牲という、納得のできない悲劇性を帯びることで、この物語『かるかや』は聴衆の支持を受けることが可能だったのではないか。

父の道心は石童丸から千代鶴姫の死を聞いたとき、次のように思ったとある。

さてそれがしはこの山で、出家の法はなさずして、人を殺すか悲しやの。

自分の出家遁世が切っ掛けとなって、――彼は世を捨て、真実の道を歩むつもりであったのが、結果的に妻と娘の死を引き起こすことになったことを、〈人殺し〉として認識しているのだ。妻と娘の死は、自分が原因であること、それが〈人を殺す〉ことに他ならなかったことを彼は自覚している。

父の道心のこの自覚は、息子石童丸にも同じように生じたのではないかと思われる。自分のひたすらなる父恋いがすべての原因であると彼は考えたかもしれない。

男二人の出家生活は、自分が原因で死なせてしまった女たちの犠牲のうえに成り立っていることを日々感じ取らざるをえないような索莫たるものがあったのではないかと想像する。たとえ結末が父と子の同じ日同じ時刻の往生譚で終わっていようとも、そして、彼ら二人が善光寺で祭祀されるというめでたい結末であっても、そこには、すべてを捨て続けなければならない人間の、一種の宿命的な暗さが立ち籠めているのである。この『かるかや』の物語が中世において最大級の大衆的人気を誇ったということを思うと、この女人の死と、男たちの捨て続ける生き方が、人々にとって、納得はできないものの避けがたい宿命的な悲劇として受け入れられたことを表わしていると言えるだろうか。そこには、〈家〉における女人のヒメとしての威力が喪われていこうとする事態が生じていたことがうかがわれる。そして、前代の、出家遁世しても妻や娘との幸せな交流がありえた西行の物語や、または死んでも身内の女たちに菩提を弔ってもらえた『平家物語』や『曽我物語』の男たちの、ある意味では幸せな往生は、この『かるかや』の物語ではもはやないのである。女たちの、共同体における女としての威力が喪われてしまった状況では、男たちの菩提を弔う力を女たちは喪っているのかもしれない。逆に女たちの威力を消し去った世界で、『かるかや』の男たちは生きようとしていた。この物語に涙した人々は、捨て続ける男たちの悲劇に泣いたのか、それとも切り捨てられた女たちの悲劇に涙したのか、どちらであろうか。

後書き

前著『さすらい姫考』を書き終えたとき、〈さすらい〉の連想から、そのまま鎌倉中期の『とはずがたり』（後深草院二条）が、次には『とはずがたり』とは顕著に対照的と思われた、鎌倉末期の『竹むきが記』（日野名子）がおのずと浮かび上がってきた。著者はいずれも、天皇制のなかで生きた、そして、政治闘争・戦乱などの時代の生み出す苛酷さをもろにあびながら生きた人であり、そのなかで、書くという行為によって、自らの運命を見つめた人であった。したがって、その書かれた作品からは、著者の意志の力のようなものがひしひしと伝わってくるかのようである。二人とも、天皇に近侍した女性であり、いわば、この世の中枢ともいうべき〈王権〉の威力、あるいは衰退、という変動の真っ只中にいたのが、彼女たちであった。その彼女たちが、〈書く〉というのは、その〈書く〉という行為の根底にひとつの覚悟があったであろうと思われる。その覚悟とは何であったのかを考えてみたかった。彼女たちが何を覚悟して書いたのかは、書き終えた今も判然としないのは当然ながら、この際立って優れた女性たちにあれこれとインタビューする心持ちで問い掛けたかった。ご本人からは反論もいろいろあるかもしれないが、著者に対する問い掛けをそのまま書き留めていったのが本書である。出来得れば、直接にご本人にお会いして、あれこれと尋ねてみたいものである。

菅原孝標女は、今からちょうど千年前、寛弘五年、西暦一〇〇八年に生まれた。

今年二〇〇八年は『源氏物語』が書かれてからやはり千年ということで、『源氏物語』に関わるイベントがいろいろ催されているが、孝標女の生誕千年というのも大事にしたい。孝標女は、いわば千年昔のフェミニストである。女の問題をイデオロギーとして、天皇制や王権の問題も絡めて考えた人だと思う。

『更級日記』は若いときからの愛読書だった。文章は比較的やさしいし、どこか慎ましやかな感じでみずからの文学体験や物語への憧れを書き綴ったこの手記は、少女時代の文学や人生への夢を今に伝えてくれる。そして、人生の苦さも。

しかし、『更級日記』には〈分らないこと〉があまりに多かった。それについて考えたり調べたりしているうちに、孝標女は今までとはまったく違う別の顔を見せるようになった。

この手記は徹底的に女の問題について考えたものではないかと思えるようになって、そして私自身もこのテーマについて考えるようになった。孝標女からいろいろ教わったような気もするし、調べや考えが至らずまだまだ分らないこともある。彼女との対話はまだこれからも続くのだろうと思う。

本書の刊行にあたっては、前著に続いて笠間書院の池田つや子、橋本孝、竹石ちか、相川晋の諸氏のお世話になった。皆さんに感謝したい。

二〇〇八年　十一月

小林とし子

「とはずがたり」年表

◯は持明院統

西暦	年号	天皇	院政	〈とはずがたり〉記事	参考事項
一二五八	正嘉二	後深草（◯）	後嵯峨	後深草院二条　生まれる	
一二五九	正元元	亀山			11・26　亀山天皇践祚
一二六一	弘長元			二条始めて出仕（四才）	
一二七一	文永八			巻一　「とはずがたり」始まる 1月　二条　後深草院後宮入り 8月20日ごろ　東二条院出産 9月　後嵯峨法皇発病	
一二七二	九			2月17日　法皇崩御 6月　二条懐妊 8月3日　父久我雅忠死去 10月　「雪の曙」と新枕	
一二七三	一〇			2月10日　皇子出産	
一二七四	一一	後宇多	亀山	9月　「雪の曙」の女子出産 10月　皇子死去	1・26　後宇多天皇践祚
一二七五	建治元			巻二 「有明の月」と関係	11・5　熙仁　立太子 （伏見天皇）

西暦	年号	作品	事項
一二七七	三	3月 女楽 8月 大殿と関係	
		空白	
一二八一	弘安四	**巻三** 10月 亀山院と関係	
一二八二	五	11月 「有明の月」の男子を出産	
一二八三	六	11月25日 「有明の月」死去 8・20ごろ 「有明の月」の子を出産	
一二八五	八	7月ごろ 作者御所から退出 北山准后九十の賀へ参仕	
		空白	
一二八七	一〇		10・21 伏見天皇践祚
一二八八	正応元		2・3 後伏見天皇誕生 6・2 久我雅忠女鏱子入内の際、二の車左に三条の名で乗る 6・8 鏱子女御になる 8・20 鏱子中宮になる
一二八九	正応二	**巻四** 2月 関東に出立 9月 帰洛	2・11 後深草出家、政務から離れる
一二九〇	三	10月 奈良へゆく	
一二九一	四	2月 石清水八幡宮で院と会う	
一二九二	五	9月 院と一晩語り合う 院から品々をもらう	

伏見（一二八七）→

後深草 → 出家 以後、伏見親政

西暦	年号	天皇	院政	〈とはずがたり〉記事	参考事項
一二九三	永仁元				
一三〇一	正安三	後二条	後宇多		1・21 後二条践祚
一三〇二	乾元元			巻五 9月 西国に出立	
一三〇三	嘉元元			2月 帰洛 奈良に住む	
一三〇四	二			1月 東二条院死去 7月 後深草法皇崩御	
一三〇五	三			9月 那智で夢想を得る	9・15 亀山法皇没
一三〇六	徳治元			3月8日 遊義門院の御幸と遭う 7月 後深草院三回忌	
一三〇七	二			「とはずがたり」終了	7・24 遊義門院没 7・26 後宇多出家
一三〇八	三	花園	伏見	空白	8・25 後二条天皇24才で没 8・26 皇太子富仁践祚、花園天皇となる

「竹むきが記」年表

西暦	年号	天皇	院政	事項	名子の身辺記事
一三二九	元徳元	後醍醐	後宇多	12月28日　春宮量仁元服	
一三三一	元徳三 元弘元	光厳	後伏見（〜33年）	5月　元弘の変 9月　量仁践祚―光厳天皇	
一三三二	正慶元 元弘二			3月　後醍醐隠岐へ流される。	
一三三三	正慶二 元弘三	後醍醐（6月〜）		閏2月　後醍醐隠岐を脱出 3月　天皇、後伏見、花園六波羅へ 5月　六波羅陥落―天皇・二上皇東国をめざすが、途中で阻まれる。光厳天皇廃位と正慶年号廃止 6月　後醍醐帰京	正月　名子公宗と結婚 5月　名子北山第へ 6月　名子公宗の正室となる
一三三四	建武元	←	（停止）	1月　建武と改元	
一三三五	二	←		6月22日　公宗、資名、氏光ら謀反により捕縛される。 6月26日　公重家督相続 8月2日　公宗死去	空白

西暦	年号	天皇	院政	事項	名子の身辺記事
一三三六	三	光明（南朝―後醍醐）	光厳	8月8日　光明天皇践祚	
一三三七	四			12月　後醍醐吉野へ――南北朝分裂	10月8日　実俊従五位下に叙される
一三三八	五				12月　実俊真魚始
一三三九	暦応二	（南朝―後村上）		8月　後醍醐吉野で没す	
一三四〇	暦応三			12月　光厳上皇北山第へ御幸	
一三四一	四			8月　光厳上皇北山第へ御幸	12月7日　実俊元服
一三四一	五			1月28日　光厳上皇　北山第御幸	7月25日　実俊中将になる
一三四二	暦応五	光明		1月28日　光厳院御幸始 5月7日　永福門院崩御 8月21日　今出川実尹薨	2月　石山寺参詣 3月　佐女牛若宮八幡宮参詣 7月25日　実俊中将拝賀 禅修業のこと 北山第讃美
一三四四	康永三				3月　実俊従三位に叙される
一三四五	四（貞和元）			光厳院新御所へ御幸 3月　広義門院五種正行	霊鷲寺談義を聴聞

一三四六	貞和二			5月25日 大宮季衡（公宗伯父）没	1月28日 奈良（初瀬、宇治）へ行く
一三四七	貞和三			8月 公宗十三回忌 9月 公衡三十三回忌 光厳院・広義門院北山第へ	
一三四八	貞和四	崇光		4月 後伏見天皇十三回忌 10月 光明天皇譲位 崇光即位	観音像を造る
一三四九	貞和五			1月 光厳・光明北山第へ	仏道修行 3月 実俊三位中将・中納言になる 花見の記事（最終記事）
一三五〇	観応元		（ 停止 ）	11月 観応の擾乱	空白
一三五一	二			北朝の天皇・皇太子・年号廃せらる	
一三五二	文和元	後光厳		2月 南軍が北朝の三上皇を拉致 8月 後光厳即位	

［著者略歴］
小林《こばやし》　とし子《こ》

1954年（昭和29）、大阪市生まれ。
学習院大学大学院人文科学研究科国文学専攻博士後期課程満期退学。
現在、作新学院大学等で非常勤講師。
所属学会は、女性学会、日本文学協会等。

著書・論文

歌集『漂泊姫』（2000年　砂子屋書房）
『扉を開く女たち―ジェンダーからみた短歌史』（共著　2001年　砂子屋書房）
「性を売る女の出現―平安・鎌倉時代の遊女」（『買売春と日本文学』所収　2002年　東京堂出版）
『さすらい姫考―日本古典からたどる女の漂泊』（2006年　笠間書院）
〈2006年度女性文化賞受賞〉
他。

女神《めがみ》の末裔《まつえい》――日本古典文学から辿る〈さすらい〉の生

2009年５月30日　初版第１刷発行

著　者　小林とし子

発行者　池田つや子

装　幀　笠間書院装幀室

有限会社 笠間書院

東京都千代田区猿楽町2-2-3［〒101-0064］
NDC分類：901.4　電話 03-3295-1331　Fax 03-3294-0996

ISBN978-4-305-70480-1
印刷・製本／モリモト印刷
（本文用紙・中性紙使用）